宝庆传奇

汪 鑫 著

天津出版传媒集团
天津人民出版社

图书在版编目（CIP）数据

宝庆传奇 / 汪鑫著. -- 天津 : 天津人民出版社,
2021.12
ISBN 978-7-201-17836-3

Ⅰ. ①宝… Ⅱ. ①汪… Ⅲ. ①侠义小说 - 中国 - 当代
Ⅳ. ①I247.5

中国版本图书馆 CIP 数据核字(2021)第 234666 号

宝庆传奇
BAOQING CHUANQI

出　　版　天津人民出版社
出 版 人　刘庆
地　　址　天津和平区西康路 35 号康岳大厦
邮政编码　300051
邮购电话　（022）23332469
电子信箱　reader@tjrmcbs.com

责任编辑　赵子源
装帧设计　青年作家网图书事业部

印　　刷　北京华强印刷有限公司
经　　销　新华书店
开　　本　710 毫米×1000 毫米　1/16
印　　张　17.75
字　　数　230 千字
版次印次　2021 年 12 月第 1 版　2021 年 12 月第 1 次印刷
定　　价　59.80 元

目　录

汪二老爷本名汪天赐，年轻时曾投军在明朝袁崇焕麾下效力，袁崇焕镇守宁远之时，汪天赐就一直跟随。袁崇焕被明思宗朱由检启用为蓟辽督师之后，汪天赐由于武艺高超，又擅长侦探敌情，而成为袁崇焕麾下爱将，统领一批斥候，专门负责获取敌军情报，密切掌握敌军动向，为袁崇焕率军数次大捷提供了非常可靠的情报。袁崇焕曾说汪天赐是他的“千里眼”“顺风耳”。

曾青溪笑了笑说：“傲雪姑娘，你可能对我们宝古佬还不够了解。吴三桂目前攻衡州都已经很吃力，怎么还能再分兵来攻宝庆呢？说实话，前几天我们没有派兵去增援衡州，一是认为朝廷能从荆州、岳州一带快速聚集兵马前来救援，二是我们也担心吴三桂偷袭宝庆。但是，经过这几天发现朝廷调遣缓慢，无法及时救援衡州，而衡州军民同仇敌忾，守城能力比我们想象中还要强，吴三桂被这块骨头噎着了，为了他的战略需要，他必须不惜一切代价拿下衡州，他哪里还有心思来管宝庆呢？”

天下武功唯快不破。

冷空的快，像鬼怪！

十招过后，汪铁锤就感到自己不是他的对手，他第一次感到危机。

“莲花，快跑！”他知道自己打不过冷空，决定逃走，比武不是重点，重点是要把情报送到广东。他只要再撑十招，莲花就骑马跑远了，随后他再想法逃走。

汪铁锤说：“小时候，听二老爷讲故事，南宋皇帝赵昀，也就是宋理宗，曾在我们这里担任过邵州防御使，历史上我们这里本来叫‘邵阳’‘邵州’，他当了皇帝之后，年号为‘宝庆’，便把潜龙之地邵阳升为宝庆府，以年号来命名自己的封地，算是一种纪念，也算是一种感恩。他在位四十一年，是宋朝在位时间第二长的皇帝，仅次于宋仁宗赵祯（在位四十二年）。据说，宋理宗在位期间，曾多次派人来宝庆，埋了很多金银财宝，以旺龙气。到底埋在什么地方，没人知道，或者只是民间传闻而已。但是，你刚才这样一说，我觉得事情不一定是空穴来风，南宋朝廷虽然偏安于江南一隅，但是经济繁荣，皇帝给自己龙兴之地弄些金银财宝也不是不可能。何况，这些地名怎么又这么巧合呢？”

宝庆，一个充满传奇而神秘的地方。

第一章 黄金大谜案

宝庆，地处湘中偏西南，民风彪悍，善斗勇，重义气，男儿从小有练武读书的习惯，女子除绣花织布也偶练拳脚。

黄金岭是宝庆境内一座连绵起伏几十里的崇山峻岭，山岭各处均有村落，百姓们自耕自种，生活悠然自得，如无大事，几乎不会下山进城，山中不少老人一辈子都没有走出大山。

汪家寨是黄金岭最大的村落，居住有数百人家，汪二老爷不仅是汪家寨的族长，更是汪家寨唯一走南闯北见过大世面的人物。

汪二老爷本名汪天赐，年轻时曾投军在明朝袁崇焕麾下效力，袁崇焕镇守宁远之时，汪天赐就一直跟随。袁崇焕被明思宗朱由检启用为蓟辽督师之后，汪天赐由于武艺高超，又擅长侦探敌情，而成为袁崇焕麾下爱将，统领一批斥候，专门负责获取敌军情报，密切掌握敌军动向，为袁崇焕率军数次大捷提供了非常可靠的情报。袁崇焕曾说汪天赐是他的“千里眼”“顺风耳”。

袁崇焕被冤杀之后，汪天赐也受到牵连被免了官职，清军入关后参加了几次“反清复明”，后来见中原大局已定，再继续征战只会让百姓受苦，于是就回到了老家过起了隐居生活。清廷曾想请他出山授予官职，他找借口说连年沙场征战已经落下病体需要在家养伤，便婉拒了。

汪铁锤的爷爷与汪二老爷虽然是出了五服的同宗兄弟，但是两人感情胜似亲兄弟。汪铁锤的爷爷年长，汪二老爷以同胞兄长待之。汪二老爷年轻就从军，回到家乡时，见兄长已经离世多年，而兄长的儿子汪青山老实本分，只知道下地干活，唯独兄长的这个孙子汪铁锤从小鬼机灵，像他小时候的样子。汪二老爷见了格外欢喜，就跟汪青山说：“这孩子的读书习武就交给我吧，以后也好有点出息，别像你一样成天只知道在农田里干活。”

汪青山老实本分，在长辈面前从来都是言听计从，更何况自己这位同宗二叔是位响当当的汉子，自己打小就非常羡慕，所以也就很乐意汪天赐来帮他管教儿子汪铁锤。

岁月如梭，转眼就到了康熙年间。

“二老爷，来了几个人。”汪铁锤跑进汪二老爷的院子。

汪二老爷这时正在与自己外孙女伍莲花下棋。

汪二老爷年轻离家之前就已经娶妻生了女儿，等他从军回来时妻子早已病逝，女儿嫁到邻村已经给他生了外孙女伍莲花。伍莲花比汪铁锤小一岁，两村相隔不远，两人从小一起玩耍。汪二老爷不仅教汪铁锤读书习武，也教伍莲花读书，只是没教她武功，反而是汪铁锤把自己学到的武艺偷偷地教给了伍莲花。

伍莲花长得眉清目秀，现在刚刚年过十六，已经是黄金岭有名的一枝花。

汪二老爷头都不抬，说：“来几个人有什么大惊小怪的，黄金岭的人多着呢。”

“像官府的人，骑着马，朝我们这里来的。”汪铁锤说。

汪二老爷在棋盘里按下一颗棋，拍了拍手说：“莲花，走，出去看看。”

说完，他就往院外走去。

远处一个六十多岁的老人已经下马往这里走来，六名随从牵着马在远处等着，显然是这位老人不让他们跟着过来的。

“曾大人还认得老夫这茅草屋？”汪二老爷远远对老人说。

原来这位老人就是宝庆府的知府大人曾青溪，他与汪二老爷是故友，曾大人原是前朝的九品县令，因朝廷腐败得罪上司被罢官回家，后来清廷念其为官清廉、为人正直，又请其出山任宝庆府父母官。曾大人本来也想学汪天赐这样无官一身轻，也不想效忠清廷，但是亲友们劝其为了宝庆百姓还是不要推辞。于是曾大人就走马上任了。

“又说风凉话了，来你这里不下十次了。”曾大人笑着说。

汪二老爷迎了上去，说道：“这次来估计不是简单地找我喝茶下棋，有什么事情，我们院内说。”

汪铁锤和伍莲花也分别向曾大人施礼，曾大人回礼之后，对汪二老爷说：“什么事情都瞒不过你眼睛。”

说完，他做了个请的手势，示意汪二老爷先进院内。

汪二老爷笑着说：“还是知府大人先请进。”边说也边做了个请的手势。

曾大人也不客气，先行迈进大门，汪二老爷跟在后面。

“莲花，赶紧给曾大人倒茶。”汪二老爷边走边回头对伍莲花说。

两人就在院子里的椅子坐下，并没有进屋内。从这里就可以看出，两人关系匪浅。

汪二老爷见汪铁锤还站在院外，就喊道：“铁锤，快进来。”

汪铁锤走了进来，汪二老爷用手指了指旁边的一把凳子，说：“坐这里。”

汪铁锤老实地坐在凳子上，看着汪二老爷和曾大人。

曾大人也看了看汪铁锤说道：“这就是你的侄孙？上次来时，你说他去走亲戚了。”

汪二老爷说：“是的，跟我已经十二年了。上次他是去他外婆家，离这二十里地。”

曾大人说：“十二年应该学了不少东西。”

汪二老爷说：“我的东西都全部教完，以后就靠他自己的悟性了。对了，你这次不仅仅是来聊天喝茶的吧？有什么事？”

曾大人看了看汪铁锤，又看了看汪二老爷，见汪二老爷并没有让汪铁锤离开的意思，只得开口说：“吴三桂在云南造反了，你知道吗？”

汪二老爷说：“听说了。他比我小不了几岁，年纪也大了，还能折腾吗？”

曾大人说：“吴三桂，唯恐天下不乱之徒，之前背叛明朝，现在背叛清廷，杀云南巡抚朱国治，自称天下督招讨兵马大元帅，提出‘兴明讨虏’，将矛头指向朝廷，联合广东的尚可喜、福建的耿精忠，号称拥兵百万，现在已经杀到广西，马上就到湖南边界。”

汪二老爷没有说话，继续听曾大人说。

曾大人喝了一口茶，叹了口气说：“朝廷运往广西前线做军饷的一批黄金，在宝庆被人劫走了。”

汪二老爷感到很吃惊，问道：“这是什么时候的事情？”

曾大人说：“三天前的晚上。在佘湖山附近，押送黄金的朝廷八旗兵全部被杀。”

“他们进宝庆地界的时候，你没派人去护送？”汪二老爷问。

按照规定，朝廷押送的军饷进入哪个地界，那里的官府就得派人去协助护送，直到进入下一个地界与那边的官府人员交接，否则，军饷在某个地界出了问题，地方官不仅要掉脑袋，严重的还会被灭族。

“派去的人在五十里外的白水洞附近被杀。”曾大人悲伤地说。

汪二老爷问：“总共多少人？”

曾大人说：“朝廷护送军饷的八旗兵一百二十名，我从宝庆营派去接应护送的人有两百名。”

汪二老爷捋了捋下巴上的胡须，问道：“有什么线索？”

曾大人说：“白水洞被杀的官兵经过仵作检查，均是先中毒昏迷，被人扒光衣服之后再补刀的。”

汪二老爷说：“匪徒换上官兵服，冒充宝庆府的官兵接应八旗兵，到佘湖山附近时，趁八旗兵不备再把他们杀害，抢走黄金。”

曾大人说：“应该是这样的。”

“你怀疑是什么人劫走黄金的？”汪二老爷问。

“三天来毫无头绪，这就是我来找你的原因，请你下山帮忙破案。”曾大人用恳求的口气说。

“我早已不问世事了，江湖变幻，我也理不清楚里面的关系，还是另请高明。”汪二老爷婉拒。

“兄台，莫要推辞，请帮我尽快找到黄金下落，否则朝廷归罪下来，我曾青溪全家三十多口人命休也。”曾大人边说边站了起来向汪二老爷作揖鞠躬。

汪二老爷赶紧站起来向曾大人还礼，说道："如果你真的需要帮忙，就让铁锤去吧。我相信他有这个能力。"

汪二老爷向汪铁锤招了招手，汪铁锤赶紧站了起来。

曾大人看了看汪铁锤，又看了看汪二老爷，点了点头说："我相信兄台您。"

汪二老爷扶着曾大人坐下，接着说："你再把掌握的情况都跟我们说说，明天我就让铁锤下山去。"

桃花岛，是宝庆境内最有名的江湖人士聚集地，这岛不大，方圆不到半里，就一座非常大的院子，既是最快乐的逍遥窝，也是最让人沉迷的赌场。江湖上的是是非非恩恩怨怨到了这里，只要岛主南霸天说一声，没有人不给面子的。

桃花岛并没有什么桃花，据说是因为南霸天曾经喜欢过一个叫桃花的女人，不过这个女人最后并没有与他在一起，而是离开了他，具体去了什么地方，没人知道。至于为什么要离开他，也没有人知道。

南霸天武功奇高，又为人仗义，江湖好汉不管有事没事都喜欢到这桃花岛来，拿大把的银子到南霸天名下的妓院和赌场潇洒。

汪铁锤是第一次来桃花岛，他见到南霸天时，南霸天正在后院花园练武，一把百余斤的大刀耍得虎虎生威。

南霸天接过汪铁锤手中的信函，拆开看了几眼，就说："我跟你家二老爷有十多年没见面了。当年他回来时，来我这里喝过酒。"

"二老爷身体微恙，所以不便下山来看望岛主，黄金被盗之事，还请岛主能施以援手。"汪铁锤客气地说。

"帮不上什么大忙，只能告诉你几个可疑线索而已，官府的事情，我是不愿意插手的。"南霸天说。

南霸天也了解汪天赐与知府曾青溪的关系，虽然知道汪天赐早已隐居江湖，但是汪天赐是个重情重义之人，曾青溪真要求他办事，他肯定是不会拒绝的。所以南霸天见到汪天赐写信让他帮助汪铁锤破案，他一点不觉得奇怪。

“岛主提供的线索，必定是非常有价值的。”汪铁锤说。

“昨天谭家庄的四当家到这里来玩过，连输了几百两银子，却跟没事一样，对我们这边几个姑娘也出手大方，这种豪气与之前判若两人。”南霸天说。

汪铁锤问：“谭家庄是什么情况？”

南霸天说：“谭家庄历经五代经营百年，在宝庆根深蒂固，手下门徒众多。现在由谭家四兄弟掌舵，经营钱庄和赌场，在云贵一带均有生意。”

“他与吴三桂有往来吗？”汪铁锤问。

南霸天说：“这个难说，终究云贵一带是吴三桂的地盘，现在各地均有人马响应吴三桂的举事。”

汪铁锤听了，若有所思，对南霸天说道：“那我今晚潜入谭家庄看看。”

南霸天点了点头，叮嘱道：“谭家四兄弟武功非凡，你要小心。”

谭家庄离桃花岛并不远，只有二十里路程，汪铁锤离开桃花岛之后，找了个客栈吃了饭，好好睡了一觉，到了子夜，他施展轻功，很快就到了谭家庄附近。

谭家庄依然灯火通明。

这都什么时候了，难道谭家庄今晚有什么大事？

汪铁锤施展轻功进入院内。

天啦，院内全都是死人，鲜血满地。

这太令人意外了，他又奔进另外几个屋子里看，庄内男女老少全都被杀。更奇怪的是，谭家庄大堂，端坐着四个人，都已经身亡，看穿着打扮，应该就是谭家四兄弟。

大堂里面毫无打斗痕迹，而谭家四兄弟武功又高，为何毫无反抗地就被人杀害？并且都是一刀毙命。

是什么人有这么大的本事？这个人肯定还是谭家四兄弟都非常熟悉的人，否则此人根本就没有机会下手。

汪铁锤再悄悄潜入后院，忽然，一个黑影从屋子里蹿出。他立即跟上，显然这个黑影已经发现了他，施展轻功，很快就消失在黑暗的树林里。

汪铁锤因对周围环境并不熟悉，所以也就放弃了追踪。

出这么大的事情，还是交给官府来管。汪铁锤远远看着谭家庄，本来想进去再探究竟，想了想还是放弃了，等官府介入之后，自己再进去察看吧。

第二天大清早，汪铁锤就去桃花岛找南霸天，他需要南霸天再给他提供一些信息。

“岛主还没起床。”仆人告诉汪铁锤。

这都快午时了，怎么还在睡觉？

汪铁锤问仆人：“岛主经常晚起吗？”

仆人说：“有时午时才起，有时天未亮就起。我们都不能去打扰他休息，之前有次他晚起，正好岛里有事，有人去叫他起床，结果他一怒之下把那人给杀了。”

汪铁锤见岛主有这怪脾气，只好说：“那我就等等吧。”

南霸天是习武之人，按常理来说，都应该是早起练功才对，何况他这人自从妻子过世之后，只与那个叫桃花的女人发生过感情，之后身边从未有过女人。他这种忽早忽晚起床的习惯，不合常理。

汪铁锤边喝着茶边思考着，难道他昨晚也去了谭家庄，一晚没睡？二老爷说过，不要相信任何人，难道是怕自己知道谭家庄什么秘密，所以他提前过去灭门？也不对啊。推测谭家庄跟黄金被劫案有关就是南霸天告诉他的，南霸天完全可以说不知道，或者说谭家庄之外的任何一家。

午时都快过了，南霸天还没起床。

“岛主还没起床吗？”汪铁锤问仆人。

“还没有。”仆人说。

“他卧室在哪里？”汪铁锤问。

“在后院。他睡觉的时候，任何人都不允许进去。”仆人说。

“好的。我知道了。你下去吧。我到院内走走，岛主起床了再告诉我。”汪铁锤说完就往后院方向走去，顺手在路边的花架盆栽里捡了两颗小石子拿在手里。

后院只有一道门，有两个黑衣壮丁把守。

“汪少侠，这是岛主的后院寝室，不能进入。”其中一名黑衣壮丁挡着汪铁锤的去路。

“哦。不好意思，我只是随便走走，不进去。”汪铁锤边说边趁两人不注意时，把手中的两颗小石子甩了出去。

石子不是飞向两名壮丁，而是飞向了南霸天的卧室大门。

“砰，砰。”两颗小石子在汪铁锤的内力下，重重地打穿了门。

“什么声音？”汪铁锤故意惊问道。

显然，两名壮丁武功也不弱，立即感觉不对。

两人面面相觑地看了看里面。

“快去看看，岛主会不会出什么事了？”汪铁锤故意催促道。

黄金被劫案越早破获，曾大人就越安全，不能因为南霸天睡觉而耽搁时间。

两名壮丁估计也觉得事情很蹊跷，没想那么多，就匆匆跑到南霸天的卧室门旁。

“岛主，岛主，出什么事了？”壮丁连喊了几声，里面居然都没有声音。

南霸天不在？还是出什么事了？汪铁锤跟着走了过去，一脚把门踢开。

床上躺着一个血糊糊的人，已经被人大卸八块了，满地都是血。

两名壮丁非常惊恐，一个人走到门外惊叫："快来人啊，快来人，岛主死啦!"

很快，后院聚满了人。

南霸天确实被人杀了，而且室内也没有打斗痕迹，身上却被人砍了数刀。

南霸天武功之高，江湖上无人不知，而能把他悄无声息地杀害，会是什么人？

谭家庄近百口人被杀，现场无打斗痕迹，南霸天被杀也无打斗痕迹。这幕后之人是担心汪铁锤查出内情，还是很巧合地把知情者都杀之灭口？

汪铁锤离开了桃花岛，他走在路上，越想越感觉事情远比想象中要复杂。自己刚入江湖，属于无名之辈，幕后之人不可能因害怕他而杀人灭口。

现在南霸天死了，黄金劫案就更难破了。汪铁锤不知道江湖上还有谁能帮他，还是再去谭家庄看看吧，看能找到什么线索。

经过一个路口，正好看到路边有家小餐馆，一整天都没吃东西，肚子早已饿了，汪铁锤就随便找了个位置坐下，要了一碗面条和几个烧饼。

店小二还没把面条端上来，几个官府的捕快从远处走了过来，坐在汪铁锤邻桌。

"没想到势力庞大的谭家庄居然被人一把火给烧了，真让人意外。"一个瘦猴子捕快很惋惜地说。

"这也是报应，谁叫他谭家庄的人牛哄哄的，平时都不把我们官府的人放在眼里，没想到今天轮到我们去给他们收尸。"另一个高个子捕快幸灾乐祸地说。

"是什么人有这么大的本事？会不会是鬼啊？"另一个瘦矮个捕快一副很好奇的样子。

"什么鬼不鬼的，肯定是仇家干的。"大胡子捕快说，"他们江湖恩怨，我们就别去掺和，挖个坑把他们埋了就行。这种案子，谁去破？即使知道是谁干的，凭我们几个人的本事能抓得住他们吗？”

这几个人的对话，汪铁锤听得真真切切。谭家庄被人放火烧了？昨晚杀人，今天放火？难道想掩盖什么阴谋？

汪铁锤笑着靠近那个瘦矮个捕快，问道：“这个当差大哥，请问你们说的谭家庄，是不是就是老虎坪前面的那个谭家庄？”

“不是它是谁？”瘦矮个看了眼汪铁锤，见他打扮普普通通，也不像个贵公子，就很不客气地问道：“你是谁啊？问这么多干吗？”

汪铁锤一见这阵势，就知道这些捕快狗眼看人低，就笑着说：“我就是过路的，家里有个表哥在谭家庄赶马车，听几位大哥刚才谈话，就来证实一下，我担心表哥安危。”

大胡子捕快说：“那你赶紧去看吧，整个谭家庄都被烧成灰烬了，里面的人都烧焦了，也认不出谁是谁了。”

汪铁锤故作哀伤的样子问道：“请问这位大哥，这场大火是什么时候的事情？”

“应该是凌晨。我们早上赶到时，都已经烧得差不多了。”大胡子说，“附近邻居发现着火的，火势太大，有邻居拿了几桶水去泼都不管用，还差点被屋檐上的横梁掉下来砸死，最后大家只有远远地眼睁睁地看着大火把谭家庄烧成灰。”

“谢谢这位大哥。”汪铁锤正准备再问几句，旁边的店小二却在大喊大叫了。

“你这个小叫花子，又来偷吃了。看我不打死你。”店小二边骂边用脚踢小叫花子。

原来，汪铁锤与捕快说话时，店小二把烧饼端上来了，旁边路过一个十二三岁的小叫花子见了桌上没人，跑过来抓起烧饼就吃，结果还没来得及跑，就被店小二一把抓住。

汪铁锤见那小叫花子蓬头散发，穿得破破烂烂，一副非常可怜的样子，就忙对店小二说：“小二哥，算了，这烧饼算是给他吃的吧。

你再给我上几个来，我不少给你钱。”

店小二见汪铁锤这样说话，也就放了小叫花子。

小叫花子拿着两个烧饼走到路边，蹲到柱子下狼吞虎咽。

汪铁锤吃完面，发现小叫花子一副可怜兮兮的样子看着他，他看了看桌上的两个烧饼，拿起来向小叫花子招了招手，小叫花子刺溜跑过来接过烧饼又跑回柱子旁蹲下。旁边几位捕快见了哈哈大笑，继续喝着酒吃着肉。

汪铁锤结了账，就离开餐馆，往谭家庄方向走去。小叫花子见了远远地跟在后面。

谭家庄果然一夜之间化为了灰烬，一群官府打扮的人在清理现场，那些昨晚被杀的人都已经被烧焦，根本无法辨别。

汪铁锤心想，还是去黄金被劫的现场佘湖山一带看看。

“你怎么总跟着我？”在走往宝庆府的路上，汪铁锤发现小叫花子还跟着他，就问道。

小叫花子跑上来，可怜兮兮地恳求道：“你能借我二两银子吗？”

汪铁锤一听，觉得好好笑，一个小乞丐居然开口向他借二两银子，二两银子可不是小数目，够买一头猪了。

汪铁锤觉得好奇，问道：“你要钱干什么？”

小叫花子说：“你是好人，我以后会把钱还给你的。”

汪铁锤心想，这小叫花子见他心善，估计想骗他一些钱花花。反正一路无聊，干脆与他瞎聊聊吧。

“你先告诉我，你拿钱干什么？”汪铁锤问。

“抓药。”小叫花子说。

“抓药？”汪铁锤问，“你家里有人生病了？什么病？”

汪铁锤跟着汪二老爷还学了些医术，只要不是疑难杂症，他基本都能妙手回春。

“不是我家里人，是一个朋友。”小叫花子说。

“你还挺讲义气的嘛。你朋友生什么病？”汪铁锤问。

小叫花子说："我也不知道是什么病，只是他让我买几种药，药铺说这些药需要二两银子。我没有银子，就想拿着药跑，结果被药铺的伙计逮着，还打了一顿。"

小叫花子说完，就把衣袖和裤子都撸上去，给汪铁锤看，说："这些都是那伙计用鞭子抽的。"

汪铁锤一看那伤口，这人下手够狠的，说道："帮助朋友是件好事，但是你抓了药不给钱就跑，就是不对了。你告诉我，你抓的是哪几种药？"

只要说出药名，汪铁锤就能推测出那人得的是什么病。

小叫花子说了几个药的名字。

汪铁锤一听，这是刀伤药和消毒药。

中毒，又有刀伤。汪铁锤不由得觉得奇怪。

就问小叫花子："你叫什么名字？"

"黑猫。"小叫花子没想到有人还问他名字，很自豪地说。

"黑猫，这名字好听。"汪铁锤笑着夸道。

黑猫见汪铁锤夸他，不由得挺了挺胸，显得格外自豪。

汪铁锤很关心地说："你这朋友刀伤很严重，若不及时服药救治，估计撑不过一两天。"

黑猫一听，焦急地问："你说该怎么办？他被人砍了好几刀，流了好多血。"终究还是小孩，几句话就说了出来。

"这个人是谁？我会治病，能带我去看看他吗？"汪铁锤问道。

黑猫见汪铁锤要去见那人，犹豫了。

"我是坏人吗？"汪铁锤看着黑猫。

黑猫摇了摇头。

"那你就告诉我，否则你这个朋友要是救治晚了，真的就会没命的。"汪铁锤很真诚地说，同时他的眼睛盯着黑猫，让黑猫相信他。

"你确定能救他？"黑猫问。

汪铁锤点了点头，给了他信心。

"好吧。你跟我来。"黑猫说完就在前面带路。

一路上，汪铁锤东扯西扯，从黑猫口里知道了情况。原来这人是黑猫从佘湖山的一个水沟里救出来的。那天晚上，黑猫一个人在佘湖山官道上走，他常走夜路，也对那一带的情况很熟悉，远远地看到一群人举着火把赶路。借着火光，他发现是一群穿着官服的人，他怕惹上麻烦，就立即躲在路旁的一棵树后面，想等这群人走过之后，他再出来。让他意外的是，这群人走到离他还不到一百步的地方，居然忽然停了下来，穿官服的人拿了水给穿军服的人喝，穿军服的人喝完还没走几步路，就东倒西歪，那些穿官服的立即拿刀砍杀，之后又出现了几名蒙面黑衣人，指挥这群穿官服的人押着十几个大箱子走了。

"你怎么认识那些穿官服和军服的？"汪铁锤问。

"怎么不认识，衙门里的那些当差的衣服，与宝庆军营的衣服都不一样的。被杀的人穿的衣服跟宝庆军营那些人的衣服很像，只是颜色不同。"黑猫说。

清廷八旗分为满洲八旗、蒙古八旗和汉军八旗，八旗军服款式相同颜色各异。黑猫年纪虽小，但到处要饭，也算是老江湖了，这些基本门道还是很了解的。

"你救的这个人就是穿军服的？"汪铁锤问。

"是的，我等那群坏人走了之后，跑过去看，他从旁边的水沟里伸出手抓住了我的脚，当时把我差点吓死。"黑猫说。

"你胆子够大的，都杀了人，你还敢去现场。"汪铁锤说。

"死人有什么怕的，我是想看看这些死人兜里有没有银子，都是军爷，能在他们怀里翻出几十两银子，我不就发达了？！"黑猫说。

汪铁锤不由得佩服这小叫花子，为了生存，胆子真够大的。

黑猫接着说："可惜，我翻了好几个人的衣服，都没找到一钱银子，正想把所有人衣服都翻一遍时，就遇到刚才说的那事了，那个人抓住我的脚让我救他。救人一命胜造七级浮屠，看他那样子很惨，只有把他扶到我住的破窑里，找了些草药给他敷伤口。"

“你还懂草药？”汪铁锤很好奇，没想到这小子还有“三板斧”。

“我以前摔伤时，有个老人摘了些草药给我敷，我就记住了那些草药的样子。”黑猫说。

“那人是军爷，受伤了为什么不带他去官府或者宝庆兵营？”汪铁锤问。

“你以为我傻啊。这个军爷就是被官府的人杀害的，送去不就等于送死吗？”黑猫说，“听那人口音，他不是我们本地人，谁知道宝庆兵营的人有没有与官府勾结呢？”

汪铁锤听了之后，觉得黑猫说得还挺有道理的，有点佩服这个小乞丐，比他还懂江湖凶险。

很快，两人就到了黑猫住的地方，是一个废弃了的砖窑，那个伤兵躺在破席子上，看样子伤得确实很重。

原来这人果然是朝廷派来押送黄金去广西前线的，为了赶时间，他们经过宝庆时并没有停留，而是连夜前行，到了佘湖山一带，护送他们的官兵说你们一人喝点水吧，结果他们喝了水没走几步，就全身无力，那些官兵就拔刀砍杀他们。这个叫格尔图的八旗兵被人砍伤后幸亏倒在水沟里晕死过去，才逃过一劫。

格尔图是正白旗满人，此次护送黄金的120名士兵分别是从正黄旗、正白旗和镶黄旗里面挑选出的精英，由正黄旗都统阿奇善带队。押送人员虽少，但一路上有各州府的官兵护送，没有出半点差错，他们也就对官兵非常信任，没想到进入宝庆地界之后，前来护送的官兵更是热情，谁知才走了半天路程就发生了抢劫之事。

阿奇善，这个名字汪铁锤听曾大人说过，已经在佘湖山被人当场杀死了。

“你怎么知道自己中毒了，而且还知道用什么药？”汪铁锤问。

格尔图说：“我家世代是药农，我很小的时候就跟着爷爷在长白山采药，略懂医术。”

汪铁锤说：“难怪黑猫知道去药铺买什么药。”

“都是我告诉他的，可惜手里没银两，他也赊不到账。一路上是都统掌管着银两，我们身无分文，一路上吃住都不用管，身上也就没有放钱。黑猫救我回来之后，天亮再去案发现场时，已经有很多衙役把守，没机会从都统身上拿钱了。”格尔图说。

黑猫听了之后，气得直跺脚，说错过了一次发财的好机会。

格尔图的讲述，基本上与知府曾大人说的吻合，劫匪毒杀了宝庆府的官兵，再冒充官兵接上黄金押送队伍，故伎重施，夺取黄金。

“抢夺黄金的那拨人不是官兵，真正去护送你们的官兵在半路上被这拨人杀害了，全是劫匪换上衣服冒充的。”汪铁锤解释道。

“你怎么知道呢？”格尔图问。

汪铁锤说：“我就是官府派来查这个案子的。”

说完，汪铁锤从怀里掏出一块令牌给格尔图看。

“原来汪大哥你就是官府的人，太好了，赶紧给我钱去找药吧。”黑猫见到汪铁锤的令牌，激动地说。

汪铁锤给格尔图把了把脉，说道：“中的是苗寨的酥骨香，这种毒害不死人，只要闻其香，就会立即全身无力，但在通风处，约一个时辰即可恢复体力；如果放在水中喝下，不仅全身无力，毒性也无法排出，必须解毒才行。你之前说的方子只能控制毒性发作，不能从根本上把毒排出。”

汪铁锤对黑猫说：“要抓的药有好几种，这里又没有笔写下来，还是我亲自去，你在这里照顾他，我还可以顺带给你们买些吃的回来。现在已是傍晚，赶着进城已经来不及了，明天早上我们一起到宝庆府找知府大人。”

格尔图和黑猫听了连连感谢。

汪铁锤离开了破窑，来到集市抓了所需要的药，幸好他这次出来时曾大人提前给他准备了不少银两和银票，不愁没钱花。随后，汪铁锤又买了一只烧鸡和两斤牛肉。

汪铁锤回到破窑时，天快黑了，他远远看到一个黑影从破窑里蹿出消失在树林里。他心里咯噔一下，觉得大事不妙，赶紧跑进破窑，格尔图和黑猫已经被人杀害。

他放下手中的药和烧鸡，飞速向树林跑去，可惜已经晚了，他在附近转了好几圈，都没发现可疑之人。

谭家庄、桃花岛、破窑，三个能得到线索的地方，都被凶手先下手了，并且手法非常残忍！

这时，天已经黑了，汪铁锤只得回集市找个客栈住下，等明天再通知官府，派人来给格尔图收尸，再把黑猫也葬了。

坐在客栈的房间里，汪铁锤把这两天的事情从头到尾想了一遍，越想越感到可怕，这个凶手不仅快他一步，而且好像有一双眼睛盯着他的一举一动。

他去谭家庄，还没到，谭家庄的人全部被杀；他回来找桃花岛主南霸天，结果南霸天被人杀害；他再返回谭家庄找线索，结果谭家庄被人一把火给烧了；他偶然在路上遇到小叫花子黑猫，见到幸存的黄金押送人员格尔图，他们却在自己去集市抓药时被凶手杀害。

谭家庄灭门与火烧谭家庄是同一个人吗？是不是自己当时见到的那个黑影人？在灭门之后，为何没有立即火烧谭家庄？难道是在后院翻找什么东西？或者本来就想火烧，只是碰巧我汪铁锤赶到，打乱了那人计划，黑影人趁自己离开之时再放火？

那么，杀害南霸天的人又是谁？跟谭家庄的黑影人有关联吗？是一个人吗？从时间上来推算，来得及吗？

还有，黑猫和格尔图被杀，同样出现了黑影人，这个黑影人与谭家庄的黑影人是同一个吗？

谭家四兄弟武艺高强，谭家庄其他人等也都非平常百姓，为何毫无还手就被人灭门？难道用的也是酥骨香？谭家庄的人先闻了酥骨香，再被人杀害？那么南霸天会不会也是被酥骨香所害？白水洞的官兵全部被杀，会不会同样也是酥骨香？

酥骨香是苗寨的毒，难道是苗寨的人做的？

想到这里，汪铁锤不由得摸了摸鼻子，自己万一被下了酥骨香，岂不束手就擒？

酥骨香，苗寨，黑影人？

但是这些与汪铁锤行踪泄露有什么关系？

他出来查找黄金，知道的人少之又少，官府就只有知府曾大人知道，桃花岛只有南霸天知道，另外就只有二老爷和伍莲花知道。这次下山，连爹娘都不知道，只告诉他们说去宝庆府办点事。

二老爷和伍莲花在黄金岭，不可能泄露他下山查案的消息；南霸天已经死了，当时谈到案子的时候，周围也没有别人，就他俩，或者是南霸天不小心把消息泄露出去的？不像。他在江湖纵横这么多年，替人守住秘密，是江湖生存的基本法则。

那还有谁？

只有曾大人了，难道曾大人泄露了秘密？怎么可能呢？

想到这里，汪铁锤脑海突然一闪，劫黄金的会不会就是曾大人自己呢？

想到这里，汪铁锤就赶紧否定自己的想法，这太不对了。如果是曾大人，他又何必跑黄金岭请二老爷出山查案呢？他完全可以随便找几个人做替罪羊。

但是秘密押送黄金到广西经过宝庆的时间和路线，只有身为知府的曾青溪知道。难道他不可以成为嫌疑人吗？

该怎么办？曾青溪会不会有什么阴谋？为什么要把他汪铁锤也扯进去呢？

汪铁锤越想越觉得事情复杂，为了安全起见，他趴在墙角听隔壁房间声音，非常安静，里面没有人住。

正好这时店小二给他端进洗脚水，汪铁锤故意问道："小二，隔壁房住着什么人啊？搬得桌凳砰砰响。"

"客官，你是不是听错了，隔壁房间是空的，没人住。最近客人比较少，总有几间房空着。"店小二说。

“难道是老鼠？”汪铁锤又问。

“不会的，店里养了好几只猫，老鼠已经好几年都没来了。”店小二解释道。

“那可能真是我听错了。”汪铁锤说，“这几天太辛苦了，脑袋里整天嗡嗡响。”

店小二见汪铁锤边说边拍脑袋，就说：“客官洗完脚早点休息，多睡会儿，明天就好了。”

“好吧。辛苦你了，小二。”汪铁锤故意装着头晕的样子，一会儿拍一下脑袋，一会儿揉一下脖子。

店小二离开一会儿，汪铁锤洗完脚，吹灭灯，打开窗户，悄悄地溜到隔壁房间，躺在床上睡着了。

原来，他怕晚上睡觉时酥骨香会突然出现在他房间。江湖险恶，不得不防。更何况，这个没露面的凶手掌握着他的行踪。

他决定今晚好好休息，明天亲自去宝庆府暗中观察观察曾大人，看看能不能从他那边找到什么线索。二老爷说过，不要相信任何人。既然如此，那么曾大人涉嫌劫夺黄金，也不是不可能的。说不定，曾大人早已经与吴三桂有什么约定。

大清早，汪铁锤就进了宝庆城，一路上他还特意观察周围，看有没有人跟踪他。他并没有直接到宝庆府去找曾大人，而是混在一群百姓之中去宝庆府衙看曾大人断案。

今天判的也不是什么大案子，第一个案子就是一名男子到一家叫“万花楼”的青楼玩，没付钱还打了人，男子的理由是老鸨马氏安排给他的女子不是他点名要的，就立即起身离开了，连茶水都没喝，为什么要付钱？老鸨的理由是只要安排女子出台，不管你要不要，也不管你玩不玩，都得付钱。

曾大人问男子，为什么要打人？

那男子说，是那女子拉着他不让他走，而且叫了几个打手过来要打他，他怕吃亏，就把女子推倒，跑出青楼，没想到刚跑出门，碰上街上巡逻的衙役，以为他是抢东西的，就把他逮起来了，结果那群打手跑了出来要打他，衙役说都到衙门里面说。

曾大人听了，觉得这事情虽小，但青楼强买强卖的行为非常令人痛恨。于是他就问老鸨："你还有什么要说的吗？"

老鸨说，他不仅要支付逛青楼的钱，还要支付女子的医药钱，而且青楼因为他打闹，生意受到了影响，还需要赔付损失。

曾大人一听，好家伙，胃口真不小啊，看这样子背后肯定是有靠山的，先收拾你，再找出你靠山。

曾大人又问那男子："你还有什么要说的？"

那男子说，她这是强买强卖，请大人做主。

曾大人捋了捋胡须，右手抓起惊堂木，用力狠狠地拍在案台上，大声说道："马氏身为青楼老板娘，不仅没有满足客人要求，而且还强买强卖，还有企图恶意伤人之嫌，来到堂上仍无悔过之意，拉出去重打三十大板，以儆效尤，立即查封万花楼，贴出布告，若有人检举之前也存在强买强卖之行为，再另行裁判。"

老鸨马氏一听知府大人这样宣判，当场晕倒在地上。

那男子连连磕头谢曾大人做主。

没想到，曾大人继续说道："李二身为男丁，大白天不劳作、不在家伺候双亲，居然跑去万花楼，游手好闲，罚银二十两。"

李二一听，觉得曾大人教训得对，乖乖地交钱认罚。

围看的百姓，一齐鼓掌。

第二个案子，就是一老头要与儿子断绝父子关系，理由是他不喜欢这儿子，不想见到他。

曾大人见老头不停咳嗽，刚才走上堂时还是举着拐杖，儿子几次想去扶他，他都不同意，现在跪着地上一副病恹恹的样子。

曾大人就问那个做儿子的，到底是什么情况。

那个中年人说，他姓刘，叫刘大牛，家住刘家村，是家里独子，母亲在他三岁时就已经病逝，是父亲一手把他带大，前年开始父亲染上重病，他带着父亲到处求医，为了给父亲治病他花光了家里全部积蓄，连他儿子准备娶媳妇的钱也都花了，为了看病吃药，他想把家里几亩薄田卖了，继续给父亲治病。没想到，父亲知道这消息之后，死活不同意，几次想上吊自杀不想拖累家人，幸好及时发现没有出现意外。父亲见自杀不成，就闹着要与他断绝父子关系，不要他来管自己的死活。

曾大人听后，就问刘老汉："事情真是你儿子所说的这样吗？"

刘老汉说，事情确实是这样的，但是他这病估计是没得救了，自己也一把年纪，也没必要再花钱去治了。

曾大人问围观的百姓："你们有与他们同村的吗？"

没想到有十几个人都说是同村的，说刘大牛说的句句都是实话。随后保长也出来作证。

曾大人说："有病就医这是常理，不能因为病重而放弃医治，当然，看不起病，我作为父母官也是有责任的，刘大牛孝心感天动地，奖赏银子二十两用于给刘老汉看病和补贴家用。往后州府将派人定期上门查看刘老汉病情，并给予帮助。"

刘老汉和刘大牛听后，不停地磕头说感谢知府大人，知府大人是菩萨转世。

围观的百姓也相互点头，称赞曾大人真是个好父母官。

看到曾大人离开大堂，汪铁锤内心不由得也暗暗钦佩他断案公平，又弘扬社会正气。

他跟着众人离开宝庆府衙之后，溜到了府衙的后门，见四周无人，施展轻功越墙而入。后院屋子里面并没有人在巡逻，他远远地看到知府曾大人一个人进了一个房间，他悄悄地跟着，为了防止被人发现，他飞上横梁，伸头观看屋内的情况。只见曾大人一个人坐在屋子里，心情非常沮丧的样子，像一个手无缚鸡之力的糟老头，一点没有刚才在堂上的威风。

他就那样一个人静静地坐在那里。从室内的布置来看，应该就是他的书房，他是在担心黄金案件给自己带来灾难呢？还是因为其他事情呢？

汪铁锤直到府内有人来叫曾青溪用膳，才趁他们不注意时越出了后院。

他本来想趁曾大人不在书房的时候，进去查看一下是否有什么线索，但忽然想起二老爷说过，曾大人是一个心思缜密、非常注意生活细节的人，在他的书房只要动一下毛笔，或者轻轻挪动一本书，他都会觉察得到。曾大人肯定还有什么没有告诉他的秘密，为了不打草惊蛇，他决定再来夜探府衙后院。

下午，汪铁锤又跑到佘湖山和白水洞查看了一下，这两个地方都已经被宝庆府的衙役翻了个底朝天，他还是决定过来再看看，即使找不到什么线索，总比一个人在街上瞎逛要好很多。果然，他没有找到什么可疑的东西，只得赶着晚上关城门之前回到城里，先找了间客栈住下。

夜黑，汪铁锤早早换上黑衣，推开窗户，飞檐走壁，很快就进入了府衙后院。

曾青溪和家眷都住在这个后院，这也是朝廷定的规则，父母官住府衙后院，一是安全，二是为了遇到突发案件，父母官可以立即升堂办案。

汪铁锤躲在院内的一棵大树上，树叶茂密，没有人能知道他藏在里面，曾青溪的书房一片漆黑。此时的曾青溪处理完一个案子，才吃完饭，正在喝茶。

曾青溪有三个闺女，都已出嫁，家里就他、夫人和两名仆人，所以整个后院非常清静。汪铁锤躲在树上，可以左顾右盼，此时正值夏季，房门和窗户都是打开的，能清楚地看到曾青溪的一举一动。对于汪铁锤这个初入江湖的人来说，目前只有从这位知府大人身上去找答案了。

曾青溪一个人又在院内散了一会儿步，仆人去把他书房的灯点燃，他再慢悠悠地走了进去。看来每天晚上饭后散步再去书房，是曾青溪的生活习惯，都没有吩咐一声，仆人就知道主动地进入主人的房间点灯。但是，书房的窗户并没有打开，曾青溪进入房间之后，就关上了门。

过了片刻，院内的仆人都进了屋内，汪铁锤正准备从大树上下来时，一个黑影飞入后院，直接推开曾青溪的书房门闪了进去。

黑影人？是谁？

汪铁锤立即从树上跃下，悄悄地往书房窗户靠近，他想听听他们在里面说些什么？

他刚把耳朵贴在窗户上，一把飞刀从远处向他飞来。

啪！

汪铁锤快速一闪，飞刀钉在窗户上。

房内的灯瞬间熄灭，没有任何声音。

又一把飞刀飞来，汪铁锤再次躲过。

围墙上有个人。月光下看得清清楚楚。

汪铁锤顺手拔下窗户上的飞刀，向围墙那人甩去，隐隐约约看去像个女子。

“快来人啦，有刺客！”

一个仆人正出门，看见汪铁锤站在书房前面。

很快，一群衙役从大门口跑进来，显然这群衙役一直驻守在前堂与后院之间，既保护知府大人的安全，又不干涉知府大人的私人生活。

那女子见两次都没有击中汪铁锤，还差点被汪铁锤的飞刀射伤，又见衙役跑了过来，则翻身逃走。

为防止被人看清面容，汪铁锤只得逃出后院，去追踪那女子。

没想到，这女子的轻功很高，对宝庆城内街道也非常熟悉，跑了七八条街道，把汪铁锤给甩了。

汪铁锤觉得事情越来越蹊跷，知府大人与黑影人是什么关系？这个黑影人与谭家庄和破窑的黑影人是同一人吗？围墙上的女子又是什么人？这些人跟苗寨又有什么关系？

汪铁锤带着重重疑问回到客栈，刚推开门，一把利剑向他刺来。

幸亏他躲闪得快，否则肯定会被刺伤。

就是刚才围墙上的女子。

那女子见一击不中，再击，三击，都被汪铁锤躲过。

那女子还想第四击时，汪铁锤一个转身移到那女子背后，伸出右手两指在其背上轻轻一点，点了穴道，那女子就动弹不了了。

“快给我解开穴道，我要杀了你！”那女子怒道。

“你为什么要杀我？”汪铁锤盯着那女子问。

“你害了我的父亲，我要为我父亲报仇。”那女子咬牙切齿道。

一听是杀了这人父亲，肯定是误会了，汪铁锤也就心平气和地问道：“你父亲是谁？”

“南霸天！”那女子道。

“南小姐，你误会了，南岛主不是我害死的，我也正在找杀人凶手呢。”汪铁锤说。

“你不要狡辩，家父在桃花岛生活了二三十年，平平安安，唯独你去见了他之后，他就被人害了。”南小姐说。

汪铁锤听南小姐这样一说，觉得确实挺有道理的，如果自己不去找南霸天，凶手也就不会去找他灭口。

汪铁锤说：“南小姐，你冷静一下，我帮你把穴位解开，我们坐下来好好谈谈，联手找到杀害令尊的凶手如何？”

南小姐一副不理不睬的样子。

“南小姐，我的师父，也是我的二老爷，与令尊是至交，两人都曾在袁督师的麾下效力，这次朝廷运往前线的军饷在宝庆境内被人劫走。知府曾大人已经受到牵连，他在无能为力的情况下请求我二老爷出山帮忙查案，而二老爷不想再介入江湖恩怨，便让我下山。我下山的第一件事就是直奔桃花岛请求令尊帮忙，谁知才过一天，令尊被人杀害，我也是伤心至极。你即使现在杀了我，也无济于事，我们可以联手找到杀人凶手为令尊报仇。”汪铁锤耐心解释道。

“那你是承认，你的出现为家父带来灾难了？”南小姐仍是一副愤怒的样子。

汪铁锤见南小姐这样蛮不讲理的样子，很生气地说：“我也不知道我的出现会给他带来血光之灾，他在江湖上的名号响当当，难道一定就是因为我的原因而被人灭口吗？难道他之前没有仇人？你们桃花岛就从来没有被人记恨过？我是看在他与我二老爷是至交的分上，想替他报仇，没想到你这么胡搅蛮缠，一点都不懂道理。”

南小姐见他凶巴巴的样子，突然哭了起来。

本来，汪铁锤就因为南小姐在知府后院破坏了他偷听黑影人说话而很生气，没想到在客栈还这么无理取闹，把南霸天的死都归罪在他身上，他能不火吗？

但是，见到南小姐哭了起来，汪铁锤心软了，他见不得女人在他面前哭。

他走过去，给南小姐解开穴道，说道：“别哭了，坐下来休息会吧。你仔细回忆一下，令尊平时有没有跟你说过，他有什么仇人之类的话？”

南小姐见汪铁锤解开了她的穴道，就坐在椅子上也不哭了，过了好一会儿，两人慢慢地聊了起来。

原来，南霸天的女儿叫南莺莺，也是南霸天的独女，南莺莺的母亲长得像叫桃花的那个女子。桃花离开南霸天之后，一次偶然的机会，南霸天在逃荒的人群中看到了南莺莺的母亲，后来两人成亲，就住在桃花岛。南莺莺的母亲在她出生时难产而死，南霸天也就未再续娶。汪铁锤来桃花岛时，南莺莺当时在家，她在楼上见过汪铁锤。后来，汪铁锤离开桃花岛时，她也出门去白云观照顾病重在床的师父清玄道长，并留在白云观过夜，南霸天被杀的消息是家里的仆人跑来告知的。

仆人告诉她，是汪铁锤上午来时发现岛主被杀的。于是她就觉得汪铁锤与她父亲的死有莫大关系。

汪铁锤问她认识苗寨的人吗？南莺莺说以前有苗寨的人来过桃花岛，但是她没有与他们接触过。

汪铁锤于是把自己的想法说给南莺莺听，他认为南霸天肯定也是先中了苗寨的酥骨香再被人杀害的，因为凭南霸天的武功，即使在睡梦中，凶手也不可能在毫无打斗的情况下轻易伤害到他。

汪铁锤又把白水洞、佘湖山、谭家庄的事情跟南莺莺说了，告诉她要找到黄金和凶手，目前只有两个途径：一是找到最近在宝庆城出没的苗寨人；二是找到黑影人，并掌握黑影人与知府曾青溪的关系。

汪铁锤认为，黑影人来无影去无踪，很难找到蛛丝马迹，既然他今晚去找曾青溪，自然与曾青溪有瓜葛，只要暗中跟踪曾青溪，就一定能找到黑影人。现在宝庆府内肯定已经戒备森严，今晚不能再去查探了。

南莺莺听汪铁锤分析得很有道理，也就答应配合他一起来查这个连环案。

第二天，汪铁锤与南莺莺刚走出客栈，两名衙役走了过来，把一封信和一张银票交给汪铁锤，说这是知府大人交代的，并请汪少侠按照信上所说的去做即可。

汪铁锤与南莺莺对视一眼，感到非常吃惊，知府大人怎么知道他就住在这个客栈？难道昨晚自己就被别人盯上了？

下山来查案子，没想到自己走到哪里都被别人掌握得一清二楚，不觉得这很丢人吗？

汪铁锤打开信，原来知府曾青溪告诉他，案子已经有眉目了，宝庆府会安排衙役去找黄金，他这几天也辛苦了，拿这一百两银子算是辛苦费，今日就回黄金岭吧。

字是曾青溪的字，因为在黄金岭的二老爷家里，还挂着曾青溪写的一幅字，是岳飞的《满江红》。尤其是落款的名字，不像是旁人冒充的。

银票也是官府开出的银票。

这是什么意思？

汪铁锤见两名衙役站在一旁等他答复，就对衙役说：“请两位当差大哥转告知府大人，我今天就回黄金岭，谢谢他的好意。”

说着，他把手伸向怀里摸着腰牌，但立马又放了下来，装着若无其事的样子，把银票塞入怀中，对身旁的南莺莺使了个眼色，说道：“我们现在就出城吧。”

没想到，两名衙役一直送他们出了城，才转身回去交差。

见衙役走远，南莺莺问汪铁锤：“你相信曾青溪说的是真的吗？”

汪铁锤说：“事情很蹊跷，我现在越来越糊涂。若是他参与了黄金劫案，为什么跑到黄金岭去请我二老爷下山破案呢？完全没有必要多此一举。二老爷已经是隐居山林的村夫，世外之事根本就不关心，连吴三桂造反的事情都不理会，怎么还去理会黄金被劫之事呢？”

“既然让我下山协助他破案，为什么突然让我回黄金岭？既然说案子有了眉目，为何不让我继续跟着他一起查下去？是怕我知道什么，还是有什么事情根本就不想让我了解？”汪铁锤继续说。

“或者他另有什么隐情？”南莺莺说。

汪铁锤说：“有这个可能，昨晚我怀疑他与黑影人是同伙，但是今天的事情，让我又有了新的想法，或许黑影人威逼他做出了什么决定，而放弃查找黄金。”

南莺莺说：“找不到黄金，他不就要掉脑袋吗？难道还有比这更让他担心的事情？”

汪铁锤用手又摸了下怀里的腰牌，对南莺莺说：“或许他真有难言之隐。既然我们出城了，就到前面小镇祭旗坡歇歇脚，再想想对策。”

南莺莺无奈地说：“看来只有这样了。我们在明处，对手在暗处，我们得想个法子反客为主。”

祭旗坡是个小镇，是通往宝庆城的必经之路，两人走到这里的时候，已经晌午，就找了家店铺吃饭。

正在两人刚吃完准备起身离开时，一行六位苗寨打扮的男子从另外一家饭馆走了出来，腰挎刀剑，一看就是江湖人士。

他俩人眼睛一亮，真是踏破铁鞋无觅处，得来全不费工夫，两人正愁去哪里找苗寨的人，没想到居然在这里碰上了。

两人决定跟踪，看看这六个苗人去什么地方。

两人悄悄跟着苗人走出小镇，路上行人来来往往，倒不用担心苗人发现他们在跟踪。走了十来里路，苗人拐进了一片树林。两人只得施展轻功远远跟着，南莺莺的轻功不错，汪铁锤带上她一点不担心会拖后腿。为了防止泄露身份，两人也用黑布蒙上面。

原来，树林里有人在等着这些苗人。

“你们怎么才来？”远处石头上一个黑衣蒙面人厉声问道。

带头的一个苗人上前两步，笑呵呵地说道：“我们一路走来辛苦了，就在祭旗坡歇歇脚喝点酒。”

蒙面人问：“事情都办好了吗？”

“放心，您交代的事情肯定办好。”带头苗人边说边从怀里掏出一张纸双手捧着举过头顶。

那蒙面人离苗人有一丈多远，只见他右手一伸，那张纸就飘到了他的手上。

汪铁锤见了大吃一惊，这人内力非常深厚。他与南莺莺小心地躲在树后面，连呼吸都非常小心，生怕被人发觉。

蒙面人看了看纸上的内容，很满意地塞进怀里，然后又从怀里掏出一把银票，递向带头苗人，说道：“这是银票一万两，你们拿去好好花吧。”

六个苗人一见到大把银票，乐开了花，笑哈哈地向蒙面人走去。

“啊——”

“啊——”

当苗人离蒙面人还差两三步时，蒙面人一个箭步上前，手法非常毒辣地点向了走前最前面的两个人的太阳穴，两人当场毙命。

蒙面人的手指戳向第三人时，却被躲开了。蒙面人的手法之快，已是江湖顶级高手，而苗人能顺利躲开，也是功夫上乘。

四个人立即往后跳开，拔出腰上的刀，迅速围成圈子。

“没想到你居然是这样的人。”带头苗人恶狠狠地说道。

“你们背着我干了什么？以为我不知道吗？”蒙面人边说边缓缓从背后抽出宝剑，“背叛我的人，都得死！”

说完，五人大战起来。

显然，苗人并不是蒙面人的对手，不到十个回合，就已经处于下风，再几个回合，两个人倒在蒙面人的剑下。

蒙面人越战越勇，剩下的两个苗人都已经受伤。

再不出手，这两个苗人都要被杀了。

汪铁锤捡起地上一颗石子向蒙面人射去，石子快到蒙面人身边时，蒙面人转身躲过了石头，一剑在一个苗人的脖子上抹了过去，血溅十步，苗人扑通倒在地上。

汪铁锤一脚踢起地上的一把苗人大刀，握在手里向蒙面人砍去。

另一个苗人已经受伤倒在地上。

南莺莺跑到那个受伤的苗人身边，查看伤情。

显然，汪铁锤技高一筹，不到三十个回合就占据了上风。蒙面人只有还手之力，还几次差点被汪铁锤砍伤。

“不要再打了！死的人还不够吗？”南莺莺双手托着苗人的脑袋，冲着汪铁锤和蒙面人撕心裂肺地喊叫。

可能是被南莺莺的话给刺激了，蒙面人扔下一个烟雾丸，找了个空隙，就消失在树林里。

汪铁锤正准备去追。

南莺莺说:“别去追了，这个人要死了。”

汪铁锤收住步子，走到那个苗人身边，此时那个苗人面部已经变色，显然蒙面人的剑上有毒。

看到这般惨状，汪铁锤也不由得后怕，幸好刚才没有被剑碰着，否则也就惨了。

“你是什么人？那个蒙面人是谁？”汪铁锤问道。

那个苗人张了张嘴，发不出声音，他痛苦地用手指了指自己的鞋子，头一扭，死掉了。

南莺莺看着死去的苗人，两眼发愣，一副傻傻的样子，显然她被眼前的事情吓坏了。

汪铁锤也管不了她那么多，径直脱掉那个苗人鞋子，没发现什么，又脱下另一只鞋，又看了看，伸手从里面掏出了一张碎纸。

像地图。残缺的地图。

他赶紧又把另外五个人的鞋子都脱下来，分别从鞋子里找到了一张碎纸。

他把六张碎纸拼在地上。

是一张地图，画有山水，但没有文字，只有几处标注红点。

“莺莺，你知道这是哪里吗？”汪铁锤问南莺莺。

自南莺莺告诉他名字之后，就不许他叫她南小姐，觉得还是叫莺莺听着更舒服。

汪铁锤连叫了两声，南莺莺才反应过来。

她看了看地图，说道:“这上面没有标注地名，就凭这样的图纸，根本就不知道是哪里。”

“既然他们都如此严密地收藏这幅地图，肯定有很重要的秘密，我先拿着，到时找个人问问。”汪铁锤边说边把几张碎纸折叠好放入怀里。

“这个蒙面人的背影，我好像在哪里见过。”汪铁锤既像与南莺莺商量，又像自言自语。

两人商量了一下，决定先回到祭旗坡小镇，等傍晚再乔装打扮混进宝庆府，看能否从曾青溪那边再找到线索。

那六个苗人是帮蒙面人办事的，但蒙面人却杀人灭口。肯定是苗人掌握了他不可告人的秘密。这苗人与酥骨香有关系吗？

汪铁锤坐在客栈的房间里，脑海里把刚才与蒙面人过招的场景又回忆了一遍，有两个地方让他觉得古怪。第一，那个蒙面人说话的声音，像是口里含着什么东西，显然是故意变音，不想让人辨认出来。第二，蒙面人的内力深厚，尤其是手一挥，苗人手上的纸就飘到他那里去，而在与他打斗时，他明显感觉到这人有刻意不露身手之嫌。

他与苗人既然熟悉，为什么与他们说话时还要改变声音呢？而苗人似乎已经熟悉他这声音，也就是说，蒙面人与苗人之前交流时，就应该是这样的声音。

苗人交给蒙面人的那张纸里面写了什么？为什么蒙面人在杀苗人之前说，他知道苗人背着他做了什么令他失望的事情？

那张纸的内容会不会与从苗人鞋里找出来的地图相同？为什么苗人在临死之前把藏有地图的秘密告诉他？或许，这张图是真的，蒙面人拿走的图是假的。

汪铁锤又把那几张碎纸找了出来，见房间里面有笔墨纸砚，就又把拼好的地图重新临摹在纸上。

临摹完之后，他把纸小心地叠好，藏于内衣里，又用火石把那几张碎纸全部烧掉。

随后，他换了件老年人的外套，把辫子盘在头上，戴上一顶有花白假辫子的帽子，又粘上胡须，转眼就变成了一个老头。

这时，南莺莺一副女扮男装敲门进来。

两人看着对方的打扮，不由得哈哈大笑起来。

夜黑，知府后院不时有衙役在巡逻，显然昨日的事情已经让曾青溪加强了守卫。

书房的门敞开着，管家站在门外，曾青溪坐在屋里看书。

“在等人？”藏在树上的南莺莺小声地问汪铁锤。

“应该是。别出声，等会儿就知道了。”汪铁锤紧紧盯着书房里的曾青溪一举一动。

就这样，过了近一个时辰，一个黑影越过围墙，落到院内。

“什么人？”瞬间一群衙役围了过来。

“都退下，这是大人的客人。”管家把手一挥，衙役都退了下去。

黑影人，蒙着面，在走进书房的一瞬间，汪铁锤猛然想起，这个人就是今天在树林的蒙面人，也是谭家庄和破窑的那个黑影人，背影一模一样。

书房的门被关上，下面有衙役巡逻，该如何靠近书房偷听他们谈话呢？

正当汪铁锤在盘算的时候。

突然，南莺莺惊叫一声：“啊——”从树上掉了下去。

汪铁锤飞身抱住她，落在地上。

衙役听到叫声迅速围了过来，汪铁锤连忙踢倒两名衙役，拉着南莺莺，跃上围墙，跑了出去。

两人一路飞檐走壁，回到客栈。

“你刚才怎么回事？”汪铁锤有些埋怨地问道。

“蛇。刚才有条小蛇盘在树上差点咬着我了。”南莺莺委屈地说。

“唉，这个知府后院不能再去了，两次都没成功。你早点休息吧，明日再做打算。”汪铁锤叹了口气离开南莺莺房间，回到隔壁自己房间，很沮丧地倒在床上，没想到自己首次下山办事，居然弄成这样措手不及的局面，都快没信心了。

夜，很静，街上没有行人。

汪铁锤已经躺在床上睡着了。

南莺莺悄悄推开窗户，一跃而出，消失在夜幕中的宝庆城。

她来到了江边的水府庙，有节奏地叩了几下门，过了片刻，门被打开，她走了进去。

清晨，汪铁锤正准备出门，店小二敲门进来。

“客官，有个人让我送封信给你。”店小二说完把一封信递给汪铁锤。

汪铁锤拆开信。

“午时，北塔。”

就四个字。没有落款。

“送信的人在哪里？”汪铁锤问。

店小二说：“已经走了，是个小孩。看样子也是别人让他转送的。”

“谢谢小二，一点小意思，拿去喝杯茶。”汪铁锤说完从怀里拿出几枚铜钱递给店小二。

店小二接过铜钱，道了声谢，就退了出去。

“午时，北塔。”什么意思？

汪铁锤把字条捏在手里，敲开了南莺莺的门。

南莺莺刚梳妆打扮好。

“你看看这个。”汪铁锤把字条递给她。

“谁送来的？”南莺莺问。

“店小二说是个小孩送来的。估计也是受人之托。”汪铁锤说，“等下我们一起去北塔。”

“你去吧，我想到城内转转，看看能发现什么线索。”南莺莺说。

汪铁锤不假思索地说：“这样也行，我们分散行动，有什么事我们就回到客栈一起商议。”

“城内我比较熟，你去赴约，看看到底是什么人什么事。”南莺莺说。

汪铁锤说：“那你多加小心。”

北塔修建于明万历年间，位于宝庆城外的资江边，是宝庆府有名的标志性建筑物。汪铁锤来到北塔下，见周围无人，看来自己来早了，还没到午时，索性就在塔的台阶上坐下休息。

看着前面的资江水，他陷入了沉思。

午时就快过了，怎么还没来人?

此时的阳光格外刺眼，河对岸的水府庙屋檐上的琉璃瓦在太阳下闪闪发光。

他拿着那张字条左看右看，猛然醒悟。

掏出怀里的腰牌，笑了笑，匆匆离开了北塔。

三日后，离宝庆城三十里的资江边，一个石洞前，汪铁锤盘腿坐在高处的石板上。

一行五六百人的队伍浩浩荡荡地从远处走来，为首的看到石板上的汪铁锤，右手往空中慢慢举起，后面的队伍立即停了下来。

“南岛主，别来无恙!”汪铁锤先开口说话了，微笑着看着为首之人。

“汪铁锤，你真是阴魂不散。”为首者厉声喝道。

“南岛主，这么大的太阳，蒙着面不热吗?”汪铁锤冷笑着说。

为首者摘下面具。果然是桃花岛的南霸天!

“汪铁锤，念在我跟汪天赐的情分上，你最好乖乖地滚开。”南霸天的口气非常强硬。

“哈哈哈，南岛主马上要成为吴三桂麾下的大将军，说话果然硬气!”汪铁锤站了起来，立在石板上。

“你还知道什么?”南霸天吹胡子瞪眼睛地说。

“你才问这个问题，我以为你见我的第一句话就该问呢。”汪铁锤说，“这个问题比较复杂，听我一步步跟你说吧。”

南霸天也很好奇，汪铁锤怎么就跑到他藏黄金的石洞来了。

汪铁锤说："你虽然之前曾在袁督师麾下效力，也正因为如此，你认识了与你同龄的吴三桂，两人无话不谈。可惜，后来因各种原因，他做了大清朝的平西王，你做了桃花岛的岛主。表面上，你游走于江湖之中，开妓院赌场，实际上你暗中拉拢江湖各派人马，培植势力，与远在云南的吴三桂常常书信往来。吴三桂起兵造反时，你暗中为其提供各种情报，使得吴三桂叛军能顺利攻下多座城池。你也想直接在宝庆举事，但你也明白自己手里这些人在江湖上搞些小动作还行，要攻城略地还差得远，但你又想在吴三桂面前立功，期望能在将来得到更大的封赏，正好这时朝廷要往广西运送一批军饷的消息被你获知，于是你就设计了一个黄金被劫的谜案。"

"臭小子，知道的还不少。黄金就是我抢的，并且就在你守着的那个石洞里，你又能奈我何？"南霸天狂妄地说。

"南岛主，看似精心设计的局，就这样被我破了，你不觉得奇怪吗？"汪铁锤问。

"有什么奇怪的。把你杀了就不奇怪了。"南霸天说道。

"你就是太喜欢杀人，你犯的最大的错误就是杀人，如果那天在树林里你不杀人，我还真找不到这个地方。"汪铁锤边说边从怀里掏出一张纸，挥了挥，说道："若不是你把他们杀害，我还真得不到这张藏宝图。"

"那些该死的家伙，成事不足败事有余，该杀！"南霸天怒吼道。

"南岛主，你自认为聪明，算无遗策，但没想到自己犯了特别大的错误吗？"汪铁锤说。

"哼，不管有什么错误，你能奈我何？我今天就要把这些黄金运走。"南霸天说道。

"看来你这个人不但自负，而且还很糊涂。"汪铁锤说，"你以为挟持了知府曾青溪，宝庆城就会被你掌控吗？宝庆兵营八千兵马就能听你指挥？"

南霸天没想到汪铁锤不仅找到黄金所藏之地，而且还知道他挟持曾青溪的事情，感到很吃惊，问道："你还知道什么？"

"我知道的事情多着呢。"汪铁锤站在石板上冷笑着说："谭家庄不愿意归顺吴三桂，你就用苗人的酥骨香先让他们中毒，然后残忍灭门；你为了麻痹我，故意用别人尸体冒充自己，想骗过我，再利用这个空当去做你所谓的大事；曾大人向来惧内，身为宝庆府知府而不敢纳妾，只有三个女儿，担心无后，偷偷在外养一小妾生有儿子，被你知道之后如获珍宝，绑架他儿子以逼他起兵造反响应吴三桂，作为堂堂的桃花岛岛主你不觉得这些行为很可耻吗？"

南霸天被汪铁锤揭下了丑恶面具，恶狠狠地说："这些你是怎么知道的？曾青溪不是让你回黄金岭吗？"

"哈哈，南霸天，你聪明一世糊涂一时，你以为曾大人就是那么容易被你要挟的吗？"汪铁锤说，"既然如此，我就从头到尾给你说说吧，也让你输得心服口服。"

汪铁锤清了清嗓子，把这几天发生的事情，娓娓道来："你利用苗寨首领龙啸天对你的信任，盗取了苗寨至宝酥骨香。得知州府将派官兵去护送黄金时，你假装过路之人，在必经之路白水洞附近的凉茶铺里等候。天气炎热，官兵见了凉茶铺都进来喝茶，而你乔装打扮成路人假装给店铺老太太帮忙，把酥骨香放入水缸之中，为了下手方便，你放的量并不多。官兵喝了掺入酥骨香的凉茶之后，越走越慢，浑身无力，到了白水洞时，他们就坐下来在树荫处休息，谁知道这一停下来，就先后都睡着了。而你那些提前埋伏好的人则出来扒光官兵的衣服换上，并残忍地把他们杀害。你们换上衣服之后，持宝庆文书冒充官兵，到了宝庆边界接上朝廷军饷押送队伍，行至佘湖山时，你故伎重施，让他们喝下掺入酥骨香的水，然后再次残忍地杀害朝廷八旗兵，劫夺黄金。你知道即使得到这些黄金，也无法运出宝庆，因为吴三桂还在广西，你得经过永州才能进入广西，而一路上都有关卡，运送起来风险太大，所以你就根本没有考虑立马把黄金送给吴三桂，而是找个隐蔽的地方藏起来，等到吴三桂的兵马杀入宝庆时，你可以用这笔黄金换取荣华富贵。

“更重要的是，你想利用黄金劫夺这个事件，让朝廷归罪于宝庆知府曾大人，让他轻则罢官，重则抄家灭族。曾大人曾是前朝官吏，也参与过反清复明，你想以此案，逼曾大人举城投降吴三桂。但你没想到的是，曾大人居然请汪二老爷出山相助查案，你一直认为汪二老爷作为一名隐居人士，虽然不会加入吴三桂的队伍，至少也不会帮助朝廷。我拿着汪二老爷的信找你的时候，你就已经猜着汪二老爷怀疑劫夺黄金之事是你做的。我代表汪二老爷下山破案，虽然汪二老爷并没有告诉我他怀疑你，但他让我既不去佘湖山看现场，也不去白水洞看现场，而是直接去桃花岛找你，就等于暗示你，你就是怀疑对象。

“从你们认识时开始，汪二老爷比你棋高一招，你对他一直都心存芥蒂。你为了别出现节外生枝之事，见我初入江湖，就故意给我传递一个假信息，说谭家庄有问题。而实际上，你又赶在我夜探谭家庄之前，提前带着手下到了谭家庄，利用谭家兄弟对你的信任，让手下在其院内井水里洒下酥骨香，你与手下对谭家庄残忍地灭门，并留下来等我。待我出现时，你又故意匆忙逃走，让我把目标对准这个蒙面人。为你在自己家里假死做好准备，让我认为你已经被人杀害，令我无法怀疑你。而实际上，你做的这些，都只是想拖延时间而已。因为你在等待朝廷处置曾大人的圣旨，若朝廷要对曾大人杀头抄家，你就更有把握说服曾大人起兵造反。因为你也知道，曾大人在宝庆知府这个位置上坐了十年，宝庆的官兵和百姓对他信任有加，他说站在哪一边，宝庆军民就站哪一边。所以，你劫取黄金之后并没有立即去找曾大人，而一直等着朝廷的消息。

“在谭家庄你以蒙面人身份引开我之后，你的手下就开始放火烧院，故意把事情搞大，扰乱宝庆府和我的注意力。并且你一直在暗中跟踪我，你的轻功很高，我还真没留意到，没想到你跟踪我到破窑时，发现护送黄金的朝廷八旗兵还有幸存者，于是借我外出买药之际，又残忍地杀害黑猫和格尔图。当时我没想明白，你为什么在杀了他们之后，还要在破窑等我回来，而且故意在我面前离开。后来你做的几件事让我想通了，你是故意这样做的，你是太过自信，是在挑衅我，不，准确地说，你是在挑衅汪二老爷。你内心里既怕汪二老爷，潜意识里又想超过他。你在强者面前的自卑和在弱者面前的狂妄自大，让你行为变得有些令人不可思议。这应该就是你最大的弱点，当年吴三桂能成为山海关总兵，而你却只是一名小小的百夫长，也说明了这一点。”

“不要再说了。”南霸天见汪铁锤直击他的内心，他怒吼道：“我也是大将军，待我们得到天下之后，我就是执掌湖广的亲王。”

汪铁锤听南霸天说完之后，哈哈大笑：“南霸天啊南霸天，亏你还在江湖上混了这么多年，一大把年纪了，还说出小孩子的话来，岂不令人笑话。康熙帝文韬武略，擒鳌拜兴科举，颁布永不加赋、满汉平等之令，天下已定，你等重燃战火，为的是天下百姓还是个人私欲？吴三桂是明朝叛臣大清反贼，此等人要的不是百姓安宁而是皇帝宝座，他举兵造反只能暂时蒙蔽小部分人，待朝廷大军开到，他立即灰飞烟灭。到那时，吴三桂连他自己的小命都保不住，还封你什么湖广亲王，你真会做春秋大梦！”

“汪铁锤，我忍你很久了，你以为我不敢杀你吗？”南霸天恼羞成怒地叫嚣道。

“你当然敢杀我，但是你杀我之前，先让我把你的事情一一说完。”汪铁锤站在石板上，微风吹起，衣裳飘逸，他继续说道：“黑猫被杀的当天，你以为我在线索都断了情况下会去找曾大人，结果你失算了，你在知府后院并没有等到我，但你发现了一个天大的秘密，曾大人在外面有个私生子。第二天我到衙门看曾大人断案，而你却派人把曾大人小妾和私生子给绑架带走。到了晚上，我夜探知府后院，而你进入了曾大人书房，传递两个信息：一是告诉曾大人他的私生子在你手里，二是误导我，曾大人与蒙面人是一伙的。但是你又失算了，你女儿南莺莺的出现让我知道了一些你之前的事情。第二天，你让知府曾大人通知我回黄金岭，你也看到我和你女儿南莺莺离开了宝庆城，于是你就放心地去与苗人见面。”

“南霸天，你知道曾大人在黄金岭时给了我什么东西吗？”汪铁锤问。

南霸天不屑地说：“什么东西？”

汪铁锤从怀里掏出令牌，说道：“就是这块令牌。曾大人说过，这块令牌在宝庆只有一块，持有此令就相当于知府号令，可以调遣宝庆境内所有官兵。”

南霸天盯着汪铁锤，等他继续说下去。

“你威逼曾大人写信让我离开黄金岭，这非常不合常理。”汪铁锤说，“既然让我离开，为何曾大人不亲自过来要回这块令牌呢？只有一个可能，那不是他的本意，不是真心让我离开，只会向我透露一个消息，他已经被人威逼了。”

“我只有假装配合离开宝庆城，而实际上却在想，会是谁能威逼堂堂的知府大人？有什么目的？”汪铁锤继续说道，“当时我首先想到的就是苗人，因为酥骨香，我也只有想到是苗人。于是我觉得找机会先接触苗人，很凑巧的是，在祭旗坡小镇，真遇到了苗人，并且跟踪苗人来到了树林。”

“你去了紫霞山？原来那个蒙面男子是你。”南霸天感到很惊讶。

“那座山叫什么名字，我还真不知道，原来是紫霞山啊，名字挺好听的，可惜的是场面太残忍了，黑衣蒙面人虽然可以隐藏自己的真实武功，但终究武功高强，六个苗人很快被杀。不过，幸亏我路见不平拔刀相助，及时出现，与那个黑衣蒙面人大战数十回合，黑衣蒙面人扔了个烟雾丸就跑了，轻功很高。”汪铁锤冷笑着说，“但是我没有想到这名黑衣蒙面人是南岛主你。不过，回到客栈之后，回想起令爱当时的反常表现，让我怀疑了你。”

“她怎么反常了？”南霸天问。

“我们在打斗时，她喊的那句话，明显是她认识蒙面人，而且她返程时一路上的神色，也让我越来越觉得你是假死。”汪铁锤说，“虽然那六个苗人被杀，但是我却在你逃走时，得到一个意外收获。”

汪铁锤边说边从怀里掏出一张纸，说道：“那六个苗人把你隐藏黄金的位置画在一张纸上，分成六份，每人保管一份，藏在鞋子里面。这是我临摹下来的。虽然说他们画的地图刻意没有把高山河流标示出来，但是作为担任宝庆府十年父母官的曾大人，还是能一眼看出这是哪里。”

“这些心存二心的家伙，死得活该。”南霸天看到汪铁锤手里的纸，终于明白，汪铁锤为什么能找到这里来了。

“见财起心，这也是正常。你蒙蔽苗人跟你造反，而苗人却只想拿些钱过安稳日子，不想卷入战火。”汪铁锤边说边把手里的那张纸一块一块地慢慢撕碎，他已经不需要这张纸了，“他们本来想从你手里赚到那一万两银子之后，再回苗寨聚集人马过来盗取这笔黄金的，可惜啊，他们死在贪婪这个念头上。他们把黄金运到这里来，你为了假装信任他们，让他们带人来守护，但又担心他们盗取，就又派人来监督。两队人马都聚在一起，隐藏在附近，是信任他们还是利用他们呢？对他们来说，战争能给他们带来荣华富贵，但现在发现只要稍微搞些小动作，一样能让自己荣华富贵，他们又何必要去冒战争的危险呢？你的最大败笔就是以为每个人都跟你的想法一样。

“你虽然也感觉到这些人不一定会死心塌地地追随你，能听你差遣无非就是看中你给的钱。你只有装聋卖傻，只要等到吴三桂的叛军打来了，你就能掌控一切局面，手握兵权，这些追随你的人就不敢再有二心了。当初你从苗寨里面偷出的酥骨香分量有限，几次行动中，你已经用完，你只得许诺重金，利用这几个苗人从苗寨祖祠里面偷出酥骨香的配方。这几个苗人败类，为了金钱确实违背苗寨祖训，从祖祠供台上偷出配方。你虽然拿到了配方，但是没想到的是配方里面有几样药草非常稀缺，根本就不能大量配制。”

“你怎么知道配方里面有稀缺的药草？”南霸天好奇地问道。

“你杀了苗寨的人，我把这消息告诉你的苗寨好朋友，他说的。

别急，他等会儿也要过来与你见面的，来见见这个他非常信任却又偷了他酥骨香的好友。”汪铁锤说道。

“他来了？”南霸天有点紧张地问道。

“放心吧，龙寨主怎么会错过这么好的见面机会呢？！”汪铁锤冷笑着说，“当我与南莺莺再次夜探知府后院时，你又去了，正当我准备偷听你与知府曾大人说话时，南莺莺突然惊叫，我们暴露了行踪，被迫回到了客栈。南莺莺说是被树上的小蛇吓着了，但是知府后院四周都种有凤仙花和蛇灭门两种花草，蛇根本不会进入院内。凤仙花和蛇灭门是驱蛇花草，现在正值夏季，花季正旺，蛇只要闻到香味就立即逃之夭夭，院内怎么会有蛇呢？树上怎么会有蛇呢？南莺莺说出这句话时，我当时并没有想到这一点，而是第二天我在客栈门口见到凤仙花时，突然想起知府后院四周不是到处种植此花吗？南莺莺是不想让我偷听到你与曾大人说话，而故意编了个谎言。”

“当我接到神秘来信前往北塔，并没有等到约我见面的人，当午时太阳照在北塔斜对面的水府庙时，我忽然醒悟，来信之人其实是让我注意水府庙。但是何人来信？水府庙里面到底有什么秘密？”

“是莺莺这个不孝女写的。”南霸天非常气愤地说。

“知女莫过父，看来你还是了解你女儿的。没错，确实是莺莺写的，她发现你的秘密之后，既想告诉我，又在纠结应不应该告诉我。于是她就干脆写了个哑谜便条，看我能否领悟了。”汪铁锤说，“真没想到，你居然隐身在水府庙，而水府庙一直是你烧香拜佛之地，住持与你关系匪浅，也是你除了桃花岛之外去得最多的地方。我晚上夜探水府庙时，听到了你们两个的对话。北塔回来之后，我潜入水府庙，听到了你与莺莺的对话，莺莺向你晓之以理、动之以情，希望你看在数十万宝庆父老性命的分上，别再跟朝廷作对，而你一心为了报仇，全然不顾战争带来的灾难。”

“清狗害死了我的桃花，我无时无刻不在想着杀尽清狗。”南霸天恶狠狠说道。

汪铁锤说："也是这次偷听，让我知道了，原来你心爱的女人桃花当年外出时被清兵玷污，她不忍羞辱跳河自尽。而你为了桃花身后名声，对外说是你不好，让她失望而远走他乡了。欺辱桃花的清兵被你杀了，你为什么还放不下仇恨呢？"

"嘉兴三屠，扬州十日，清狗为了坐稳江山，杀了多少百姓你知道吗？"南霸天怒吼道。

"你说得没错，清军入关时确实做了很多伤天害理之事，但是康熙皇帝自亲政以来，对以前清军所作所为都进行了反思。"汪铁锤说，"百姓刚刚从战火中走出，还没来得及休养生息，若再次卷入战火之中，你说这是不是祸？莺莺虽然没有踏入过江湖，但是她明白是非，你不顾她的苦苦哀求，甚至还要把她也关起来。"

汪铁锤接着说："在你与莺莺的对话中，我不仅知道你劫夺黄金的过程，也知道你为了要挟曾大人率宝庆官兵响应吴三桂叛军，还绑架了他在外面的私生子。你手段真是卑鄙可耻。"

"汪铁锤，你不用说这么多了，已经没用了，我们的军队打过广西，已经在攻打永州了，曾大人已经答应明天宣布起兵，由我亲自带兵夹击永州城。今天我就把黄金运出，作为迎接吴大帅的厚礼！"南霸天不耐烦地对汪铁锤说。

"既然你这样说，我与你也就无话可谈了。"汪铁锤说完，变戏法一样，又从怀里掏出一面小彩旗，轻轻一挥。

"杀——"

瞬间，前后道路和高山两侧都出现大量官兵，把南霸天等人包围起来。

曾大人骑着马从队伍里走了出来。

"南霸天，你束手就擒吧。"曾青溪威严地喝道。

"曾青溪，你不怕我杀了你的宝贝儿子？！"南霸天气急败坏地威胁道。

"多谢汪铁锤告诉我消息，在一个时辰之前，我已经从水府庙的西厢房里亲自救出了犬子。”曾青溪冷笑道。

“你……老匹夫！”南霸天拔刀向曾青溪杀去。

周围的官兵纷纷上前阻挡，无奈南霸天神勇，无法挡住他的脚步。

“让我来！”汪铁锤见状，从石头上飞下，顺手从一名官兵手里拿过一把长矛向南霸天杀去。

两人大战二十回合之后，各跳开数丈远。

南霸天不屑一顾道：“不要以为你人多，我照样可以把你和曾青溪的人头取下。”

汪铁锤说：“这次就不用隐藏武功了，把你的绝学拿出来吧，让我领教领教你的霸天刀。”

南霸天手里的霸天刀由精钢打造，跟随他数十年，不知道杀了多少人，在烈日下，闪着刺眼的光。

“我看看汪天赐的徒弟是什么货色。”他说完，刀在空中一划，向汪铁锤杀去。两人大打起来，刀光剑影。

大战五十回合。两人不相上下。

南莺莺突然从人群中跑出来。

“爹，你不要再打了，收手吧。铁锤，不要再打了，他是我父亲，放过他好吗？”南莺莺痛苦地喊道。

激战中的两人，谁也没有理会南莺莺的呐喊。

汪铁锤年轻，终究艺高一筹，南霸天被打倒在地，内伤严重。

想起被灭门的谭家庄，想起惨死的黑猫和格尔图，想起被杀害的六个苗人，更想起白水洞被杀害的两百名官兵，想起佘湖山被残害的八旗兵，汪铁锤挺起长矛向南霸天刺去。

“不要！”南莺莺的呐喊并没有阻止长矛的速度。

“啊！”长矛扎进了南霸天的大腿，鲜血直喷！

“南霸天，你犯谋反之罪，我无权处置你，刚才这一枪，算是我替那些被你杀害的人报仇！”汪铁锤说完，收起长矛，向曾大人走去。

“汪铁锤，你站住！”南霸天说道。

汪铁锤看着他。

南霸天说："汪天赐说得对，果然是青出于蓝而胜于蓝，你还是把我杀了吧，我不想落入清狗之手被他们羞辱。"

汪铁锤盯着他，没有说话。

这时，苗寨龙寨主走了过来，看着受伤的南霸天，叹了口气。

南霸天苦笑着说："老兄，对不住。"

龙寨主冷笑一声："人之将死其言也善。你杀害别人时，怎么就没想到对不住呢？"

南霸天半躺在地上，长叹一声，举起霸天刀往自己脖子上一抹，一股鲜血喷了出来。

"爹，爹。"南莺莺悲伤地趴在南霸天的尸体上痛哭。

那些南霸天带来的手下，见他已死，纷纷放下手中的兵器，束手就擒。

曾大人派人清点了黄金，一一抬出山洞，运回宝庆府。

第二章 刺杀吴三桂

汪铁锤查获了黄金劫夺案之后，宝庆知府曾青溪留其在宝庆府继续效力。

“铁锤，吴三桂的军队一日之间就攻下了永州，来势凶猛，我们宝庆危在旦夕。”曾青溪说。

“吴三桂打着‘兴明讨虏’的旗帜迷惑了很多百姓，大家都纷纷追随，队伍越来越大，下一个目标估计就是衡州了。”汪铁锤说。

“是啊。昨晚接到消息，叛军已经包围了衡州城。”曾青溪担忧地说。

“那我们怎么办？”汪铁锤说，“是不是应该出兵增援衡州？”

曾青溪叹了口气，说道：“铁锤，你刚出山，不懂我们宝庆实际情况。我们整个宝庆，其实只有五千兵马，其中两千还是临时招募的，而吴三桂围攻衡州的兵马是十万大军。如果派兵增援衡州，等于羊入虎口。更何况，吴三桂在永州还有数万兵马正在休整，随时开拔到我们这里。”

汪铁锤焦急地说道：“那我们也不能坐以待毙啊。”

“这就是我叫你过来的原因。”曾大人说，“铁锤，我让你去刺杀吴三桂！”

“刺杀吴三桂？！”汪铁锤感到意外。

“没错。取下吴三桂狗头，叛军群龙无首必败无疑。”曾大人坚定的目光告诉汪铁锤这是真的，是再三考虑之后的计划。

汪铁锤没有说话，他对吴三桂并不了解，说实话，他长这么大还没有走出宝庆地界，他在等曾大人向他介绍吴三桂的情况。

果然，曾大人继续说道：“攻下永州城，为了安全，吴三桂本人并没有进城，而是留在他的大元帅营帐里继续调遣各路兵马。吴三桂从小练武，曾在前朝勇冠三军，当年担任前朝山海关总兵之时，曾一个人单枪匹马杀入李自成军中，斩杀数十人，全身而退。他一直扼守山海关阻止了清军步伐，皇太极先后派出满洲十名勇士前去刺杀他，结果没有一个人活着走出他的总兵大营。”

曾大人用手拍了拍汪铁锤的肩膀，说道：“除了吴三桂本人武功深不可测之外，他身边号称‘十八虎’的护卫，也都是顶级高手。吴三桂在云南时，不少反清复明的义士多次对他展开过刺杀行动，均没有成功，反而都丢了性命。”

曾大人说到这里，盯着汪铁锤的眼睛。汪铁锤的眼里并没有恐惧，反而是充满坚毅。

“你愿意接受这项任务吗？”曾大人问。

汪铁锤坚定地点了点头，算是答应了！

“大人，王将军来了。”曾大人正准备向汪铁锤介绍吴三桂情况，一名衙役走进来报告。

“快请进来。”曾大人忙说。

他的话音刚落，一名身材魁梧、身披戎装的中年男子走了进来。他就是宝庆营主将王武将军。

“曾大人。”王武将军进来就向知府曾青溪施礼。按往常情况，知府与兵营主将是不相互统领的，但现在是战争时期，为了更好地协调军政关系，保障兵马后勤供给，根据朝廷吏部和兵部的决议，知府和兵营合署办公，由品级相对高者为主，若品级一样，则以地方知府为主。

曾大人作为宝庆知府，为四品官员，而王武将军作为宝庆营主将，是从四品，所以宝庆境内一切军政以曾青溪为主，王武将军为副。

“王将军，你来得正好，向你介绍一下这位小青年。”曾青溪指了指汪铁锤说，“这位就是勇破黄金劫夺案的汪铁锤汪少侠。”

“王将军。”汪铁锤向王武将军施礼。

“汪少侠，久仰久仰。”王武向汪铁锤回礼。

“王将军，关于昨日与你商讨刺杀吴三桂的事情，我刚才已经跟铁锤说了。”曾大人说。

“汪少侠武功盖世，若能顺利杀死吴三桂，将是社稷之福，百姓之福。”王武将军说。

“王将军，您还是叫我铁锤吧。我下山不久，很多方面还请王将军以后多多照顾。”汪铁锤谦虚地说。

“铁锤兄弟这么谦虚，令王某钦佩。”王武说，“你现在是我们宝庆的大英雄，大战南霸天，威震三湘。遗憾的是上次我被临时调遣到永州作战，没能一睹你大战南霸天的风采。”

汪铁锤不好意思地说：“过奖过奖。”

曾大人做了个请坐的手势，三人分主宾坐下。

王武介绍道：“吴三桂自从山海关归顺朝廷之后，江湖上各色人等均想刺杀他，造成他处处谨慎多疑，除了‘十八虎’从不离开半步之外，在饮食上也非常小心，据说即使出征作战，在吃任何东西之前，均要安排人先试吃。”

汪铁锤说：“刚才我还想到从苗人龙寨主手里讨点酥骨香，看来不可用了。”

王武摆了摆手说：“这个法子我和曾大人曾考虑过，不可行，用酥骨香根本就没有下手的机会。”

“吴三桂营地地图你们有吗？”汪铁锤问。

王武听了叹了口气，摇了摇头说：“吴三桂十几岁就开始领兵打仗，思虑周详，对营地驻扎都是亲自过问，他的营帐从外面看与周围兵营相差无几，而实际肯定与众不同，防卫森严，我们曾派人潜入打探，都失败了。”

汪铁锤听到这里，只得说：“看来只有我亲自去了。”

曾青溪和王武两人点了点头。

深夜，吴三桂的大元帅营帐还是灯火通明。

“国相，衡州的战报还没来？”吴三桂边看着墙上挂着的地图，边问身边的大将夏国相。

夏国相不仅是吴三桂的十大总兵之首，还是吴三桂的女婿，文武双全，运筹帷幄，是叛军中响当当的二号人物。

“还没有来。大帅，您先歇息，战报来了我再叫您。”夏国相说。

“还是等等吧。衡州是块硬骨头，无能如何也要啃下来。”吴三桂坚决地说。

“您放心，清军在衡州城只有一万兵力，而我们有十万大军。”夏国相不屑地说。

“衡州和宝庆是湖南两大关隘，只要打下任何一座城，我们大军就可以横穿湖南，渡长江，进军中原，直逼京师。”吴三桂用手指狠狠地戳了戳地图上的“衡州”和“宝庆”。

“湖南人以霸蛮著称，而湖南人中衡州和宝庆人最为彪悍。”夏国相疑惑地问，“既然两座城市都难攻打，大帅你为何偏要去打守军更多的衡州，而不打只有三五千兵马的宝庆？”

“铁打的宝庆啊。”吴三桂无奈地说，“不仅宝庆城三面环水一面靠山，易守难攻，更主要是宝庆人在战场上彪悍凶狠，人人自小习武，即便是六七十岁的老妇都能上阵，所以宝庆的城池虽不高大，但防守非常厉害，犹如铁桶一般，无法攻破。当年我率兵南下就在宝庆吃过败仗，差点全军覆没。”

夏国相说：“都说宝庆府的城池是铁打的，我还真想去看看。”

吴三桂摆了摆手说：“还是别惹宝庆为好，只要把衡州打下，到时它自然就是一座孤城，能守多久？！”

两人正讨论着，一名兵卒急匆匆地跑了进来。

“禀大元帅，我军今日暂未攻下衡州城，傍晚时，马总兵已下令停战，明日继续攻城。”兵卒单膝跪地汇报军情，并把当日作战简报双手托举过头。夏国相走过去接过作战简报。

从衡州到吴三桂大营，快马加鞭最快也得三个时辰。这次指挥攻打衡州城的是吴三桂的爱将马宝，马宝曾是李定国的旧部，一起跟随李定国率八万大军夺取过衡州。

李定国是农民军领袖张献忠的义子，勇敢善战，为张献忠所钟爱。张献忠死后，他就归顺南明政权，公元1652年（明永历六年，清顺治九年）初，李定国在经过充分准备之后，出兵八万攻湖南。先取沅州、靖州，继攻广西桂林，大败清军，逼得清军主帅、定南王孔有德自杀。七月初，李定国占领桂林，随后直下柳州、衡州等四州，兵锋指向长沙。清廷闻讯大惊，增派十万大军驰援。为避清军锐气，李定国暂时撤离长沙外围，退守衡州。清军主帅、亲王尼堪率军尾追，李定国设伏将清军团团包围，四面猛攻，尼堪被阵斩，清军大溃，全军覆没。李定国取得桂林、衡阳两大战役的胜利，使南明的抗清斗争打开了一个新局面。后来，南明灭亡，李定国病逝，旧部马宝则归顺了平西王吴三桂。

李定国当年攻打衡州时，马宝就是攻城先锋，所以吴三桂选择马宝为这次攻打衡州的主将。在他的十大总兵里面，只有马宝对衡州最熟悉。但是，吴三桂忘记了一点，当年马宝在李定国的麾下率兵攻打衡州，是因为清军刚进入中原，城里百姓也希望清军失败离开，怎么能殊死保护城池呢？都恨不得立马开门迎接南明兵马进城呢。而现在，江山已定，衡州经过清廷二十多年的经营，明朝末期朝廷的横征暴敛和康熙年间清廷颁布的“永不加赋”，形成了鲜明对比，百姓思安宁，岂会再让吴三桂来把大伙卷入战火之中？

“大帅，要不要我明天亲自过去看看？”夏国相问。

“这样也好，你过去配合一下马宝，但是指挥权还是由他掌握，你听他调遣。”吴三桂沉思了一下，说道。

“遵令！”夏国相理解吴三桂的意思。

为了尽快拿下衡州城，也为了显示对马宝的绝对信任，吴三桂只有这样做。

“你下去休息吧。”吴三桂向兵卒挥了挥手。

见兵卒走出营帐，吴三桂接过夏国相递来的作战简报，边展开边说：“我们一起商讨一下。”

深夜，汪铁锤展示轻功潜入吴三桂营地，趁一名巡逻的兵卒掉队撒尿之际，一掌把这兵卒打死，换上衣服，跟在巡逻小队后面。

整个营地有好几处都点着灯，想知道吴三桂住在哪个营帐里，并不容易。

汪铁锤边跟着小队巡逻边观察周围环境，正经过一个灯火通明的营帐时，他看到那名送军情的兵卒从营帐里出来。

借着营帐前面的灯火，他明显可以看出这名兵卒是远道而来的，步伐疲乏。难道是给吴三桂送前线军情？有了这个想法，汪铁锤快速闪到营帐一角，用短刀轻轻划开帐布。

吴三桂和夏国相正坐在一张大方桌上看地图，而“十八虎”分站在两侧。

汪铁锤出发之前，就已经看过了吴三桂、十大总兵的画像，对他们的相貌都掌握得清清楚楚。

该如何下手为好？汪铁锤在思考，直接杀进去肯定不行，到时还没靠近吴三桂就被“十八虎”包围。

用飞刀！

虽然隔着营帐，但是与吴三桂距离并不远，只要飞刀刺进他的脖子，就必死无疑。

汪铁锤观察着里面的情况，吴三桂身披铠甲，还戴着头盔，当前吴三桂坐的方位并不适合一击而中，他在等下手的机会。

“什么人？”汪铁锤正观察着营帐内的情况，一名将官打扮的人走了过来，发现了有人偷窥大元帅营帐，大声厉喝。

原来这名将官是来检查各处哨位的。

汪铁锤见被人发现，匆忙把手中的飞刀向吴三桂甩去。

遗憾，“十八虎”在听到喊声之后，已经迅速地把吴三桂围在中间，飞刀被“十八虎”的刀挡下。

“来人，抓刺客！”那名将官大声呼喊。

汪铁锤拔刀捅向了那名将官的肚子。

为避免被人发现真面目，汪铁锤从怀里掏出一块黑纱巾蒙着脸，只露出一双眼睛。

瞬间，兵卒从各个路口围了上来，汪铁锤见陷入重围，冷静地朝一个路口杀去。

激烈的打斗，面对这些兵卒，汪铁锤并不害怕，犹如狼入羊群，一路狂杀。

兵卒越来越多，汪铁锤不能恋战，必须突围，否则性命难保。

眼看汪铁锤杀出重围，正准备展示轻功逃离时，“嗖嗖嗖”几支利箭飞来。

“放箭，不能让刺客跑啦。”一名将官指挥着一排弓箭手向汪铁锤狂射。

汪铁锤手舞长刀拨开利箭，飞身闪到一座营帐旁边。

吴三桂的营地很大，几番打斗下来，汪铁锤不知道该如何逃出，而耳边不时传来：“包围营地，不能让刺客跑了。”

正在汪铁锤慌不择路之时，一名白衣蒙面女子躲在一个营帐向他招手：“这里。”

汪铁锤犹豫。

“快!”白衣女子焦急地说道。

“在这里，快，把这里包围。”叛军发现了他的行踪。

“我知道路，快跟我走。”白衣女子说完就走。

汪铁锤见着女子不像坏人，只得跟着她走。叛军在后面追着，汪铁锤跟着女子跑了好几个营帐，到了马厩。

“快，骑马。”女子边说边一剑斩断马绳，跃上马背。

汪铁锤也骑上一匹马，跟在女子后面。

“嗷——”白衣女子的马一声惨叫，白衣女子摔在地上。

原来，白衣女子的马被弓箭射中。

汪铁锤快马从白衣女子身边经过，一个海底捞月，把白衣女子拽上马背，白衣女子在后面紧紧抱着汪铁锤，两人很快逃出了营地。

“大帅，刺客已经跑了。”夏国相从外面走进营帐。

“身手不错。”吴三桂放下手中的飞刀。

原来，吴三桂躲过汪铁锤的飞刀之后，居然一点都不紧张，习以为常。夏国相出去察看捉拿刺客情况时，他拿着汪铁锤的飞刀悠然自得地把玩起来。几十年内被刺客刺杀过上百次，他都毫发无损，加之有武功高强的“十八虎”护卫，他没有必要担心。

“武功确实不错，不仅没有伤其毫发，反而杀了我们不少兵卒。”夏国相说。

“你认为是汪铁锤吗？”吴三桂说。

“明知前来刺杀是死路一条，还敢来的，估计也就只有宝古佬了。”夏国相说。宝古佬，是外人对宝庆人的一种称谓，也是对倔强好斗精明的宝庆人的一种特定评价。

“唇亡齿寒，永州被占，衡州被围，宝庆能不像热锅上的蚂蚁？曾青溪是个什么样的人，我是很了解的。汪铁锤能把南霸天打败，可见武功已经得到了汪天赐的真传。在这个时候，曾青溪除了派汪铁锤来刺杀，还能做什么？他手里就几千兵马，敢调遣到衡州去增援？不怕留一座空城给我？”吴三桂说道。看来，他对宝庆的情况已经掌握得一清二楚了。

“汪铁锤年纪轻轻却能在几日之内查破南霸天劫夺黄金之案，可见这人不简单。”夏国相说，“这次他刺杀失败，估计还会来的。”

“我喜欢年轻人，若能收为己用，真是一件好事。让他来吧，有‘十八虎’在，怕什么？！”吴三桂淡淡一笑说道。他现在起兵反抗清廷，也需要广纳人才。

“他武功不可小视，还是多加小心为好。”夏国相说。

“没事。你先下去歇会儿吧，早点去衡州。”吴三桂说。

“遵令。”夏国相退了出去。

吴三桂并没有睡意，继续把玩着手里的飞刀，微微一笑，似乎一切都在他的掌控之中。

汪铁锤带着白衣女子在马上一路狂奔，见没有敌人追上来，才停了下来。

“你中箭了？！”汪铁锤跳下马，发现白衣女子背上插着一支利箭，差点从马背上摔了下来。

“出营地时被射的。”白衣女子有气无力地说道。

汪铁锤一听，非常内疚，若不是这女子坐在他后面，中箭的就是他自己。

“我扶你下来，我懂医。”汪铁锤忙把白衣女子抱了下来。

这时，天色已亮，汪铁锤见远处有间茅屋，就对白衣女子说：“你先撑着，前面有间茅屋，估计有人家。”说完就抱着白衣女子向茅屋走去。

茅屋里没有人，但是锅碗瓢盆和农具都在，估计主人外出走亲访友去了。

汪铁锤把女子放在床上，让她趴着背朝上。

“幸好这箭射在肩上，并且还不深。”汪铁锤用小刀轻轻割开白衣女子伤口处的衣裳，又仔细看了下伤口，说道：“这箭没有毒，可以直接拔出来，我带有刀伤药在身。”

白衣女子点了点头。

“我先帮你把面纱取下来吧。”汪铁锤见女子还蒙着面，就问道。

白衣女子很听话地点了点头。

汪铁锤用手轻轻把女子的面纱取下，瞬间，一张精致的脸出现在他面前。

好美啊。太美了。

汪铁锤一下子被这女子的容貌吸引住了，他从来没见过这么漂亮的女子。

他愣在那里。

那女子见汪铁锤傻愣着看着她，轻柔地说："你还给我拔箭吗？"

汪铁锤马上回过神来，忙说："好，好，好，那我就得罪了，你咬紧牙。"

看到女子温柔地点了点头，汪铁锤右手握着利箭使劲一拔。

"啊——"女子一声尖叫，差点晕过去，尽管箭头刺进不深，但还是流出了一股鲜血。

汪铁锤赶紧用刀伤药轻轻地洒在伤口上。

汪铁锤从小在农村长大，做饭炒菜对他来说是常干的事情。所以，他帮白衣女子敷好伤口之后，就在这茅屋里找到了米，又杀了一只鸡，做了一顿丰盛的饭菜。当然，他在米缸里放了一锭银子。

"你好棒！"白衣女子看到桌上的饭菜，不由得夸赞起来。

汪铁锤憨憨地笑了笑："我小时候爹娘有时出去干活，我自己就在家做饭。"

白衣女子闻了闻鸡汤，说道："真香。看来我真饿了。"

汪铁锤说："刚才我看了一下周围，这是在深林中，要走到小镇还有点路程，你得多吃点饭菜，才有力气下山。"

白衣女子点了点头，一口气就喝完一碗汤，看来真的是很饿了。

她放下碗，说道："谢谢你救了我。"

汪铁锤忙说："没有你帮忙，我也逃不出来。对了，你是怎么到吴三桂营地的？"

白衣女子看着汪铁锤，慢慢地讲述了她的故事。

原来，白衣女子叫傲雪，父亲是南明朝廷的一名文官，追随南明皇帝逃到云南时，被吴三桂的军队抓住，被吴三桂当场亲手杀害，而她被家里的仆人带着躲在柴堆里，亲眼看见了这一惨状。随后，她被一名反清复明的义士带走，送到一座道观里跟随道长习武。经过十余年的苦练，师父终于答应她下山报仇，于是她就从云南一直追到这里来刺杀吴三桂。没想到，居然在营地里遇到了汪铁锤。

“那你对吴三桂营地为什么那么熟悉？”汪铁锤疑惑地问道。

“吴三桂军队从云南出发时，我就潜入了兵营，一直在寻找合适机会刺杀，无奈他防卫森严，‘十八虎’处处都跟在他的身边。”傲雪解释道。

“几十年来，吴三桂多次被人刺杀，所以他处处谨慎，昨晚我太大意了，打草惊蛇，下次再刺杀的话，估计更困难了。”汪铁锤为自己在吴三桂营地不小心暴露行踪而后悔。

“机会是创造出来的，只要我们有耐心，不信杀不了他。”傲雪信心十足地说。

汪铁锤听傲雪这样一说，不由得对她肃然起敬，决定与她一起联手刺杀吴三桂。

“没错。我不能气馁，吃饱饭之后，我们就上路，回到宝庆，你先修养几天，我们从长计议。”汪铁锤说。

傲雪点了点头。

宝庆大营。

战火已近眉间，宝庆进入了战争状态，知府曾青溪大部分时间都与主将王武待在宝庆城。

“铁锤，你回来就好。”曾青溪安慰道，“刺杀吴三桂之事，我们再想办法。”

汪铁锤带着傲雪来到宝庆大营，对昨晚的行动失败深深自责。

“我们曾派人到附近接应你，看见了吴三桂的追兵，就猜着你肯定平安无事。”王武说道。

曾大人听说傲雪已经跟踪吴三桂很长时间，就问道：“傲雪姑娘，吴三桂的营地有什么比较特别的地方吗？比如，他除了在大帐里待着，还去什么地方？”

汪铁锤等人一听曾大人这么问，就明白了意思。潜入吴三桂大帐刺杀非常困难，看能否在营帐之外寻找机会。

傲雪想了想说：“他每天早晚都要巡视一遍营地，但都有‘十八虎’护卫。”

曾青溪回忆了一下，问道：“这个习惯他以前没有过，难道是最近才这样做？”

傲雪摇了摇头说：“这个我还真不清楚，反正我从云南一路跟踪过来，他都是这样的，我也想过在他巡视的时候刺杀，但是总没有机会接近他。”

王武问：“除了巡视，他还做什么？”

傲雪想了想，随后摇了摇头说道：“没有了。他巡视之后就回营帐，从不出来。”

王武看了眼曾青溪，说道：“他是叛军大元帅，调兵遣将，处理的事务多，深居大帐处理公务，也是情理之中。”

曾青溪说：“吴三桂现在手握三十万大军，有十大能征善战的总兵统领各军，贵州、四川、广西、广东均有战事，他虽然不需要自己领兵上阵，但是各地兵马调遣、粮草划拨，都需要他亲自指挥。”

说到这里，曾青溪叹道：“放着享清福的亲王不做，一大把年纪了还做皇帝梦，何必这样折腾呢？”

王武问傲雪：“你是如何潜入到营地的？又是如何没有被他们发现的？”

傲雪说：“吴三桂在云南起兵时，就在民间大量招募士兵，男女都有，男的全部上阵杀敌，女的就做火头军。”

曾青溪边听边点头说：“这个我早已耳闻，吴三桂为了扩充兵力，让军队中埋锅做饭的士兵全部拿起武器上阵作战，把做饭洗衣等活儿全部交给妇女来做。”

傲雪说：“我就被编入火头军，每天的任务就是拣菜洗菜。所以可以每次利用去河边洗菜的机会观察营地情况。到了晚上，为了不暴露身份，就换上另外的衣裳潜入吴三桂的营帐附近，试图等他出来散步时向他下手。”

说到这里，傲雪无奈地笑了下：“可惜，从云南到湖南，一直没有等到这样的机会。”

汪铁锤沉思了一下，说道：“巡视营地这个消息很重要，是个好机会。”

曾青溪说：“铁锤，你想用飞刀？”

汪铁锤说：“昨天晚上我就用了飞刀，但那时我在帐外射杀，失手了。不过，若在外面，我乔装成兵卒站在他附近再用飞刀射杀的话，易如反掌。”

曾青溪点了点头，说道：“你的飞刀能射杀空中飞翔的大雁，在十步之内取吴三桂性命自然不在话下。”

王武听曾青溪介绍了汪铁锤的飞刀本领，很是钦佩，问道：“你准备什么时候再出发？”

汪铁锤说：“明天早上就去，等到时机成熟，明天下午就动手。”

曾青溪说：“这样也好。刚才我还与王将军商量了，明天我们出兵三千前往衡州。”

汪铁锤惊讶道：“三千兵？那么宝庆怎么办？”

曾青溪叹了口气说：“唇亡齿寒。朝廷的兵马调遣太慢，现在衡州根本就没有外援，以一敌十，能坚持多久？虽然我们这三千兵，不够给吴三桂塞牙缝的，但是我们宝庆兵也得磕坏他几颗牙。”

这肯定是曾大人和王将军再三思考之后决定的，与其让吴三桂各个击破，还不如赌一把，把兵力都压上去，能多拖一天就多拖一天。

王将军说：“宝庆兵营的三千兵马全部调去，就留下临时招募的两千弟兄守城。”

傲雪问道：“万一这个时候吴三桂从永州再派一支兵马杀到宝庆来怎么办？”

曾青溪笑了笑说：“傲雪姑娘，你可能对我们宝古佬还不够了解。吴三桂目前攻衡州都已经很吃力，怎么还能再分兵来攻宝庆呢？说实话，前几天我们没有派兵去增援衡州，一是认为朝廷能从荆州、岳州一带快速聚集兵马前来救援，二是我们也担心吴三桂偷袭宝庆。但是，经过这几天发现朝廷调遣缓慢，无法及时救援衡州，而衡州军民同仇敌忾，守城能力比我们想象中还要强，吴三桂被这块骨头噎着了，为了他的战略需要，他必须不惜一切代价拿下衡州，他哪里还有心思来管宝庆呢？”

傲雪问：“你认为吴三桂会下血本去攻打衡州？”

王武在一旁解释道：“虽然宝庆与衡州都是战略要地，但是就地理位置来说，衡州比宝庆更重要。一块骨头还没咽下去，再去啃一块，难道不怕被卡死？吴三桂不是傻子。”

傲雪听王武这么解释，也就少了很多担忧，就对汪铁锤说：“吴三桂在永州的营地很大，我先画张地图给你，标注几个重要的营帐，便于你到时全身而退。”

汪铁锤高兴地说：“有劳傲雪姑娘了。”

曾青溪对着王武使了个眼神，笑着说：“你们好好地研究吴三桂营地地图，我与王武将军去看看田玖将军。”

田玖是永州城副将，永州城被吴三桂大军攻破之后，他是唯一幸存的高级将领，而且受伤较轻，现在宝庆兵营养伤。

“着火啦，着火啦！”

深夜，汪铁锤隐隐约约听见呼喊声，忙走出营帐，只见兵营粮草存放处火光通天。

王武将军正往那方向跑去，汪铁锤追了上去，问道：“王将军，怎么回事？”

王武将军气愤地说：“王八羔子，有人放火烧粮草。”

“快，快打水灭火！”王武回答完汪铁锤的话，就指挥士兵灭火。

“将军，火势太大，扑灭困难，是有人从十几处地方一起点燃的。”一名兵卒跑来禀报。

“火再大，也得去。能抢救多少就抢救多少。”王武大声嚷道。

“遵令。”兵卒说完就跑了。

看到兵卒走远，汪铁锤问王武：“王将军，为何把那么多粮食直接堆放在外面呢？不是有粮库吗？”

王武解释道：“这是我们为去衡州准备十日必需的粮草，今天下午，你回来之前，我们就准备好了，堆放在这里，等明天天亮时直接套上马车就拉走。因为是在我们自己的营地内，所以放松了警惕，没想到居然被人放火了。”

“一定有内奸。”汪铁锤说。

王武点了点头，对他说：“请你帮忙查查，一定要逮出来。”

汪铁锤看了他一眼，只说了一个字：“好！”

随后，他就往火灾现场走去。

王武用手指了指几个速度慢的兵卒，训道：“你们没吃饭吗？速度快点！”

他正说着，一名兵卒端着一盆水从他身边经过，不动声色地掏出一把短刀向他刺来。

幸亏王武征战沙场武功不弱，火光照在短刀上，闪出一道光，王武侧身顺手一挡，短刀偏开了他的心脏，向他的背部划去，一道很长的刀口。

“来人，刺客！”王武大吼一声，接着一掌向刺客劈去。

刺客见一击不中，顺手甩出一把飞针，王武匆忙躲闪，结果还是被射中几针，所幸并没射在致命的地方。

王武再看周围时，刺客已经跑了。

“王将军，您怎么啦？”汪铁锤走过来扶着受伤的王武，担心地问道。

“刚才有个刺客冒充兵卒。”王武说。

“长什么样子？”汪铁锤急切地问。

“没看清楚脸。”王武有气无力地说。

“我扶你回营帐。”汪铁锤边说边扶着王武就往营帐走去。

两人刚回到营帐，傲雪匆忙走了过来：“铁锤，怎么啦？”

汪铁锤边把王武扶到床上，边说：“有人把运往衡州的粮草烧了，又趁乱刺杀王将军。你快帮忙打盆热水来，我要帮王将军把飞针拔出，清洗伤口。”

傲雪很快就端来热水，军中大夫也带上药箱过来了，汪铁锤小心地把王武身上的飞针一一取下，又用热水把伤口周围擦干净，在伤口上撒上药。

“刺客都在你身上捅刀子，你还没看清楚他的脸？”汪铁锤又问王武。

王武说：“他穿着兵卒的衣服向我走来时，手里端着盆水，我根本就没留意，他拔刀刺来之时，我才发现他是蒙着脸的，身手非常敏捷，加上是夜晚，他向我射出飞针之后，立即消失在黑夜中了。”

汪铁锤听后自言自语道：“身手敏捷，使用飞针。”

突然，他对营帐外面的兵卒说：“你去把守护粮草的兄弟叫来。”

兵卒说：“汪少侠，我本来想向王将军禀告此事，见他受伤就没说。刚才已经查了，守护粮草的兄弟被飞针杀害了。”

“飞针？”汪铁锤和王武都吃了一惊。

王武双手扶着床边就想爬起来，汪铁锤忙把他按在床上：“王将军，你千万不能乱动，这几天需要在床上休息，伤势严重。”

王武抓着汪铁锤的手说：“铁锤，你一定要帮我找出这个贼子。我要亲手刮他的肉。”

“你安心养伤。”汪铁锤说，“这事交给我。”

“天快亮了，还得集合队伍开拔衡州。”王武看着汪铁锤说。

“你现在这个样子没法去衡州了，粮草还需要重新调集。”汪铁锤说。

两人正说着，曾青溪匆匆走了进来。

“王将军，伤势严重吗？”曾青溪边说边走到王武床边查看伤情。

“曾大人，您怎么来了？”王武和汪铁锤异口同声地问道。

“兵营着这么大的火，我能不知道吗？刚到营地，就有人告诉我，你被刺客伤着了。”曾青溪非常焦急。

“没事，皮外伤，休息几天就可以了。”王武安慰曾青溪。

汪铁锤听懂了王武的心思，他怕曾大人担心。

“我在府衙里面很安全，你偏要把身边几位武功高强的随从派来护卫我，你看，你自己大意了吧。”曾青溪听说伤得不严重，也就放心了，开始抱怨王武，前段时间，为了保障曾大人的人身安全，王武把自己手下几名武功高强者都派去做曾大人的护卫，防止坏人暗杀。

“曾大人，你是我们宝庆府的主心骨啊，不能有任何闪失的。”王武说，“只是这次衡州发兵，该如何是好？”

“粮草被烧，主将被伤。这不是吴三桂的人干的还会有谁？”曾青溪说。

“曾大人，这人一定潜伏在我们兵营里，并且武功特别高。”汪铁锤说。

“有线索吗？”曾青溪问道。

汪铁锤摇了摇头说：“还真没有。正准备去查。”

曾青溪看着汪铁锤坚定地说：“刺杀吴三桂的计划不能变，绝对不能被他们牵着鼻子走。”

汪铁锤点了点头，问道：“那衡州出兵和查案之事怎么办？”

曾青溪说：“烧我粮草，伤我主将，其目的就是不希望我们宝庆出兵救援衡州，而我们偏要出兵，不能让他们的阴谋得逞。这些我都会安排好的。你尽快行动，只要杀了吴三桂，一切问题游刃而解。”

姜还是老的辣，曾青溪明白什么是最重要的事情，知道什么是改变战局的关键。

“好，我收拾一下，马上出发！”汪铁锤说完，见傲雪站在一旁，接着说，“傲雪，你有伤在身，天才刚刚亮，你去再休息一会儿吧。”

傲雪向曾大人和王将军轻轻施礼，跟着汪铁锤出去了。

“傲雪，刺杀成功与否，我明天都会赶回来，你安心养伤，注意安全，同时帮忙照顾好王将军。”汪铁锤对傲雪说。

傲雪见汪铁锤对她悉心关怀，对他也依依不舍地叮嘱：“你也要注意安全。”

两人告别之后，汪铁锤骑上一匹白马往永州方向奔去。

营帐里，只有曾青溪和王武两人。

“田玖？曾大人您确定没有看错？”王武惊讶地问道。

“我进入营地时，正巧看到他，他穿一身兵卒服，见我骑马过来，故意低着头在假装用袖子擦汗。”曾青溪把自己刚才看到的情况告诉王武。

“他是副将，为什么要着兵卒服？见到大人你为何不立即上前施礼？难道有如此相像之人？”王武的脑海开始飞转。

“你对他了解吗？”曾青溪问王武。

王武摇了摇头说：“以前见过几次面，都没有深聊。”

曾青溪说：“我已经安排人暗中去查他底细了，很快就会查清楚情况。”

王武想了想又说：“难道他早已投靠了吴三桂，用苦肉计逃到我们宝庆营，再寻找机会下手？”

“救援衡州，是我们昨天早上才商定下来的事情，连集合的兵卒都不知道将开拔到哪里去，知道这消息的，只有我们这几个人。”曾青溪分析道。

“曾大人提醒得对，昨天傍晚我们才告知他行军之事，而昨天深夜就发生了粮草被烧和刺杀之事，明显就是要阻止我们去救援衡州。”王武说。

曾青溪说：“可惜我们没有掌握他确切的把柄，只能是暗中调查。至于出兵衡州之事，请你的弟弟王文统兵如何？”

王武说："王文还年轻，资历不够，还是由高贺将军统兵吧，让王文为副。"

曾青溪说："高贺将军年纪比较大，本来计划由他留下来守城的，既然你这样说，那就请高贺将军统兵，王文为副。宝庆守城将士暂时由我统领，待王将军你伤养好了，再交给你来统领。"

王武说："曾大人客气了，你统兵守城是最合适不过了。"

"那现在就下令高贺率兵准时出发，王文到粮库再调集十日行军粮草随后押送。"曾青溪说。

王武说："曾大人调遣得当。"

汪铁锤骑马一路向永州城奔去，到一树林处下马休息，喝水吃点干粮。

突然，他见前方树林上空鸟群惊恐而飞。

有大部队。汪铁锤第一反应觉得前方树林有大队人马经过，惊动了树林中栖息的鸟群。

汪铁锤忙把马牵到一块大石头后面拴好，自己跃到树上观看。

果然，不到一袋烟的工夫，一队兵马走来，看旗帜，居然是吴三桂的人。

这条道是通往宝庆的唯一大道，难道吴三桂准备攻打宝庆府？

糟糕，吴三桂肯定知道了宝庆要派兵前往衡州的消息，现在宝庆府的守卫仅有临时招募来的两千兵力，看着叛军阵势，不下五六千人。

吴三桂要偷袭宝庆城，为何又安排人火烧粮草阻挠宝庆兵开拔？岂不前后矛盾吗？

哎呀，上当了！吴三桂了解曾大人的脾气，火烧粮草让曾大人误以为吴三桂怕宝庆兵去救援衡州，而根据曾大人的性格，绝对不会被对方制造的小麻烦而停止出兵，反而会准时调集部队前往衡州。

宝庆府不是在通往永州城的各道上都布有斥候打探消息吗？吴三桂不怕行军消息被宝庆府知道？

曾大人一定会以为是疑兵，认为吴三桂不敢真的派兵来，只是想牵制宝庆兵别去救援衡州。

那么这到底是疑兵还是真的要攻城？

万一大意失了宝庆怎么办？

汪铁锤看着缓缓前行的叛军，一时不知道该怎么办？

吴三桂的兵只要从永州大营出来，坐在宝庆府的曾大人肯定就知道了消息，他该如何办？

如果放任这五六千兵马靠近宝庆城，风险是不是太大了？汪铁锤思考着。

不行。绝对不能让这支兵马靠近宝庆城，不管他们是疑兵还是真计划攻城，必须想办法阻挠他们才对。汪铁锤暗暗有了想法。

擒贼先擒王。

骑马走在前面的那两个人，从穿着上就能看出是领兵将军。

想到这里，汪铁锤立即施展轻功，落在叛军前面。

叛军正走着，忽然见前面路上站着一个人。

走在最前面的一名叛军将军呵斥道："什么人？让开！"

汪铁锤没有说话，直接向他们迎面而去。

"站住！什么人！"叛军将军再次呵斥道。

已到射杀范围之内了。

汪铁锤什么话都没说，双手飞快地甩出两把飞刀。

速度之快，出乎了两名叛军将军的意外，飞刀精准地插入两人的眉心。

两人当场从马上摔了下来，气绝身亡。

汪铁锤再飞快地冲上前，拔出一名将军腰上的剑，向兵卒杀去。

跟着将军后面的兵卒被这突发之事一下子搞晕了，好几个人还没反应过来，就被汪铁锤削下了脑袋。

但是，很快这些兵卒就明白怎么回事了，立即举着长枪大刀与汪铁锤打斗起来。

若在空旷的平地，汪铁锤绝对不敢一个人对付五六千人，冒这个险。而在茂密的树林里，虽然中间有条官道，但是只能十几个围过来打，这哪是汪铁锤的对手，没几下子，汪铁锤就放倒了二三十个兵卒。

终究一拳难敌四手，汪铁锤打斗一番，就施展轻功跑了。而叛军却一团混乱，两名统兵将军被杀，他们一下子不知道该怎么办？大家聚集在一起吵闹了半天，最后由几名队长带着大家返回营地，也有个别兵卒怕受处罚，趁人没注意做了逃兵。

汪铁锤并没有跑远，而是在一棵大树上休息了一会儿，估摸着叛军都散了，就回到原来的大石头后面，骑上马抄小道向吴三桂的永州大营奔去。

整个下午吴三桂并没有出来视察营地。

必定是宝庆营里面的内奸把消息透露出来，吴三桂为了安全起见没有走出营帐。

汪铁锤想到这里，挺了挺胸，大摇大摆地在营地里走动，此时他穿着叛军的服饰，不担心被人发现。

在营地里，越鬼鬼祟祟越容易被人怀疑，越光明正大地在道上来回走动，别人越不会去猜测你。

吴三桂不出来，进入他营帐的话，刺杀成功的概率非常小，该怎么办呢？汪铁锤边走边思考着。

再往前走，不就是粮草存放处吗？只见周围远远站满兵卒守卫，不容外人靠近。

他烧我军粮，我也烧他军粮，再趁乱刺杀他！

以其人之道还治其人之身！想到这，汪铁锤嘴角微微露出笑容。

他找来一把弓箭，把箭头全部缠上布条，有五六十支箭，再找来一个大袋子装好。不远处就是瞭望塔，上面有两名哨兵。

他趁着夜色，把弓箭放在塔下，自己飞身上去不动声色地杀掉哨兵，再把弓箭带上瞭望塔。

从瞭望塔到粮草存放处有二百步之远，幸好这是在塔上，加上汪铁锤臂力过人，否则真射不到。

瞭望台上是没有火光的，他用火石点燃一支箭，倒插在瞭望台上，接着快速点燃另外箭支，用力向粮草处射出。他一口气射出了二十支箭，瞬间火光冲天，此时正是夏季，夜风习习，火势越来越大。

下面一片慌乱，都忙着去救火，并没有注意到塔台。

汪铁锤靠在瞭望塔的柱子边，防止被下面兵卒发现之后用箭射杀他，接着他把箭头转向了塔台周围的各个营帐。

短短一杯茶的工夫，吴三桂营地乱成一团糟，十几个营帐都着火，兵卒既要去灭粮草的火，又要去灭营帐的火。

很快，汪铁锤被人发现，等弓箭手过来时，他早已溜下塔台，混入兵卒中。弓箭手拿着箭对着汪铁锤摆放好的两个兵卒尸体一阵狂射，瞬间都变成了刺猬。

虽然还有十来支箭没有射完，但火光中看到弓箭手远远奔来，及早逃下塔台也是非常幸运的，否则自己也会变成刺猬。

汪铁锤在混乱的人群中，走到了吴三桂营帐附近。

营地这么大火了，你吴三桂狗贼还不出来？

汪铁锤边观察周围情况，边心里念叨。

吴三桂不仅没有出来，营帐周围反而多了不少护卫。显然，吴三桂也担心刺客会趁乱来刺杀他，所以营地越混乱，他的营帐越要加强守卫。

继续放火烧。

汪铁锤看到各个营帐外都架着铁锅，里面燃着用来照明的火，他决定让局势更乱一些。

这种铁锅不大，里面放有油脂，天黑时每个营帐前面架一盏或者两盏，目的是照明，便于巡逻。

汪铁锤一掌拍死一名哨兵，抢过长枪，走在路上，左挑一枪，右掀一枪，营帐前的小铁锅纷纷被抛入营帐之内，加上铁锅里盛满油脂，撒在地上，很快就点燃了营帐。

汪铁锤边跑边掀，东跑西闯，即使有几名兵卒上来围堵，也被他几枪就杀了，如入无人之境。

吴三桂的营地到处着火，有些营帐火势虽然不大，但也得立即灭火，否则只会越燃越大。

吴三桂也没有想到，汪铁锤虽刺杀不成功，但这样又烧粮草又烧营帐，搞得鸡犬不宁。

汪铁锤有了上次在营地里被围攻的经验，借助自己的轻功，在营地折腾一番之后，趁别人没注意又钻入救火的人群中，再一次来到了吴三桂的营帐前。

这只老狐狸，外面这么大的动静，居然还不出来，真是有耐心啊。说不定，早已严阵以待，等汪铁锤送上门去呢。

汪铁锤想想算了，就算自己扔个火把进去，估计也会很快被扑灭。更何况营帐外面早就围满了护卫，到时火把没扔进去，自己却要陷入重围。

再看天色也快亮了，赶紧趁机溜出营地，还是回宝庆与曾大人再行商议吧。

“大帅，没有找到汪铁锤。”一名将军跑进营帐对吴三桂说。

“一个大活人在营地里，你们几万人都找不到？”吴三桂气愤地说道。

“我们围堵过几次，他都跑掉了。他穿着我们兵卒的衣服，容易看走眼。”将军解释道。

“不要给我找理由，他这样出入营地，如入无人之境，这是我们的耻辱。”吴三桂还想继续发火，另一名将军匆匆跑了进来。

“大帅，汪铁锤跑出营地了。”这名将军气喘吁吁地说。

“赶紧派人去追啊。”吴三桂说。

“已经派人去了。”这名将军怕被吴三桂训，说话都不敢大声。

“都下去吧。”吴三桂不耐烦地对两名将军摆摆手。

见两人离开营帐，吴三桂对身边的一名护卫说：“飞鸽传书，让宝庆那边赶紧下手。”

护卫点了点头，就往营帐后面走去。

“铁锤，好样的。杀不了吴三桂没关系，还有机会。你这一把火烧了他的营地和粮草，也是对他惨重一击。给你记一大功!”听了汪铁锤火烧吴三桂永州大营的情况之后，曾大人高兴地夸赞起来。

此时，营帐之内只有曾大人、王武和汪铁锤三人。

汪铁锤又把在途中遇到叛军想偷袭宝庆的事情说了出来，告诉曾大人和王将军，宝庆的行动都被叛军掌握得一清二楚。

王武也夸了汪铁锤两句，接着说道:“我们营里确实潜伏有歹人。”

汪铁锤问道：“是谁？”

曾青溪说：“有一定证据，但是还不能确定。永州副将田玖嫌疑最大。”

汪铁锤对此并不感到意外，说道：“我虽然只跟他见过数面，说话不多，但是感觉他对我们说话有所隐瞒，我看过他的伤口，也给他把过脉，按理说，他现在的身体早就已经恢复，可以自由行动，可他还是每天大部分时间躺在床上，只是偶尔到营地里转转。”

曾青溪吃了一惊，没想到汪铁锤早就怀疑田玖了，说道：“田玖有个大舅子叫伍盖天，是吴三桂的一名将军，在马宝麾下效力，当前正领兵攻打衡州。”

汪铁锤听了大吃一惊，这确实是他意料之外的事情，问道：“这消息是如何得知的？”

曾大人说：“昨天事发之后，我立即着手调查，刚刚获知消息。伍盖天是桂林人氏，当年李定国率兵攻打桂林时，他就投奔李定国爱将马宝麾下。而田玖的妻子正是伍盖天的同胞姐姐。攻打永州时，叛军的先锋官就是伍盖天，而永州城幸存的将军居然就是田玖，这事情不觉得可疑吗？”

说到这里，王武插了一句：“可惜我们现在没有十足的证据证明田玖就是内奸，他也是朝廷命官，不能无缘无故地把他给抓起来。”

汪铁锤沉思了一下，问道：“有什么办法让田玖露出真面目吗？”

曾大人看了看汪铁锤，说道：“你先回营帐休息会儿，晚上看看他有什么动静。”

“好的。”汪铁锤正准备离开，回头对曾大人和王武说：“两位多保重，不要让外人靠近，安全第一。”

王武说：“放心吧，曾大人身边的护卫都是高手。”

汪铁锤说：“那你呢？也不能大意。”

王武笑着说：“这是我的地方，自有安排，放心吧。盯梢的事情就交给你了。”

汪铁锤笑了笑向外面走去。

汪铁锤并没有直接回到自己的营帐，而是去了傲雪的营帐。

傲雪不在。汪铁锤正准备离开，傲雪从远处走了过来。

“铁锤，你回来了。事情顺利吗？”傲雪见到铁锤非常兴奋。

汪铁锤内心充满期待地想见傲雪，见傲雪远远走来，在夕阳的余晖下，显得格外迷人。

“傲雪，伤好些了吗？”汪铁锤关切地问道，他也不知道为什么，自从那天在茅屋里见到傲雪的真容貌之后，他就被她的美貌吸引，脑海里时不时浮现出她的身影。

傲雪温柔地说道：“好多了。你给敷的药，效果很好。”

汪铁锤开心地傻笑。

“这一趟下来，很累了吧？要不进去坐坐跟我说说你在吴三桂永州营地的事情。”傲雪含情脉脉地看着他。

汪铁锤不好意思地点了点头，随后跟着傲雪走进了营帐。

曾青溪与王武正在营帐里面说着事，有兵卒进来禀告军情。

曾青溪拆开信函看完之后，又递给了在床上半躺着的王武。

“叛军声势浩大，战斗力不容小视，今日既然差点登上了城楼，若不是衡州守军死守，后果不堪设想。”王武感叹道。

“我们湖南诸州均已经被叛军攻破，吴三桂必定会迅速抽调兵力前往衡州增援，若到那时真就惨了。”曾青溪遗憾地叹息道。

“朝廷若不调大军前来救援，真坚守不了多久。”王武说道。

“朝廷虽然知道吴三桂要反，但是没想到吴三桂叛军的战斗力这么强。”曾青溪说，“福建靖南王、广东平南王二藩和吴三桂在各地的党羽如四川之郑蛟麟、谭弘、吴之茂，广西之罗森、孙延龄，陕西之王辅臣，河北之蔡禄等也先后揭起叛旗，纷纷响应。一时之间，朝廷应接不暇。加之西边和北边也不安宁，噶尔丹正在疯狂扩充势力，与各部落打得不可开交，朝廷既要调和矛盾，又要防御噶尔丹，分散了不少精力。听说现在朝廷想先稳住噶尔丹，再把全部精力用来对付吴三桂。”曾青溪说。

“这得何年何月啊？”王武抱怨道。

“应该很快了。只要我们把吴三桂的兵力牵制住，不再北上，防止其实力扩大，等朝廷把各路兵马都调集完成，就可以大规模反攻。”曾青溪说道。

“刺杀吴三桂之事，曾大人有好的想法吗？”王武焦虑地问道。

曾青溪说道：“刺杀吴三桂的计划不能变，只是如何刺杀，用什么方式，这个只有交给铁锤自己去考虑了。吴三桂防卫森严，即使不能把他杀死，能把他们折腾得鸡犬不宁也是一件好事。”

王武点了点头说：“这是没办法的办法。”

曾青溪说：“你就安心养伤吧，到时与吴三桂的恶仗还等着你领兵呢。”

王武说：“这个内奸一定要拔掉，不然我们处处被动。”

曾青溪说：“我相信铁锤能做得到。”

深夜，汪铁锤隐藏在田玖营帐附近，不一会儿果然看到田玖偷偷地出了营帐。

汪铁锤悄悄在后面跟着。显然，田玖有不可告人的秘密，他走得很小心，还生怕被人发现，居然从营地后面，趁着巡逻的间歇，施展轻功逃了出去。

汪铁锤赶紧跟上。

田玖的武功并不很好，他没有发现自己被人跟踪了，他七拐八拐，到了一处荒庙。

“你怎么才来啊？”里面有个人在等他。

田玖说：“安全起见，不想被人发现。”

里面人说：“考虑清楚没有？大帅等你答复呢。”

田玖说：“盖天，我不能这样做。”

原来里面的人是田玖的小舅子伍盖天。

伍盖天说：“姐夫，你听我安排，绝对不会有危险。”

没想到，两人随后说话的声音忽然变小了。隔着一堵墙根本听不清楚，正当汪铁锤想换个位置偷听，发现伍盖天早就安排了人在附近巡逻，他只得先躲起来。

田玖和伍盖天在里面聊了一会儿，就分手告别，汪铁锤又跟踪田玖回到了营地。

汪铁锤躲在营帐外面观察，田玖躺在床上辗转反侧，见实在没有别的事情，他就回自己营帐睡觉了。

“汪少侠，王将军请你过去！”汪铁锤刚起床，外面就有兵卒急促地跑来。

“我马上过去。”汪铁锤立即跟着兵卒就往王武营帐走去，两人营帐相隔一定距离。

“太惊险了，幸好我临时换了轿子，否则也就没命了。”汪铁锤刚走进营帐，曾青溪对王武说。

“曾大人，怎么啦？”汪铁锤问道。

“曾大人遇刺了，幸好命大，有惊无险。”王武将军恢复很快，已经能坐起来了，他抢先回答道。

曾青溪喝了一口热茶，一一讲述了凌晨发生的事情。

曾大人早早起床准备来宝庆营与王武将军商议军事，临出门时，他夫人说，现在世道不安宁，即使有护卫也得多加小心，你那个知府大轿太显眼了，容易被刺客盯上，还是换一个吧。

曾大人觉得有理，就换了个普通轿子，但他又充满好奇，为了迷惑外人，仍然让轿夫抬着他那知府大轿在前面走，自己坐在普通小轿在后面远远跟着。

谁知道，在刚出城门经过早市时，忽然一把飞针从旁边的房屋里射向他的知府大轿，随后接着一个火把掷来。等护卫去捉拿刺客时，早就没影了。

城外早市人流很大，两旁都有房屋，是刺客刺杀和藏身的好地方，看来这个刺客对周围的环境非常熟悉。

“曾大人，您当时在后面有没有看到刺客？”汪铁锤问道。

曾青溪摇了摇头，说道：“连影子都没看到。轿子的帘子是放下来的，我坐的轿子在后面有百步远，除了轿夫，只跟了两名布衣打扮的护卫，我根本就没有观察外面情况。当时早市人多，谁会想到刺客这么胆大呢？”

显然，曾青溪还真有点紧张了，一个人平时不害怕，但是当危险真正在他身边发生时，想想还是挺后怕的。

王武见曾青溪说完了，则问汪铁锤：“铁锤，昨晚你那边有什么消息吗？”

汪铁锤就把昨晚跟踪田玖的情况说了一遍。

“肯定是田玖昨晚得到伍盖天的消息之后，大清早就到早市设伏刺杀曾大人。”王武听完汪铁锤说的情况之后，分析道。

汪铁锤后悔道：“我当时不回营帐睡觉，继续盯着他就可以逮个正着。”

王武看了曾青溪一眼，对汪铁锤说：“估计他仍然假装在睡觉，你带些人去把他抓起来。”

汪铁锤见曾青溪没有反对，就带上几个兵卒向田玖营帐走去。

营帐里居然没人！这大大出乎汪铁锤意外。

“仔细搜！”汪铁锤命令兵卒把营帐翻了个底朝天，仍然没有。

“快！叫上兄弟，到营地各处都搜一遍，见到田玖立即抓起来！”汪铁锤对身边的兵卒命令道。

“田玖不在营地？”曾青溪听了汪铁锤的禀报很吃惊。

“营地上下都搜了一遍，问了巡逻的兵卒，都说没有看见，也没人见他出去。”汪铁锤说。

“那就是早上出去之后，根本就没有回来。”王武说道。

曾青溪沉思了一下，说道：“难道是他认为刺杀成功了，任务完成，所以就走了。”

汪铁锤摇了摇头，说道：“不合常理。作为一名刺客不亲眼看到对手死去，怎么能轻易离开现场呢？何况早市那个地方，人来人往，非常适合藏身，随便躲在一个角落换件衣服，就可以假装成看热闹的人，走到知府大轿旁边查看情况。还有，即使完成了刺杀，没有暴露行踪，完全可以继续潜伏在我们宝庆营，随时为吴三桂送情报啊。”

王武点了点头说：“铁锤说得在理，我也是他的刺杀目标，我不还坐在这里吗？他还没完成任务呢。”

曾青溪见两人这样一说，也觉得自己考虑不周全，就说：“看来我也老了，遇到点事情，脑子就乱了。”

汪铁锤忙安慰道：“曾大人过谦了，遇到这么大的事情，能不多想吗？不过，这个田玖逃了也是件好事，至少以后我们的行动不再被吴三桂掌握得一清二楚了。”

三人正说着，傲雪走了进来。

“傲雪，你可回来了，刚才我还去找过你呢。”汪铁锤见到傲雪，忙走了上去。

傲雪先后向曾大人和王将军施完礼，微笑着看着汪铁锤，柔柔地问道：“起床之后，我到营外河边散步去了，找我有事吗？”

汪铁锤忙解释道：“早上，曾大人在来的路上被刺客盯上了，幸好命大躲过一劫，我们怀疑是永州副将田玖所为，结果搜遍整个营地都没发现他的踪迹，我在找他时经过你营帐外面，想告诉你遇到田玖要小心，结果你不在，问旁人也不知道你去了哪里。”

傲雪关切地走到曾大人身边问道：“曾大人没有被伤着吧？”

“谢谢傲雪姑娘关心，老夫毫发无损，可惜田玖逃了。”曾青溪边说边邀请傲雪坐下说话，“傲雪姑娘，请坐，关于我们下一步打算，想听听你有什么高见。”

傲雪坐下之后，客气地说：“曾大人太抬举傲雪了，傲雪听从曾大人吩咐。”

这时，半躺在床上的王武将军忽然看到傲雪鞋子上一点点小东西，眼神猛然一亮，但很快又恢复了平静。傲雪穿着长裙，若不是坐在王武的斜对面，还真发现不了她鞋子上有什么特别之处。

曾青溪说：“刚接到消息，衡州城外叛军人数已达二十余万，吴三桂昨晚已经亲临衡州大营，将亲自指挥攻城。”

汪铁锤说：“现在整个衡州城守军全部加起来不到两万人，还包括我们宝庆和周边州府前来救援的兵马在内，这哪能抵挡得了二十万大军猛攻。”

曾青溪说：“我们现在也无兵马再去增援，只有继续实施刺杀吴三桂的计划。万军之中取上将首级。一定要智取，不可做无谓的牺牲。”

傲雪问：“曾大人，什么时候行动？我身体已经康复，可以与汪铁锤一起去。”

曾青溪说：“那就太好了。汪铁锤有你做帮手，成功的希望更大。你们今夜就出发先打探情况，争取一击即中。”

王武见曾青溪说完，像想起什么一样，说道："为了防止路上被吴三桂的斥候察知，你们傍晚再出发，我们这里离衡州不远。"

说到这里，王武停顿了一下，继续说："田玖刺杀曾大人没有成功，肯定不会善罢甘休，曾大人等会儿回府衙办案时，多带几个护卫，铁锤你也跟着护送曾大人。"

曾青溪摆了摆手说："有护卫就行，不麻烦铁锤了，他白天好好休息，晚上有任务。"

王武说："就送你回去而已，耽搁不了多少时间，你不让他送，我们都不放心啊。"

曾青溪说："既然这样，那么你也要增加护卫。"

王武说："田玖还敢再回营地？这个不用担心。正好等你们离开之后，我可以请傲雪姑娘留下来陪我聊聊天，讲讲云南奇闻逸事。"

曾青溪笑着对傲雪说："王将军这个人有个爱好，就是喜欢打听各地风俗趣事。现在见你养好伤了，就缠上你讲故事了。"

"王大人真有雅兴。云南地处边陲，民族众多，趣闻确实很多。"傲雪笑着说。

汪天锤故意开玩笑说："那我也得听听。"

"去，去，去，别打扰我与傲雪姑娘的雅兴，你们今晚一起前往衡州，一路上你可以听很多的。"王武笑着说。

"王将军，回营帐休息吧，有铁锤护送曾大人，您放心就是了。"看着曾大人和汪铁锤离开营地，傲雪扶着王武说道。

"这天气太热了，还是到河边树林处走走吧，我都已经好几天没有出营帐了。"王武手里举着拐杖，步伐缓慢。

"那里离营地比较远，还是别去了，以免有刺客。"傲雪关心地劝道。

"有你在，我不怕。更何况这大中午的刺客也不会出来。"王武看着傲雪笑了笑说，"我们越这样放心大胆地去，刺客越不敢出现，他们还担心我在树林里埋伏了兵卒呢。”

“营帐里面确实闷热，那我陪你到那边走走吧。”傲雪边说边扶着王将军往营地外面走去。

有几名兵卒赶紧跟了上来，王武笑了笑向他们摆了摆手，说道：“不用跟了，有傲雪姑娘保护我。”

河边树林离营地其实不远，也就一里路程。

“傲雪姑娘，这条河是我们宝庆的母亲河，叫资江，小时候我们经常在河里游泳。”王武指着资江说道。

“这个我已经听铁锤跟我说了，他说你们在江边河边长大的人都擅长游泳，他是在山里长大的，只会爬树。”傲雪说道。

“铁锤是个好孩子，武功高而且聪明，将来肯定有出息。”王武看了看傲雪说道，“我发现他对傲雪姑娘你有点意思。”

傲雪听王武这样一说，脸不由得红了，低着头说道：“我们才认识没几天。”

“我的年龄可以做铁锤的叔叔了，也可以做你的叔叔了，不会无故乱说的。”王武说道，“按照出身来说，你父辈是前朝大臣，铁锤父辈是种地的农民。只要两人相爱，就不要去顾忌这些事，因为在一起是过以后的生活，应该看将来，看铁锤能给你一个什么样的将来。更何况你救过他的命，这几天你应该对他也有所了解。”

傲雪低着头，不知道说什么。

“傲雪姑娘，你不要见怪，我只是见你们两个确实挺般配的，而汪铁锤这人老实，没有见过什么世面，怕他不懂得表达，你走南闯北见识多，可以适当主动点，千万别错过这段姻缘。”王武继续说道。

傲雪见王武这么有诚意，犹豫了一下，点了点头，这几天虽然与汪铁锤接触并不多，但是在内心里，她确实对他心生爱慕。

两人就这样又走了一会儿，傲雪看了看远处的营帐，对王武说道：“王将军，我们回营地吧，铁锤估计送完曾大人返回了，我跟他先做些准备，傍晚去衡州。”

“不用着急。我正准备告诉你呢。”王武说道，“曾大人离开营地之前，接到巡抚密函，让我们先不要轻举妄动，已经从贵州、湘西一带组织了五万兵力正秘密潜行，今晚就要到达衡州附近，偷袭叛军。”

“五万兵力？”傲雪感到很吃惊。

“是的。”王武说，“我们潜伏在敌营的兄弟获知吴三桂所在营地位置，五万兵力直击营地，他将插翅难飞。”

“吴三桂可是有二十万大军啊，五万兵力怎么能对付得了？”傲雪疑惑地问道。

“吴三桂把二十万军队分布在衡州城四周，即使某一营地发生战事，其他营地若没有吴三桂帅令或者马宝将令，是不会轻易调遣兵马去救援的。”王武说。

傲雪若有所悟地说道：“王将军久经沙场，精晓兵法，我刚才的话让您见笑了。”

王武被拍了下马屁，朗朗大笑，说道：“傲雪姑娘真会说话。”

“曾大人有几个民间案子要断，这两天正好让铁锤陪他，一来保护曾大人安全，二来也让铁锤跟着学些东西。”王武接着说，“曾大人有意培养他。汪家与曾家是世交。”

“那汪铁锤不回营地？”傲雪问道。

“既然朝廷已经调来了援兵，我们这边也就没什么可担心的了，宝庆三面环水一面靠山，易守难攻，也不怕吴三桂过来。营里也没什么事务需要他处理，干脆让铁锤跟着曾大人，过几天再回来找你。”王武说。

傲雪很懂事理地点了点头，说道：“可是我还想去刺杀吴三桂呢。”

王武摆了摆手说：“先别打草惊蛇，只要朝廷大军突击吴三桂营地，他就跑不了，你没有必要去冒这个险。”

傲雪叹了口气说道：“可惜便宜了他。”

王武说：“只要仇人毙命，不管是谁杀了他，都是令人痛快的事情。什么事情都需要自己亲自拿刀上阵，那只是武夫的作为。”

两人正说着，一名兵卒骑马奔来：“禀报将军，有紧急军情。”

王武看了傲雪一眼，说：“走，我们回大营。”

宝庆大营。

王武展开密信仔细看了三遍，然后点火把信纸烧掉。

“你先下去吧。”王武向兵卒摆了摆手，让兵卒退了出去。

“五千担粮食，五千担粮食……”王武举着拐杖在营帐里边走边念叨。

坐在一旁的傲雪很疑惑地问道：“王将军，什么五千担粮食？”

王武叹了口气，神秘地说道：“上面要我们宝庆准备五千担粮食送往衡州，给前来救援的兵马。”

“是您说的从贵州和湘西来的五万援军吗？”傲雪问道。

王武点了点头，说道：“是的。援军长途奔袭，快马加鞭，只带了路上吃的一点点口粮，到了衡州过几天就不够吃了，需要我们宝庆准备五千担粮食送去。”

“这可不少啊。”傲雪说道。

王武说：“我宝庆百姓勤劳，水稻收成很好，这些粮食算不了什么。只是我在担心该如何把这些粮食押送到衡州，路途虽然不远，但是若被吴三桂知道了消息，半途拦截那就麻烦了。”

傲雪说道：“王将军考虑周全，那该如何是好？”

王武说：“我先安排人到粮库去清点粮食，等会儿再找曾大人商议下，看如何押送过去才好。”

傲雪说：“这样也好。王将军您先处理军务，我不打扰您，我先回营帐休息。”

王武不好意思地笑了笑，说道：“傲雪姑娘真是体贴，我确实要忙一会儿。等会儿再请你过来陪我聊天。”

傲雪笑了笑说：“王将军太客气了。”说完，就施礼离开营帐。

傲雪还没走到自己营帐，就见几名兵卒在追赶一只小黑狗，小黑狗跑得很快，一溜烟就钻进了傲雪的营帐。

几名兵卒跑到营帐门外，一名高个子兵卒大声嚷嚷：“进去把这畜牲逮住!”

另一名相对矮的兵卒用手一挡，说道：“别，这好像是傲雪姑娘的营帐，我们不能进去。”

“那该怎么办？万一这畜牲咬伤了傲雪姑娘怎么办？”高个子担心地说。

“快看，傲雪姑娘回来了。”另一名胖兵卒指着走过来的傲雪对大家说。

“傲雪姑娘，我养的一只小狗跑你营帐里去了，我可以进去把它赶出来吗？”高个子说。

“没关系。我们一起进去吧。”傲雪笑着就往营帐里面走。

高个子忙挡在前面：“傲雪姑娘，还是我先进去吧，免得这畜牲伤着你。现在天气热，这畜牲脾气不好。”

傲雪笑了笑，点了点头。

小黑狗见高个子进来，吓得在营帐里面到处蹿，高个子左扑右抓，总是抓不到。

傲雪见高个子狼狈的样子，就问旁边的矮个子：“你们在兵营还能养狗？不违反军纪？”

矮个子挠了挠头，不好意思地说：“这是一只流浪狗，我们捡回来的，平时都关在营帐里，不敢带出来。兵营里面是不让养狗的。”

旁边的胖个子插嘴道：“前几天这小畜牲也溜出来，王将军看到没说什么。我们也就更大胆了，养着玩。”

折腾半天，终于逮住小狗，高个子抱着小狗生气地用手轻轻地拍了拍小狗脑袋：“下次再乱跑，小心打断你的腿。”

傲雪走过去轻轻抚摸着小狗，说道：“这小狗真可爱。”

高个子憨憨地笑道：“傲雪姑娘喜欢的话，就送给你吧。”

傲雪一听，忙退后一步，摆摆手说："谢谢，我不善于照顾小狗。"

矮个子说："你别假惺惺了，傲雪姑娘才没时间养狗养猫的呢。你赶紧把畜生抱出去吧，我来把傲雪姑娘房间收拾一下，看折腾得这么乱。"

傲雪忙说："不用啦，不用啦。你们去忙吧。我自己收拾就行。"

傲雪边说边把三名兵卒往外请。

三名兵卒抱着小狗有说有笑地往自己营帐走去。

傲雪并没有立即收拾营帐，而是从床下面翻出一包东西藏入袖口里，走了出去。

"傲雪姑娘，你要出去啊？"傲雪刚走到大营门口，放哨的兵卒忙打招呼。傲雪在大营里养伤的这阵子，基本上都要外出走走，兵卒们都认识了。

"营帐太热，到外面走走。"傲雪向兵卒很客气地打了个招呼。

傲雪一副玩耍的样子，慢慢地走了一段路，见周围没有人跟踪，立即加快速度向宝庆城外集市走去。

只见她走进一个客栈，上了二楼，推门进去，里面居然有人。她对里面的人说了几句话，那人立即在一张纸条上写上一段文字，卷好，再打开挂在屋里的一个鸟笼，捉住一只白鸽，把纸条系在鸽子的腿上，然后推开窗户，把鸽子放了出去。

傲雪见事情办完，就推门出去，离开客栈，到一个小摊坐下喝了碗凉茶，随后又往宝庆兵营走去。

夕阳西下，汪铁锤骑着快马，从小道飞速向衡州城奔去，后面另一个人骑马紧紧跟着。

夜，星空灿烂。

王武还在营帐里面处理军务，烛光下，一名兵卒走了进来："禀告将军，都已经准备好了，什么时候可以动手。"

王武把目光从地图上移开，起身说道："现在！"

傲雪的营帐被包围得严严实实，王武撩开帘子走了进去。

“王将军，你来有事吗？”傲雪正坐在椅子上，一副有气无力的样子。

营帐内的灯火通明。王将军举着拐杖坐在傲雪对面。

“傲雪姑娘，我来给你讲个故事。”王武盯着傲雪说道。

傲雪显然在担忧什么，就说道：“今天我出去走了一趟，比较累，想先休息，明天再讲如何？”

王武看了傲雪一眼，没有理会，而是直接打开了话匣：“十五年前，吴三桂在云南各地收养了一批因战争而遗留下来的三四岁孤儿，有男有女，经过十多年的超强训练，个个武功高超，对吴三桂忠心耿耿，现在这些人有的成为吴三桂麾下领兵将军，有的成为护卫吴三桂平西王府的家将，有的成为吴三桂刺杀对手的刺客。为报答对吴三桂的养育之恩，这些人即使牺牲自己生命也在所不惜。”

傲雪脸色尴尬地夸赞王武：“王将军，知道的还真不少。”

王武笑着说：“傲雪姑娘知道的才叫不少。”

傲雪脸色一变，想站起来，却又无力，只得又坐了下来：“王将军，什么意思？”

王武向旁边的兵卒使了下眼色，一名兵卒走到傲雪的床头，拿出了一份白手绢包着的东西。

傲雪瞬间像泄气的皮球，看着王武。

“傲雪姑娘的飞针非常厉害，王某都差点死在这飞针之下。”王武接过兵卒递来的白手绢，放在桌子上，轻轻展开，一把飞针出现在眼前，正是刺伤王武将军的飞针。

“这也是射杀知府大轿的飞针。”王武拿起一根飞针在傲雪眼前把玩着。

傲雪想伸手来夺，可惜没有力气。

“傲雪姑娘，你就别白费力气了，只要在茶饭里面放了苗寨的酥骨香，武功再高的人，也会全身无力倒在地上。不过，我们给你下的量不多，只是让你全身无力不能施展武功而已。”王武说道。

“原来你们早就知道了。”傲雪见事已至此也就没什么可说的了，怒斥道。

“看看曾大人来了吗？”王武问身边的兵卒。

身边的兵卒跑出去，很快又跑回来禀报：“曾大人已经进入兵营大门了。”

“好。那就等曾大人过来，仔仔细细地告诉你，我们是如何发现你的吧。”王武说道。

很快，曾大人带着一班衙役押着一名女子走了进来。这名女子正是傲雪在客栈见面的那个人。

“彩霞姐。”傲雪见到那女子更是吃了一惊。

“傲雪妹妹。”那个叫彩霞的女子垂头丧气地喊了一声。

曾大人看一眼傲雪，说道：“看来都到齐了。我也该把知道的说出来，请傲雪姑娘看看有没有说错。

“我们一直怀疑田玖将军是内奸，因为他确实容易引起我们怀疑，他是永州城被攻破之后唯一逃出来的高级将领，而且他还向我们隐瞒了他的小舅子伍盖天是马宝麾下领兵将军的事实。同时，他身体受伤并不重，却总是躺在床上很少出营帐，并且在王将军遇刺凌晨，他还打扮成兵卒模样离开过兵营。后来，汪铁锤暗中跟踪他，发现他还与小舅子伍盖天私下往来。所以，当我们去抓他的时候，发现他居然神秘地离开了兵营。

“我遇刺之后来到兵营，正好你也来到王将军营帐，你说了一句话，说你早上到河边去散步了，而你的鞋子上正好有一点点小东西，碰巧被王将军发现。有一小点豆腐黏在你的鞋子上，豆腐是新鲜的，只有城外早市才有。王将军当场就怀疑你在说谎，但又不动声色。后来，我和王将军回忆你来到兵营的种种行为，觉得确实可疑。

“吴三桂曾经在宝庆差点全军覆没，所以他对宝庆一直心有余悸，不敢出兵攻打。南霸天劫夺黄金事件之后，他得知了汪铁锤的身份，也算定我会派汪铁锤去刺杀他，于是他提前设好局，等我们上钩。在营帐里，尤其是不出征作战时，吴三桂没有穿铠甲的习惯，但是他为了防止意外，还是戎装在身，所以汪铁锤进入营地之后，看到他身着铠甲全身武装，飞刀无法轻易取其性命。汪铁锤被暴露行踪之后，你在合适的时间出现，帮助铁锤逃出了重围，再用中箭的苦肉计骗取了我们的完全信任。

“你利用我们的信任，到兵营各处走动，趁机了解兵营布局。得知我们将率兵增援衡州时，深夜，你乔装成兵卒用飞针射杀看守粮草的守卫，并在多处点火烧毁粮草。你潜入宝庆兵营的目的不仅是刺探我们的行动，而且要破坏我们行动，更重要的是，你要刺杀我和王将军。吴三桂认为只要拔掉我和王武将军两个人，宝庆府就群龙无首，人人自危，到那时他再来攻城就容易多了。

曾青溪用手轻轻拍了拍王武将军的肩膀，继续说道：“粮草着火之后，王将军出来察看火情和指挥灭火，你就等待时机，见铁锤离开，而只剩王将军一人时，你乔装兵卒展开刺杀，万幸王将军身经百战，没有受到致命之伤。而你趁乱全身而退。

“你多次出入兵营前往城外早市，每次都去喝茶，起初我们真的没有想到你是去送情报，而是认为你只是觉得天热想喝喝凉茶而已。汪铁锤第二次刺杀吴三桂回来，吴三桂提前知道了我们的行动，我们就一直在想，田玖是如何把情报送出去的？等到我遇刺当天，王将军发现你鞋子上的一小点豆腐时，我们猛然清醒，原来你每次去早市是为了察看周围环境和送出情报。能提前知道我们的消息并且快速送出去，只有飞鸽传书，而我们兵营从来没有鸽子。”

曾青溪踱着步子，慢慢说道：“我假设一下，我当时遇刺的情况。你与彩霞掌握我每日来兵营的路线之后，在一客栈订了间房子，提前做了安排。早上，你像往常一样离开兵营，只是比平时相对要早一些，你还特意与兵营大门守卫打了下招呼。等我的轿子从早市经过时，你准确无误地向知府大轿射出飞针，彩霞接着扔出火把。随后，你们两个快速逃离房间，从另一出口出来，彩霞装成百姓围观知府大轿，实际上就是查看我是否身亡。而傲雪你必须迅速赶回兵营，制造你没有来早市的假象。你匆忙从后街离开，一不小心撞到挑着豆腐的老汉，一脚踩到掉在地上的豆腐，你用力抖了两下脚，就继续往兵营走。当时，你们两个应该是女扮男装，并没有蒙面。其一，你们是女扮男装在那个客栈订房间；其二，光天化日之下蒙面，更加引人注意。你施展轻功经过树林之时，脱下男装，扔到草丛里。你应该是把女装穿在里面，根本就不需要更换，对吗？”

傲雪看了曾青溪一眼，哼了一声：“大帅说你是老狐狸，果然是老狐狸。”

曾青溪笑了笑说：“大热天的，姑娘家在外面换衣服肯定不方便。于是你假装到河边散步。远远见我和护卫来到兵营时，你才假装赶回来。你还刻意让远处的兵卒看到你在河边散步。”

“来到王将军营帐时，因为没有换鞋子，所以鞋子上留下了一点点豆腐黏在上面。而我们衙役在早市查找刺客时，那个卖豆腐的老汉跟我们抱怨有个人撞翻了他的豆腐。当我们再次安排铁锤去刺杀吴三桂时，你主动提出陪同前去，一是你觉得刺杀我和王将军不太顺利，二是希望主动请缨再次博取我们信任。我们就将计就计，让铁锤负责送我回府衙，王将军要求你陪他去河边散步，而实际上，我们返回你的营帐找到了这包东西。”曾青溪边说边指了指桌子上的飞针，“彻底证实你就是真正的刺客。”

“铁锤在哪里？我要见他。”傲雪恼怒地问曾青溪。

曾青溪笑了笑说：“铁锤应该已经进入叛军大营，吴三桂的死期已到！”

“不可能，你们不是说已经取消计划了吗？”傲雪疑惑地问道。

曾青溪冷冷一笑，说道：“这就是我们的计划，我们知道你是吴三桂的卧底之后，故意让王将军告诉你假消息，有五万援军潜入衡州，刺杀计划取消。为了迷惑你，又故意安排了援军需要粮草的事情，使你对今晚五万援军袭击吴三桂确信无疑。你果然确信无疑，找借口离开王将军营帐，准备回到你自己的营帐取飞针。现在是夏季，大家穿着单薄，你无法时时把飞针携带在身上，只有执行任务时才带走。你回营帐拿飞针，估计也是为了防止意外。可是，我和铁锤之前来你营帐翻查过，虽然东西都是很小心地放归原处，因你对室内的每个物件摆放都观察细微，担心被你发现有人来过你这里，就故意设计让几名兵卒把小狗赶入你营帐，小狗到你营帐里面一番折腾，掩盖了我们之前进来的痕迹。营帐里面乱七八糟，你也就疏忽大意了，于是你带上飞针离开了兵营。"

说到这里，曾青溪看了看彩霞，接着说道："这个时候，你帮了我一个好忙。我们之前在早市乔装的人看到你进入了客栈，并且知道你进入哪个房间，也发现了她，你的同伙。我们也看到你们放飞的信鸽，我们在不远处诱捕信鸽察看了密信，果然是你告诉吴三桂刺杀计划取消、朝廷今晚有五万兵马潜行至衡州袭击他的消息。我们需要你传送的就是这个消息，便把信鸽再次放飞，把这消息送给吴三桂。于是我们立即让铁锤趁吴三桂放松个人护卫、加强兵营护卫之际，混进吴三桂营帐刺杀吴三桂。"

"大帅营帐防卫森严，铁锤根本进不去，你们这样做是让他去送死。"傲雪焦虑地说道。

"有伍盖天将军带他进去，他一定能成功的！"曾青溪说。

"哼，伍盖天？他是我们的人。"傲雪不相信。

"我忘了告诉你。"曾青溪说，"铁锤陪我回到府衙，发现田玖早已在里面等着我了。难怪我们在兵营一直找不到他。他告诉我当时永州城被攻破，他逃出来的真实情况，是伍盖天放他走的，伍盖天一直劝他归顺叛军，但田玖毅然拒绝。而马宝却获知伍盖天私放田玖逃走的消息，多次责备他。田玖趁机向其晓明大义，伍盖天终于悬崖勒马，答应带田玖进入吴三桂营帐进行刺杀。而田玖担心自己武功不济，希望汪铁锤能一起加入。他也怀疑兵营有内奸，所以才潜入府衙私下来见我。”

“伍盖天怎么会背叛大帅，一派胡言。”傲雪愤怒道。

“田玖将军的妻儿就是被你们杀害的！伍盖天将军不想为自己的姐姐报仇吗？”曾青溪咬牙切齿地说道。

“那是我军误杀！大帅为此还特意给伍盖天送去黄金千两作为弥补。”傲雪说道。

曾青溪冷笑道：“傲雪姑娘，你认为黄金就能换来伍将军姐姐和他外甥的命吗？你们这些权力熏天之人，有没有想过全家欢聚一堂的天伦之乐是什么？”

傲雪低头没有说话。

曾青溪说：“为了尽量减少伤亡，抓捕你们之前，兵营里在你的饭菜里面放了苗寨的酥骨香，而抓她也不难，让客栈在送菜上楼时把酥骨香放进去就行了。”

“哼。都不是好汉，对付我两名女子都要用这种江湖下三烂的手段，不怕江湖人笑话吗？”彩霞终于开口了。

曾青溪哈哈大笑，说道：“大事不拘小节。我不是江湖人，我是朝廷命官！把他们都带走，押入大牢！”

夜。衡州城外，吴三桂率领二十万大军在攻城！

汪铁锤和田玖换上叛军兵卒服装，一起见到了伍盖天，相互介绍认识之后，汪铁锤问伍盖天：“都天黑了，还没收兵？”

“吴三桂下了死命令，什么时候攻下衡州城，什么时候休息。”伍盖天说，

“衡州城非常具有战略意义，吴三桂要下血本拿下此城，他不想因此城而阻止他进军中原的步伐。”

“我们放出消息，有五万援兵将抵达衡州，吴三桂难道一点不担心？”汪铁锤问。

“五万援兵？有什么怕的？吴三桂手里有二十万大军，另外他又

调了五万兵力从郴州一带奔袭而来，今夜也将赶到。”伍盖天不屑地说，“更何况，五万大军再怎么潜行，也会风吹草动的，吴三桂在各道上一百里之外就布有斥候，即使朝廷的援兵真的出现，斥候立即会把消息传到这里来，临时调兵迎战也是来得及的。”

“吴三桂是真正的久经沙场的老将，从山海关到澜沧江带着他的吴家军一路南下，所向披靡，现在从昆明又率叛军这么快就杀到衡州，会把握一切战机的。”田玖补充道。

“看来衡州真的危在旦夕了。”汪铁锤焦急地问伍盖天，“你什么时候带我们去他营帐？”

“少安勿躁。他就在南门亲自坐镇指挥，我得找个禀报军情的机会才能进去。”伍盖天说。

田玖问道：“哪得等到什么时候？看这攻势，衡州城估计守不到天亮了。”

汪铁锤急得直跺脚。

“别急，只要刺杀成功，叛军必退。”伍盖天道。

三人在营帐里面正说着，一名兵卒匆匆跑进营帐。

“禀告将军，西门已经攻破！”

三人听了面面相觑，西门是马宝亲自指挥，没想到这么快。

“我马上去禀告大帅！”伍盖天马上反应过来，扬手让兵卒退出。

“我们出发！”伍盖天拿起摆放在案上的剑挂在腰上，叮嘱道：“我们三人的分工再重复一遍，汪少侠负责取吴三桂的狗命，我和田玖负责阻挡‘十八虎’。”

“好！”汪铁锤和田玖都点头答应。

为了报仇雪恨，伍盖天和田玖已经把性命置之度外，他们选择对付“十八虎”，就是保证汪铁锤能顺利刺杀成功！

三人骑马向南门奔去。

“什么人？站住！”兵卒在吴三桂帐外挡住了去路。

伍盖天把手中令牌一扬：“西门已破，向大帅禀告军情！”

兵卒见是将军令牌，又听西门攻破，一兴奋也没盘问就把三人放了进去。

将军出行，随身带两名随从，在军队中是常见的事情。

伍盖天带着田玖和汪铁锤急匆匆地往里面走，边走边大呼："大帅，捷报，西门已破！"

吴三桂一身戎装正端坐在大帐主位，营帐东西两侧各站着九名护卫，这就是闻名江湖的"十八虎"，而夏国相也在营帐内，一身戎装打扮坐在下面西侧椅子上，显然是在与吴三桂讨论战况。

"太好了！"吴三桂一听衡州城西门已破，兴奋得站了起来，而夏国相忙站起来向吴三桂道贺。

"贺喜大帅，天助大帅！"

显然，吴三桂和夏国相都放松了警惕，心思都放在攻取城池上，没有考虑刺客到来。

伍盖天带着汪铁锤和田玖站在营帐正中，离吴三桂的帅座只有二十步远。

夏国相看了一眼伍盖天，正准备说话，突然见站在伍盖天侧后方的汪铁锤双手从袖口里甩出两把飞刀，上下齐飞，直向吴三桂眉心和咽喉飞去。面对全身武装的吴三桂，只有这两个位置是致命的。

夏国相不愧是武功盖世之人，抬手拔剑打在上面那把飞刀后柄上，飞刀立即偏离方向，而另一把飞刀在快靠近吴三桂时，也被吴三桂机警地躲开。

在汪铁锤甩出飞刀的同时，护卫在吴三桂两侧的"十八虎"迅速拔刀扑来。

汪铁锤还是快人一步，在他甩出飞刀之后，立即拔出佩刀向吴三桂杀去。

"杀！"田玖想起死去的妻儿，带着仇恨拔刀杀向夏国相。

伍盖天也拔出佩剑去攻击"十八虎"。

吴三桂的剑就挂在墙上，他转身就去取剑。

汪铁锤一刀劈去，武功高强的吴三桂侧身躲开，汪铁锤连劈三刀，吴三桂左右躲闪，虽然没有被伤到，但他只有赤手空拳没法去取墙上的宝剑。

四名护卫也向汪铁锤扑了过来，汪铁锤再一刀向吴三桂挥去，刀尖从吴三桂的左胸划到右腰，金属的碰撞，发出一丝丝火光。但吴三桂并没有受伤，而汪铁锤自己却差点被其中一名护卫刺中。

铠甲的坚固超出他的意外，手里这把精心挑选的精钢大刀居然不能伤其毫发。汪铁锤不由得暗暗叫苦。

护卫已经靠近，汪铁锤转手向右侧护卫扫去，这一招只是瞬间之际，而右侧护卫也没想到汪铁锤会这么快反手杀他，想躲已经来不及了，汪铁锤的刀捅进了他的肚子，在刀子拔出来的瞬间，一股鲜血喷了出来。

汪铁锤没考虑自己的安危，他的目标只有一个，就是杀了吴三桂。

那是一把非常好的宝剑！汪铁锤只看一眼就认出吴三桂挂在墙上的剑。他举刀一挑，宝剑落在他左手上。

甩出大刀再次刺中一名护卫，到拔出宝剑在手，干脆利落，一气呵成。

“哐当！”汪铁锤直接挥剑把护卫的一把刀削断了。果然是宝剑！

护卫为了保护吴三桂，根本就没有自我防御，任务就是一个保护大帅不要被伤。

“大帅，看剑。”远处一名护卫向吴三桂抛去一把利剑。

吴三桂反身伸手接剑，但此时他门户大开，汪铁锤手中宝剑向他后背划去。

吴三桂想躲过，但已经没有那么幸运了，宝剑划开了后背铠甲。

“唰——”

宝剑划破铠甲的声音格外刺耳，汪铁锤不由得内心狂喜。

金丝软甲！

吴三桂居然在铠甲里面还套有金丝软甲，刚才一剑划去，并没有伤及吴三桂。

周围的护卫疯狂地向汪铁锤扑来，伍盖天根本抵挡不住。

田玖与夏国相打得难舍难分。

吴三桂不愧是一代枭雄，他握剑在手，不再躲避，反而向汪铁锤刺去。

汪铁锤已被四名护卫包围，打斗起来。

“快护送大帅离开！”夏国相与田玖边战边命令护卫保护吴三桂离开。

“不！我要亲眼看到他们死！”吴三桂两次被刀剑刺中，虽然没有受伤，但已经愤怒到了极点，不亲眼看到汪铁锤死，他不足以解心头之恨。

伍盖天已经受伤，但他努力地杀向汪铁锤这边，他要牵制汪铁锤身边的几名护卫，让汪铁锤全身心地对付吴三桂。

“十八虎”的武功确实很高，但是汪铁锤武艺更高一筹，加之手中的宝剑削铁如泥，他使用起来得心应手，仅几个回合就砍伤两名，杀死一名。

“对付吴三桂。这里交给我。”伍盖天满身是血，抵挡着护卫的刀剑。

田玖也向汪铁锤这边靠拢，显然他也想牵制更多的人。

汪铁锤甩开护卫，杀向吴三桂，两人打斗起来，把吴三桂紧紧逼到营帐角落。

夏国相见汪铁锤如猛虎下山威不可挡，杀到吴三桂身边就要护送逃离。

此时营帐外，一大队兵卒冲到门口。

没有命令他们不能进来，这是吴三桂以前下过的铁令，他担心对手会混在兵卒里面趁乱刺杀他。

汪铁锤见机会不多，连挥三剑杀向吴三桂，旁边的夏国相拼死保护，抵挡了汪铁锤的剑。

田玖见势刺向了夏国相，没想到夏国相挡开汪铁锤的剑之后，又躲开了田玖的刀。

汪铁锤终于等到了机会，趁吴三桂在角落狭小地方无法施展手中长剑之际，使出全身力量刺向吴三桂，宝剑穿过了铠甲，刺破了金丝软甲，刺进了吴三桂的左胸。

“大帅！”

吴三桂被刺！

夏国相不顾一切地一脚横扫过来，把汪铁锤踢退三四步远。

吴三桂的左胸流出一股鲜血，倒在地上。

“啊！”田玖一声惨叫，原来他为了对付夏国相，根本就没顾及背后的护卫，被一名护卫直接一剑从背后捅穿。他穿的是兵卒的服装，只是普通的布衣，没法与铠甲比。

夏国相与数名护卫一齐向汪铁锤杀去。

被围攻的伍盖天对着汪铁锤喊道：“汪少侠，快撤！”

汪铁锤一个飞跃到了伍盖天身边，说道：“伍将军，我们逃不出去了。”

“不！”伍盖天说，“你一定要走！”

“来不及了！”汪铁锤看着营帐外黑压压的兵卒对伍盖天说。

“来不及也得走，我掩护你。”伍盖天。

“不！”汪铁锤说，“我掩护你！”

“不行。我伤得很重，逃不出去了。”伍盖天说完，就红着眼向外面杀去。

这如何逃得出去？

此时，夏国相扶着倒在地上的吴三桂。

护卫一齐向汪铁锤杀来。不能恋战！

烧营帐！

看到帐内四组大大的烛台，汪铁锤脑海一闪，他飞起一脚把一名靠近他的护卫踢退五六步，撞到了一组烛台，散倒的蜡烛点燃了地毯。

汪铁锤边躲闪护卫的刀剑，边用剑挑起椅子砸倒另三组烛台。

营帐瞬间燃起大火，一片混乱。

汪铁锤护着伍盖天杀出了营帐。

“你快跑！不用管我。”伍盖天满身是伤。

“不！我要带你离开！”汪铁锤扶着都快站不稳的伍盖天说。

“听我的，不要做无谓的牺牲！”伍盖天挣开汪铁锤的手，边砍杀兵卒边喊道，“快走！”

汪铁锤含泪看了一眼伍盖天，施展轻功往营地外奔去。

所幸他身上穿着叛军的兵卒服，几个起落，他闪到成群的兵卒后面，没人认出他了。

在汪铁锤刺杀吴三桂的当天晚上，叛军攻进了衡州城，看到衡州城上的叛军旗帜，汪铁锤带着遗憾回到了宝庆。

数日之后。

“什么？吴三桂没死？”汪铁锤听到宝庆知府曾青溪告诉他这个消息的时候，感到非常意外，自己明明已经刺中了他的左胸。

“看来这个吴三桂真是命大啊，你那一剑虽然刺进了他的左胸，但并没有刺中心脏，所以他捡了条命。”曾青溪遗憾地说。

“不要遗憾。”宝庆兵营主将王武对汪铁锤说，“他伤得很重，能活几天还不一定呢。”

“可惜衡州城被攻破了，田玖将军和伍盖天将军都牺牲了。”汪铁锤内疚地说。

曾青溪拍拍汪铁锤肩膀，鼓励他说：“你是好样的！没有援军，衡州城破是我们意料之中的，我已经把田玖将军和伍盖天将军的事迹写进奏折，上报朝廷。”

可能是为了让汪铁锤不要为此内疚，曾青溪指了指汪铁锤腰上挂的宝剑，说道：“这把剑叫桃花剑，是当年吴三桂认识陈圆圆时，找天下铸剑名师打造的宝剑，因陈圆圆曾居住苏州桃花坞而得名。”

汪铁锤说："难怪这剑柄上有朵桃花印记。"

吴三桂进驻衡州城数日之后，因受伤严重，湖南夏季炎热不适合养伤，于是在一万精兵的护卫下返回四季如春的昆明。在他离开衡州时，下令由夏国相代掌军事，坚守衡州，不可轻易出兵。

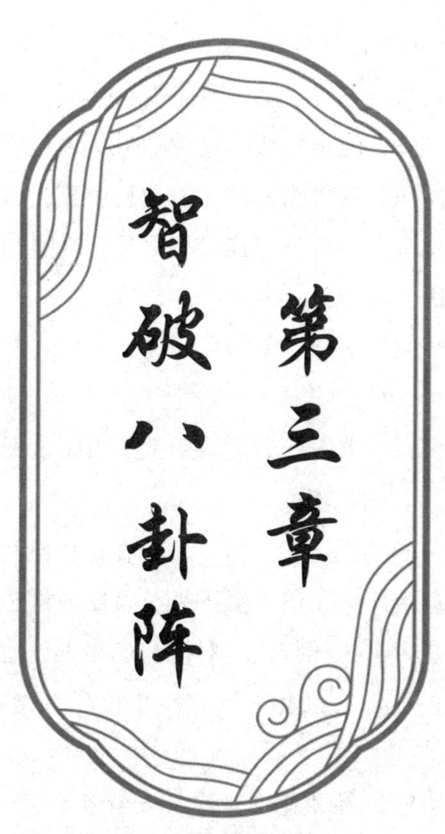

第三章 智破八卦阵

因汪铁锤的刺杀，吴三桂返回云南养伤，把湖南叛军最高指挥权交给了自己的女婿夏国相。夏国相是战略级军政人才，文武双全，擅长谋划，军事指挥水平也比较高，是吴三桂阵营中实际上的二号人物。

夏国相精通古代阵法，他在三国孔明八卦阵的基础上进行重新编排，形成新的八卦阵，他指挥叛军连克数城，逼近宝庆府，宝庆兵营副将高贺被敌军所杀，清军损失惨重。而夏国相自身武功高强，身边护卫个个都是武林高手，自吴三桂被刺之后，夏国相的自身安全防卫更是森严，汪铁锤无法靠近。

宝庆兵营。

宝庆知府曾青溪、宝庆兵营主将王武、因刺杀吴三桂而威震武林的汪铁锤、宝庆兵营副将王文。

“宝庆曾是吴三桂的噩梦，当年差点在这里全军覆没，现在他回云南疗伤，把军事指挥权交给了夏国相，而夏国相想一心攻下我们宝庆，对叛军来说是为吴三桂报仇，对他自己来说，他一心想攻打一座连吴三桂都害怕的城池，以此来树立他在叛军中战神的地位。”宝庆知府曾青溪说。

“现在十万大军就在我们三十里外安营扎寨，频频挑衅，真想出兵跟他决一死战，实在是咽不下这口鸟气。”副将王文气愤地说。

主将王武忙摆手说道：“千万不可冲动，我们宝庆兵营加上衡州城破之后撤退来的兵卒，不到一万人，如何跟他决一死战？真要出营，只要进入他们阵中，死的是我们，不是他们。高贺将军的死还不能给你长点教训吗？”

王文是王武的同胞弟弟，所以王武对王文在言语上一点不客气。

曾青溪解释道：“夏国相为何不直接围城攻城？而是在三十里之外摆阵挑衅，一是他不敢攻城，害怕偷鸡不成蚀把米，若久攻不下，不仅不能在吴三桂面前邀功，而且还会在其他总兵前面很没面子。其二，他要发挥自己的长处，让我们走出易守难攻的城池，去与他决战。我们要忍得住，他们在外面叫阵，随他们叫去，我们装着没听见就行。”

王文抱怨道：“夏国相摆的到底是什么阵？如果不破了他的阵，这样耗下去，我们宝庆城里人都会被饿死的。”

王武看了眼曾青溪，曾大人也一脸无奈的样子，说道：“朝廷派出了几路援军，都在路上被叛军打败了，一时半会儿没有人来救我们。现在宝庆府里的粮草越来越少，衡州城被攻破时，不少百姓都逃到我们这里来，一天下来消耗的粮食不少。”

汪铁锤终于说话了：“我仔细观察了他的整个阵法，有点像八卦阵，但又不像八卦阵，比八卦阵更复杂，前后左右变化无常，除非能找到破阵之人。”

曾青溪背着双手在营帐里来回踱步，在思考着什么。

突然，他眼睛一亮，想起了什么，对三人说：“我们宝庆地界曾有一位邓老前辈精通奇门遁甲和古代各种阵法，后听说这位邓老前辈在清军入关之后，便隐居山林，不再过问世事。”

汪铁锤激动地问：“太好了！曾大人您知道他住哪里吗？”

曾青溪摇了摇头说：“我也只是听说，未曾与其见面。当年邓老前辈在江湖上也是神出鬼没，何况现在退隐江湖，更是无从知晓了。”

三人一听，一下子泄气了，这不就等于没说嘛。

曾大人见大家垂头丧气的样子，说道：“看看你们一副失望的样子，我不知道邓老前辈在哪里，不表示别人不知道啊。”

三人忙瞪大眼睛，等曾大人的下半句话。

曾大人看了看汪铁锤，笑着说：“你回去问问汪二老爷，你们家与邓老前辈有渊源。”

汪铁锤回到黄金岭，向汪二老爷打听邓老前辈之事。

汪二老爷沉默良久才说出：“邓老前辈是女中豪杰，其夫君汪老前辈就是我的师伯，与我们同宗，伉俪两人是湖广一带武林中的顶级人物。两人行侠仗义，在明末乱世，帮助了很多贫困百姓，也曾组织老弱病残的乡亲们摆奇阵，打败数万大军的进攻。遗憾的是，邓老前辈的夫君汪老前辈因病早逝，当时恰巧清军入关，国破家亡，邓老前辈伤心至极，便隐居山林，不再过问世事。传说邓老前辈有一本祖传破阵之书，没有破不了的阵法。”

汪铁锤问道：“二老爷，您知道邓老前辈隐居在哪里吗？”

汪二老爷说：“估计在八角寨一带，前几年我曾经在夷江镇附近遇到一名女子打伤几名恶霸，武功招式就出自邓老前辈。后来跟踪那名女子快到八角寨时，因对那里地形不熟，就跟丢了。以前也曾听邓老前辈说起，八角寨地方好，她两口子年纪大了就去那里隐居。”

“八角寨？那里崇山峻岭、连绵起伏，山高路险，方圆数十里豺狼出没，据说就是猎户也很少深入到山中，这如何能找到？”汪铁锤曾听人说过八角寨。

“我也只能帮你到这里了，能不能找到就看造化了。”汪二老爷说，“这么多年了，邓老前辈是否还在世，还说不定呢。”

汪铁锤说：“不管如何，也得去找找。”

伍莲花正坐在一旁含情脉脉地盯着汪铁锤，两人已经有一段时间没有见面了，听到汪铁锤要去八角寨，她决定跟他一起去。

“外公，我可以跟铁锤哥一起去八角寨寻找邓老前辈吗？”伍莲花用商量的口气问汪二老爷。她总是这么温柔。

汪二老爷没有说话，而是看着汪铁锤，他想知道汪铁锤的态度。

汪铁锤忙向伍莲花摆手道：“八角寨常有豺狼出没，很危险的，你还是别去为好。”

“有豺狼怕什么？我有刀啊。”伍莲花很认真的样子。

汪铁锤苦笑着说：“你这个傻妞，一头豺狼你敢杀，来一群豺狼你怎么办？”

伍莲花嘟着嘴说：“不是还有你吗？”

汪铁锤听到伍莲花这么说，都快无语了，只得耐心解释道："叛军猖獗，宝庆城危在旦夕，我找到邓老前辈获得破阵之法，就得立即赶往宝庆城，你跟着我走，很危险的。"

"哼，你就是不想带我去。"伍莲花生气地就往屋外走。

汪二老爷叹了口气，看着汪铁锤说："带她去吧。两人一路上也有个照应。你要是不答应，估计她不会天天给我好脸色的。"

汪铁锤见汪二老爷这么说了，也没办法，伍莲花是他唯一的外孙女，天天像心肝宝贝一样宠着。更何况自己也挺喜欢跟莲花在一起，这次想拒绝还不是担心她跟着自己出去有危险。既然汪二老爷都这么说了，那就带她去吧。

汪铁锤走出院子，伍莲花正生气地站在一棵大树下。

"哎呀，你说明天我们是走路去还是骑马去？"汪铁锤站在伍莲花身边说。

伍莲花一时没听出汪铁锤的意思，满脸不高兴地说："你爱咋的就咋的。"

"我爱咋的就咋的，可伍家大小姐怎么办？难道我骑马她走路跟着？"汪铁锤故意昂着头看着天空说。

伍莲花听出话外音了，她瞬间满脸乌云转晴，笑着说："你真的答应带我去了？"

汪铁锤笑着说："我还敢不答应吗？否则有人都要在心里骂我好几百遍了。"

伍莲花忙拉着汪铁锤的手说："太好啦！太好啦！我什么时候骂过你呢？"

她激动两下，忽然停下来，担忧地说："我怎么跟你走啊？难道你真的骑马，我跟在马后面走路啊？这得多远的路啊。"

汪铁锤自豪地从怀里拿出一张银票，在伍莲花眼前一亮，故意装傻地说："两百两银票，到镇里去不知道能买多少匹马呢。"

伍莲花一把接过银票仔细看，很惊讶地说："真的这么多啊。曾大人赏你的？”

汪铁锤笑着开玩笑说：“难道是我抢的啊？”

伍莲花把银票退给汪铁锤，说道：“下山时，你走路，我骑马，到了镇上你再自己买匹马。”

汪铁锤故作苦脸说：“我真不应该答应二老爷啊。”

伍莲花自豪地说：“你还敢反悔？”

第二天，天刚亮，伍莲花骑在马上，汪铁锤在前面牵着马，两人离开了汪家寨，离开了黄金岭，到集市上买了匹大白马，两人一起并肩骑马往八角寨走去。

伍莲花之前从没有下过山，对外面充满好奇，总是问这问那。

八角寨是一片深山的统称，深山的四周分别有八个村寨，一般人也只是到村寨就止步了，不敢再往深山里面走，就连村寨里面的猎户都极少进山。

八个村寨分别为唐家寨、刘家寨、马家寨、余家寨、瑶寨、朱家寨、林家寨、桂竹寨。其中唐家寨、刘家寨、马家寨、余家寨、朱家寨和林家寨，都是数百年家族群居村落，相互之间通婚，盘根错节，村寨男女个个习武，都拥有独门武功。而瑶寨是八个村寨里面人口最多的村寨，居住的都是瑶族人，擅长施毒、飞刀，能召唤猛兽虫蛇。桂竹寨有点例外，整个村寨因桂花和竹林而得名，村寨里面有几处寺庙，藏龙卧虎，也是江湖武林高手放下屠刀来此修行的地方，人员错综复杂。

深山深幽险要，也不知道叫啥名字，后人就干脆把那一片深山叫八角寨。

夷江镇是宝庆府通往八角寨的必经之路，汪铁锤和伍莲花两人刚进入夷江镇，就已经被人盯上了。

盯上汪铁锤和伍莲花的人叫李二狗，没别的意思，就是觉得伍莲花长得特别漂亮，听两人口音不是当地人，游手好闲又认识一些狗朋狐友的李二狗就起了坏心眼。

“铁锤哥，好像有人跟踪我们。”伍莲花悄悄地对汪铁锤说。

汪铁锤小声地说：“别回头，我们刚进镇时就跟上了。”

伍莲花说：“那怎么办？”

汪铁锤不屑一顾地说：“大白天的怕什么？看那人身手不像会武功，最多是地痞流氓。”

伍莲花听汪铁锤这么说，直了直腰，说道：“等会儿出镇还跟着的话，我把他脖子给拧下来。”

汪铁锤向她伸出了大拇指，又走了几步，看到前面的药铺说：“春风十里，二老爷让我们找的药铺应该就是这里，我们进去问问。”

两人把马拴在药铺前面的拴马杆上，就走了进去。

“小二哥，请问这里有位夏神医吗？”汪铁锤进店向一个正在拨打算盘记账的店小二问道。

店小二抬头看了看他，正好门外又走进一个老太婆抓药，店小二接过药方子，看了一眼，就隔着后面的一扇门把方子递进去。

店小二把耳朵伸到门的小窗口处，听里面的人说了几句，点了点头，就走过来问老太婆：“大婶，你抓这药是给谁喝？”

老太婆说：“是给我家老头子喝。”

随后店小二又把耳朵伸到门边，听里面的人说了几句，又点了点头。走过来指着单子上的一味药对老太婆说：“大婶，这药性有点猛，年龄人的人不宜多吃，夏神医说减半就行。”

老太婆听了店小二这样讲，很惊讶地说：“果然是神医，郎中说这个药就是要减半的，他说试试夏神医有没有出去远游。”

汪铁锤和伍莲花对视会意一笑，原来门后面的那人就是夏神医。

店小二给老太婆抓完药之后，见汪铁锤两人盯着他，就问：“请问两位是要抓药吗？”

看来真够健忘的，才多久就忘记了，汪铁锤无奈地重复一遍：“我们是来找夏神医的。”

店小二上下打量了一下汪铁锤和伍莲花，问道："请问二位是？"

汪铁锤说："请通报一下夏神医，我是从黄金岭来的，姓汪。"

店小二听了正准备去问门后面的人，没想到，那扇木门居然推开了，一名六十多岁的干瘦老头走了出来，看了看汪铁锤和伍莲花。看来他就是夏神医了，估摸是听到黄金岭和姓汪，猜着是汪二老爷派人找他有事。

"汪天赐那老家伙还没死？"夏神医有点阴阳怪气地问。

汪铁锤忙向夏神医行礼，很客气地说："晚辈汪铁锤拜见夏神医，二老爷身体健朗，有劳夏神医惦记。"

夏神医又仔细看了看汪铁锤，露出满意的微笑，夸赞道："打败南霸天、刺杀吴三桂，后生可畏，天赐这老家伙教出了一个好后生，比他当年有出息。"

汪铁锤忙谦虚道："过奖了，晚辈初入江湖，还得多多仰仗前辈指点。"

"这次来找我，有什么事吗？"夏神医开门见山地问道。汪铁锤来找他肯定是有要事相商，不可能是聊聊天这么简单。

"我想去八角寨。"汪铁锤说。

夏神医一听觉得事情并不简单，就说："里面说吧。"说完就自己带头往后院走去。

李二狗一直跟着汪铁锤到了春风十里药铺，虽然他没有进去，但是躲在墙角下把汪铁锤与夏神医的对话听得清清楚楚。

打败南霸天，刺杀吴三桂，这可是名震江湖的大事，谁不知道？李二狗都惊讶地差点掉了下巴，又暗自庆幸自己没有得罪刚才这位少侠，否则人家只要伸个小指头就能要了自己的命。

药铺后院肯定是进不去了，自己又没武功，赶紧把这消息告诉兄弟们去。

夷江镇的小巷子里，三四个小混混聚在一起。李二狗向他们说了今天的重大发现。

“你确定是大英雄汪铁锤？”王虎仔长得一副虎头虎脑的样子。李二狗说话从来不着边，王虎仔不相信他说的话。

“我骗你是狗。”李二狗最烦别人不信任他，生气地说。

靠在墙角的大牛笑着说：“你本来就是狗，而且是二狗。”

“你还是牛呢。”李二狗急了。

“你说他会不会收我做徒弟啊？”李二狗美滋滋地想着，笑得特别灿烂。

“你是看中大英雄身边的那位美女了吧？”刘大牛鄙视他道。

“要是真收我做了徒弟，我就可以天天看着那美女了。”李二狗一副自我陶醉的样子，哈喇子都流了出来。

站在一旁一直没说话的张猴子终于开腔了：“人家美女还能瞧上你？肯定是大英雄的相好。”

李二狗说道：“我只要能天天看着就心满意足了。”说完，那一副陶醉的眼神，让周围三个伙伴都怀疑他刚才撞邪了。

“别扯了，去看看是不是大英雄再说。”虎仔是他们的头，说话有分量。

“他们肯定还在春风十里药铺没出来。”李二狗在前面带路。

他们四个人走到药铺对面的凉茶棚里盯着药铺大门。

“喝茶不？”卖茶老太太见他们四个人占着一张桌子，就走过来问道。

“不喝。”李二狗兜里没钱，他渴了都是直接喝井水的，哪里能掏得出那一块铜板来买茶喝。

“不喝就走开，我这桌子是要给客官的。”老太太为难地说，想撵他们走。这个凉茶棚就三张桌子，另外两张都有人，他四个霸占了一张桌子，再来客人的话就没法坐了。

李二狗盯着老太太，啥话也没说。

老太太认识这帮成天在镇上瞎晃悠的人，怕惹事，见李二狗的眼神，只得忍气吞声地说：“那你们坐吧。”

王虎仔看了一眼老太太，从鼻子里哼出一声，他们在夷江镇从小混到大，还没人敢赶他们走。要不是见她是个老太太，估计他早就动手了。

四个人等了一会儿，汪铁锤和伍莲花果然从里面走了出来。

“哇，真的很漂亮啊。”虎仔瞪大眼睛，看着伍莲花。

大牛和猴子目瞪口呆地看着，二狗说得没错，果然是大美女。

夏神医也跟在汪铁锤和伍莲花后面。

“你们的马就放这里吧，八角寨道路崎岖险要，不适合骑马。”夏神医说。

汪铁锤说：“那就劳烦夏神医了，我办完事再来找您。”

“我就不送了，快去快回。”夏神医说。

汪铁锤和伍莲花向夏神医施完礼，就朝镇外走去。

李二狗推了一下虎仔：“要不要跟上？”

“跟上。”虎仔一声令下，四个人都走出了凉茶棚，远远跟着汪铁锤和伍莲花。

“铁锤哥，他们跟上来了。”伍莲花对汪铁锤说。

汪铁锤头也不回地说：“等会儿出了镇，你去收拾他们。”

“真的？”伍莲花这次跟汪铁锤单独下山，对什么事情都充满好奇。自己虽然跟着学了点武功，还不知道到底是什么水平呢。

“不用怕，他们都没武功。”汪铁锤说。

“我会不会伤着他们？”伍莲花边说边看了看自己的拳头。伍莲花心地善良，既想教训小混混，又怕人家受皮肉之苦。

汪铁锤笑着说：“他们这些小混混，经常打架斗殴，受点小伤都无所谓的。你就算是练练手。”

刚才听夏神医介绍八角寨的情况，看来此行凶多吉少，伍莲花得历练历练，遇到打架之事，她也得果断出手才行。所以，汪铁锤就故意纵容她等会儿去收拾李二狗等人。

“二狗，你上去问问。”虎仔催促李二狗。

李二狗说：“不去，不敢去。”

虎仔冷笑道：“瞧你那点出息。”

李二狗说：“你有本事你去。”

虎仔说：“胆小鬼。刚是你说那人是大英雄汪铁锤，就得你亲自跑上去问才行。”

瘦猴子跟在后面问：“如果真是汪铁锤，他会答应带我们去闯荡江湖吗？”

李二狗说：“我要成为他的徒弟，跟他学盖世武功。”

虎仔见二狗还在做春秋大梦，就对大牛说：“大牛，你去。若真是汪铁锤，就跟他说，我们知道去八角寨的路。”

大牛挠了挠头，说：“我不去。我才不相信二狗说的话，汪铁锤不是在宝庆府吗？跑八角寨来干什么？万一是坏人，你看他背上背的剑，还不把我给杀了。”

二狗一听大牛也不相信他，就急了，为了争口气，边说：“得了，我上前去问。就问个名字而已，有什么可怕的，又不是抢劫杀人。瞧你们这点出息。”

二狗这话一出，把虎仔三人气得气不打一处来，好像他二狗多胆大多厉害。

他们几个人不敢走上去询问汪铁锤身份的一大原因就是，夏神医这样的人物都亲自送出门还客客气气的样子，让他们觉得这人确实不简单。

出了镇，二狗就鼓起勇气追上汪铁锤和伍莲花。

伍莲花见李二狗追了上来，转身盯着他，厉声喝道：“想干吗？”

李二狗红着脸，紧张地说：“神仙姐姐，我问个事。”

“扑哧——”汪铁锤和伍莲花不由得笑出声来。

伍莲花还第一次听别人说是她神仙姐姐呢，心里不由得美滋滋的，问道：“什么事？”

李二狗用手指了指汪铁锤问："请问这位大侠是不是打败桃花岛南霸天、刺杀反贼吴三桂，威震江湖的汪铁锤汪大侠？"

伍莲花看了一眼汪铁锤，没想到还有人慕名而来，铁锤哥这么有名了？

她满脸自豪地说："没错。就是他。"

自己果然没有听错，真是大英雄汪铁锤，他忙跪在汪铁锤面前："大侠，收我做徒弟吧。"

令人意外。没想到李二狗居然这样跪地拜师，汪铁锤感到措手不及，忙说："你赶紧起来，我们还不认识呢。"

李二狗见汪铁锤表情严肃，觉得自己刚才确实有些鲁莽，就拍拍身上的土，笑嘻嘻地站了起来。

虎仔等人也忙走了上来。

"大侠，我叫二狗，这三个都是我的好兄弟，虎仔、大牛、猴子。"李二狗向汪铁锤一一介绍。

汪铁锤见他们四个人比自己小不了几岁，大约十五六岁的样子，就问道："你们一路跟着，就为了学武功？"

四个人一个劲地点头。

汪铁锤说："学武功不是一天两天的事情，你们更应该多读些书，更何况我现在有要事在身。"

李二狗也觉得自己这样拜师也莽撞，人家还不知道你是谁，便说："大侠，你是不是要去八角寨？"

汪铁锤说："你在药铺偷听到的吧。"

李二狗尴尬地说："虎仔的舅舅住在唐家寨，他们知道去八角寨如何走。"

夏神医数年前曾经去过八角寨，他已经把路线告诉了汪铁锤，不过也要经过唐家寨。

汪铁锤则说："谢谢，我知道路线。"

李二狗殷勤地说："这条道就是通往唐家寨的，正好我们也要去唐家寨看望虎仔的舅舅。”

这家伙居然黏上自己了，他也猜着自己要经过唐家寨进入深山。汪铁锤看了一眼伍莲花，见她没什么意见，也就算了。正好自己对这里道路不熟，有人陪着走也不是坏事。

见汪铁锤点头答应，李二狗四人都欢呼雀跃。

一路上，四个小混混尽管偶尔偷看一下伍莲花，但在心目中的大英雄汪铁锤面前，不敢有任何非分之想。

四个小混混想听汪铁锤讲打败南霸天和刺杀吴三桂的事情，汪铁锤轻描淡写地说了句没什么可提的。反而，四个小混混越发觉得汪铁锤了不得。他们认为，这么大的事件不说个天花乱坠才怪呢。没想到汪铁锤居然不屑一顾。

四个小混混就抢着把自己的身世告诉汪铁锤。

原来，李二狗他们四个都住在夷江镇，父母都是小贩，摆摊做点小买卖赚点小钱过日子，他们四个读过几天书，因调皮捣蛋，学堂不收他们，父母也觉得他们不是读书的料，读得再多也考不上秀才，于是就干脆让他们回家帮忙做买卖。他们几个在家忙时就帮忙送送货，闲时就在一起打牌喝酒找人打架闹事。

“看你们样子没学过什么武功吧？”汪铁锤看了李二狗一眼。

李二狗笑嘻嘻地说：“家里没钱送我去武馆，我是偷学的。”

汪铁锤点了点头，问旁边的虎仔：“你舅舅在唐家寨，应该会武功吧，你为何不跟他学学呢？”

虎仔还没答话，李二狗在旁边插嘴说道：“他舅舅是唐寨主家的管家，才没时间教他武功呢。”

汪铁锤笑了笑，没说什么，也没什么可说的。

几个人就边走边聊，在天黑前就到了唐家寨。

“汪少侠，久仰大名。”唐寨主看了夏神医的信函，分主宾坐下之后，很客气地对汪铁锤说。

“唐寨主，这次去八角寨还需要您多多帮忙。”汪铁锤说。

“没关系，今天天色已晚，在寨子里过夜，明天早上我派寨子里最厉害的猎户陪你们去。”唐寨主很豪气地说。

“有劳唐寨主了。”汪铁锤说。

“汪少侠打败南霸天、刺杀吴三桂，威震江湖，我们能成为你的朋友，是我们的荣幸。”唐寨主说。

“寨主，饭菜已经准备好了，您和汪少侠、伍小姐可以去用膳了。”管家走了进来跟唐寨主说。

“好。汪少侠请，略备薄酒，为你和伍小姐接风。”唐寨主说。

“唐管家，请问与我一道来的四位小兄弟现在去哪里了？”汪铁锤问。

“汪少侠，虎仔和他朋友都在我家玩，我等会儿回去看看他们。”唐管家说。唐管家是虎仔的舅舅。

“那就好。多亏四个小兄弟一路陪我俩过来。”汪铁锤说。

夜。

“汪少侠。”汪铁锤正在房间休息，李二狗悄悄地推门进来，神色慌张。

“二狗兄弟，找我有事吗？”汪铁锤见李二狗跑到他房间来，觉得有点意外。

“汪少侠，我们得赶紧走，这里有危险。”李二狗说。

“此话从何说起？”汪铁锤问。

李二狗焦急地说：“傍晚的时候，我和虎仔偷听到唐寨主要谋害你的事情。”

唐寨主要谋害他？汪铁锤更加疑惑了，但他也立即警惕起来。

“你说清楚一点。”汪铁锤问。

“是这样的，傍晚，我和虎仔他们在寨子里走走看看，正好我尿急，就跑到寨主后院墙角撒尿，谁知听到唐寨主对唐管家说，让他亲自上山，立即通知什么梅姑，说汪铁锤来要找大家麻烦，同时还说今晚要火烧这栋楼，把你烧死在这里。”李二狗说。

汪铁锤没有说话，走到窗边，轻轻推开窗户，透过窗户缝，果然看到树丛和墙角边埋伏有弓箭手。汪铁锤回忆酒桌上的场景，难怪觉得唐寨主与唐管家两人神色不对，还不停地劝他多喝酒。

汪铁锤盯着李二狗说：“你是怎么进来的？”

李二狗说：“我就是这样大胆地走进来的。”

说到这里，李二狗从怀里掏出一个杨桃递给汪铁锤，接着说：“外面有人挡着我，我就说给你送杨桃，是你在来的路上就说要吃杨桃的，他们也就放我进来了，并说让我早点出来，不要打扰你休息。”

汪铁锤手里捏着杨桃，问李二狗：“你怎么确定唐寨主真的想谋害我？”

李二狗有些着急地说：“我和虎仔他们亲眼看着唐管家带着两个兄弟出了寨子。虎仔还故意跑去问唐管家要去哪里，唐管家说出去办点事，让我们晚上不要乱走动。”

汪铁锤问：“你听说过梅姑这个人吗？”

李二狗摇头说：“没听过。”

“八角寨梅姑？这人会是谁呢？唐寨主为什么要谋害自己呢？”汪铁锤在房间里来回走了几步，思考着。

“少侠，别想了，赶紧走吧，不然他们真的放火烧房子，你就跑不出去了。”李二狗着急地催促。

汪铁锤看着李二狗很诚意地说：“二狗兄弟，感谢你告诉我这消息，只是我和莲花妹妹没法这样走出去，他们埋伏这些弓箭手，就是防止我离开这座房子。”

李二狗急着问：“那该如何是好？”

汪铁锤说：“不用急，他们不会马上烧房子的，唐寨主让唐管家上山，就是想向梅姑邀功，让梅姑或梅姑手下亲眼看到我被烧死或者被乱箭射死。”

“为什么？”李二狗问。

“你想想，梅姑或梅姑手下没有亲眼见到我，唐寨主怎么向她证明我就是汪铁锤呢？”汪铁锤解释道，“大火一烧，人都面目全非了，难道不会怀疑是随便找人冒充的？”

李二狗一听觉得有道理，点了点头，又接着问道：“那我们该怎么办？”

汪铁锤问：“唐管家刚出发没多久，到八角寨赶回来，起码也得到了凌晨。我们这样就一定没问题。”

说完，汪铁锤在李二狗耳边耳语几句，李二狗听了使劲点头。

“少侠，你放心，我和兄弟们一定会照你的方法去做。”李二狗说完就走出房间，离开了这座小楼。

而汪铁锤走进了伍莲花的房间。

没过多久，李二狗领着唐寨主进了汪铁锤住的小楼。

“汪少侠，听说你不舒服？是不是天气太热中暑了？”唐寨主刚推开汪铁锤的房门，话还没说完，就被点住了穴位。

“二狗，扶唐寨主坐下。”汪铁锤顺手把房门关上。

此时，伍莲花也已经在汪铁锤的房间里。

“汪少侠，怎么回事？别开玩笑。”唐寨主武功不逊，却没想到自己一时疏忽大意，刚进门就被汪铁锤点了穴道不能动弹。

“唐寨主，我不喜欢开玩笑，有几个问题想问你，希望你能配合。”汪铁锤边说边晃了晃手中的宝剑。这是刺杀吴三桂时夺得的桃花剑。

唐寨主见汪铁锤一脸严肃的样子，就猜着汪铁锤估计知道他的一些事情，说话声音也小了很多，问道：“汪少侠，你给我说说到底怎么回事？”

伍莲花负责透过窗户观察外面的情况，李二狗把唐寨主扶到茶桌边坐下之后，就站到门外去放风。

汪铁锤坐在唐寨主对面，盯着他，问道：“你让唐管家上山去干什么？梅姑又是什么人？为什么要在这栋楼附近埋伏弓箭手？希望你能如实回答。”

唐寨主没有说话。

汪铁锤继续说：“我相信唐寨主是顶天立地的汉子，我汪铁锤奉知府曾大人之命来八角寨寻访世外高人邓老前辈，求破阵之法，挽救黎民百姓于战火。”

汪铁锤说完之后，就把玩手中的剑，唐寨主是老江湖，没必要跟他说一堆大道理。

过了半响，唐寨主果然说出了实情。

原来，邓老前辈确实在八角寨隐居，还偶尔下山路过唐家寨，但唐家寨和另外七个寨的人若没有邓老前辈的邀请，是无法进入深山的。因为邓老前辈精通五行八卦和排兵布阵，她可以利用一草一木一石就布下一个阵，让上山的人陷入阵中无法走出。邓老前辈自隐居八角寨开始，陆续收养了很多孤儿，基本上都是战乱遗留下来的孤儿，教他们学文习武，后来又有一部分反清复明的义士或家眷被邓老前辈带到山里来，整个山上现在不低于三百人。

邓老前辈因年事已高，已于三年前仙逝，现在八角寨主持事务的是一名叫梅姑的中年女子，传闻这位梅姑的丈夫就是反清复明的义士，后被朝廷杀害，她的子女也被朝廷官兵捕杀，她受伤潜逃时被邓老前辈救了下来。梅姑胆大心细，为人好，武功又高，邓老前辈仙逝之后，人家公推她为大姐，主持寨里事务。

梅姑主持寨里事务之后，一改邓老前辈当年不问世事的作风，开始扩充实力，并且还把八大村寨的少男少女都蛊惑上山，唐寨主的两个儿子就是去年上了山的。这些村寨的年轻男女不知是怎么回事，死心塌地地待在山上听从梅姑的调遣，而山下这些村寨为了不让自己子女在山上出现意外，也就只得心甘情愿地为八角寨效力。

吴三桂带领叛军杀到永州时，梅姑就已经派人与叛军接洽，准备在合适的时机率众下来一起反叛朝廷，为他们亲人报仇雪恨。而汪铁锤打败南霸天、刺杀吴三桂，全力帮助知府曾青溪对付叛军，自然就是梅姑的对头。因此，唐寨主得知汪铁锤让他派几名猎户入山寻访邓老前辈时，他就想到把汪铁锤作为厚礼送给梅姑，这样梅姑就可以拿着汪铁锤的人头作为加入叛军的投名状。

因担心汪铁锤武功很高，自己捉拿不住，所以不敢轻举妄动，以免打草惊蛇，因此就把汪铁锤和伍莲花安排在偏僻的后院，周围布满弓箭手，让他俩插翅难飞，等梅姑下山来，要死要活就由梅姑决定。

“他们在八角寨什么位置？你去过吗？”汪铁锤问。

“梅姑他们就住在八角寨鹰嘴岩，我去过三次，第一次去是蒙着眼的，第二次和第三次去都是由人带路穿过石木阵，上山下山走的虽然是同一个方位，但是路线不同。听他们说，所有进入鹰嘴岩的路上都布满了阵，而每个阵只有一个生门，一不小心就会被困在阵内被豺狼野兽给吃了。他们布阵变化无穷，只要随手搬动几个石头或者砍倒几棵树木，阵就发生了变化，变成了一个新阵。”唐寨主说。

“那你们是如何与他们联系的？唐管家将如何把消息送到鹰嘴岩？”汪铁锤问。

唐寨主一副苦脸的样子，说道：“自梅姑掌管八角寨事务以来，除了布阵阻挡外人进入之外，为了与外界联系，她在山腰上设了个联络点，我们有什么消息就送到联络点，由联络点派人进山禀报，若遇到重大事件，就由联络点的人带着进山亲自禀报。”

“看来事情比想象中复杂很多。”汪铁锤说，“起初我还以为邓老前辈在八角寨某一个山谷里盖一座茅草屋，过着陶渊明那样采菊东篱下的生活，没想到她好心收养了这么多人，却让梅姑开山立派了。更没想到梅姑居然与叛军勾结，这破阵之法如何获得？”

伍莲花一直在观察窗外情况，见汪铁锤叹息，便说：“依梅姑的身世，要她归顺朝廷对付叛军，估计是没有一点希望了。阵法能在梅姑手里继续使用，应该留有阵法秘籍，或许得到这本书，就能破解叛军夏国相的奇门八卦阵。”

汪铁锤被伍莲花这么一说，猛然醒悟，若能得到秘籍何愁破不了阵呢？便说道：“你说得在理。”汪铁锤说完看了看唐寨主，问道：“你知道梅姑是否有阵法秘籍？”

唐寨主叹口气，摇了摇头说：“这些我怎么会知道呢？”

汪铁锤点了点头说：“这应该是非常秘密的事情。”

唐寨主看着汪铁锤说：“汪少侠，我知道的都说了，你能不能把我穴位解开？”

汪铁锤看着唐寨主说：“唐寨主，实在抱歉，你武功那么高，我还真不能现在就解开你的穴道。我想让你带我进山。”

“进山？”唐寨主吃了一惊。

“没错。就是进山，去鹰嘴岩。”汪铁锤说。

“哪儿怎么能去得了？路上有阵法挡道，我对阵法不懂的。”唐寨主使劲摇头反对。

汪铁锤盯着他说：“刚才你不是说只要是重大事件，联络点的人会领我们进山吗？你带上我们，就说有非常紧急的事情需要面见梅姑禀报不就可以了吗？”

唐寨主看了看窗外，犹豫地说：“这大晚上的，山路不好走，还是明天再说吧。”

“唐寨主，你不要再费别的心思了。唐管家晚上能上山还能让梅姑带人下山，为何我们不可以晚上上山呢？若她真下山了，我们岂不正好可以进入她的房间去寻找破阵秘籍吗？”

“汪少侠，你想多了。我是担心路上万一碰到了梅姑怎么办？那山路我一点儿也不熟悉，万一迷路陷入阵中，就是死路一条。”唐寨主说道。

汪铁锤没有理他。

唐寨主又接着说：“汪少侠，我也反对打仗的，打仗就要死人，我们唐家祖辈几经周转到这里安家落户，就是想远离战火。现在梅姑不知施展了什么鬼把戏，把我两个儿子都骗到山上去了，你说我不听她使唤行吗？所以，我一时糊涂派唐管家上山禀报你要进山求破阵之法，请你站在我的位置多多体谅我。”

汪铁锤说：“唐寨主，为了大家的安全，只有委屈你了，你也不要再解释了，穴位我暂时不会解开。待合适的时候自然会帮你解开。”

汪铁锤叫李二狗进来看住唐寨主，他与伍莲花到隔壁房间去商量下一步行动。

过了片刻，汪铁锤走了进来说：“唐寨主对不住了，为了大家安全，只有委屈你。”

说完，他从怀里掏出一粒药塞进唐寨主嘴里，再拍两下，那药就进了肚子。

“汪铁锤，你给我吃的是什么东西？”唐寨主担心地问。

“一粒药丸而已，只要在三天之内吃了解药，就对身体没有任何危害。”伍莲花笑着说。

唐寨主紧张地问：“要是三天之内没有解药呢？”

伍莲花故意很夸张地在唐寨主面前比画：“要是没有解药，就会七孔流血，血管爆裂而死。”

“啊——”唐寨主不由得打了一下冷战。

“汪少侠，你可不能这样对我啊？”唐寨主看着汪铁锤的眼神，充满乞求。

“唐寨主，不用担心，我现在就给你解开穴道，只要你配合我，我一定会让你两个儿子下山，不会受梅姑控制，也会保障你们的安全。如果你执意要与梅姑合作，与朝廷作对，不仅救不了你自己的命，我还会带大军过来踏平你的唐家寨。”汪铁锤很严肃地说。

“你真的能让我两个儿子不受梅姑控制？”唐寨主疑惑地问道。

汪铁锤走过去给他点开穴道，说道：“唐寨主，您活动一下手脚。我汪铁锤虽然刚出江湖，但是说出来的话，一定会做到的。”

唐寨主站了起来，双手抱拳，很客气地对汪铁锤说：“若汪少侠真的能做到，我唐某从今往后愿意为您效犬马之劳。”

“唐寨主，冠冕堂皇的话咱们就不多说了，你先让外面那些弓箭手都撤了吧。不然他们一不小心射箭进来，连你自己也会变成刺猬。”伍莲花说。

别看伍莲花是女流之辈，而且还是刚出道的小女子，但她终究是跟外公汪二老爷在一起生活了十几年，风风雨雨的故事虽然没有经历过，但至少听说过。

唐寨主此时无可奈何，只得通知潜伏在周围的弓箭手撤走。

“今晚我们连夜进山。”汪铁锤说。

“我跟你们去。”李二狗在一旁说。

汪铁锤说道：“此行危险，你和虎仔他们在唐家寨等我回来。”

说到这里，汪铁锤看了看唐寨主，继续说道：“我相信唐寨主会安排人照顾好你们的，不会让你们受半点委屈。”

唐寨主忙点头说：“这个你大可放心，我们唐家寨上下五六百人都听汪少侠的。二狗你又不会武功，一路上人多，容易引起八角寨的人怀疑。”

李二狗觉得自己不能跟着汪铁锤上山，心里感觉非常失落。

汪铁锤拍了拍他肩膀，夸赞他说：“二狗兄弟，感谢你救了我和莲花的命，这次上山确实非常危险，你安心在这里等我们，我拿到破阵秘籍就回来找你，带你们一起去宝庆府。”

一听说去宝庆府，李二狗立即转忧为喜，忙说：“太好了。我要去宝庆府吃好吃的。”

汪铁锤笑着说：“到时你们想吃什么我都给你买。”

李二狗高兴地说：“一言为定。”

“一言为定！”汪铁锤很认真地说。

“唐寨主，天都快亮了，怎么还没到联络点？”汪铁锤和伍莲花跟在唐寨主的后面，在八角寨深山里转了好几个圈了。

“走这条路再看看。”唐寨主也很着急，耽误了找破阵秘籍就耽误了他吃解药。

“你不会跟我们使什么诈吧？”伍莲花跟着走了一夜，累得双脚发软，扶着树不停地喘气。

“伍小姐，我唐某的性命都在汪少侠手里，我怎么敢使诈呢？还有汪少侠答应让我两个儿子下山，我求之不得啊，恨不得带你们马上走到鹰嘴岩。”唐寨主委屈地说。

“唐寨主，我们干脆坐下来休息一下吧，估计我们闯入了阵中。”汪铁锤说。

“不会吧？这里也布有阵法？”伍莲花惊讶地说。

“若不是陷入阵中，不可能到现在还没找到联络点。”汪铁锤说。

唐寨主听了不停点头，说道：“汪少侠说得对，按常理从唐家寨出发只要两个时辰就能到联络点，而路线我都记得的，怎么走着走着好像又回到了原来的位置。”

汪铁锤看了看路边的一棵树，说：“之前我经过这里的时候，就特意用飞刀削下一块树皮做记号，我们走了一大圈又回到了这里。”

“那该怎么办？”伍莲花焦急地问。

汪铁锤说：“我们先休息会儿，等天亮了，我再仔细看看，看能不能找到出口。”

唐寨主一屁股坐在地上，说道：“我也觉得纳闷，我们怎么在路上没有遇到梅姑的人下山呢？她接到唐管家的消息，肯定会亲自下山或者派人下山的。”

汪铁锤说：“我们肯定不小心踏入了阵中，他们从另外的道走了。”

伍莲花找了块石头坐下，用手轻轻地捶自己的双脚：“这山路也太难走了，我是在山里长大的都觉得这路不好走。”

“八角寨易守难攻，是个好地方，邓老前辈真有眼光，选在这样的地方隐居，真是无人来打扰。”汪铁锤不由得赞叹道。

“可惜，可惜被梅姑这样的人当了家，做了坏事躲在山里，官兵都望而却步。”伍莲花叹息道。

“你们不睡会儿？我先睡会儿，一夜没睡，真是困了。”唐寨主说完就眯着眼睛睡着了。

汪铁锤和伍莲花相视一笑，坐在一起也打起瞌睡来。

“唐寨主跑了！”汪铁锤刚打一下盹，醒来一看，唐寨主哪儿去了，看了看周围，也没有影子。

伍莲花迷迷糊糊醒来：“你说什么？”

看到汪铁锤指着之前唐寨主坐着休息的地方，猛然清醒：“什么时候跑的？怎么跑了呢？”

“见他那么诚恳，我也一时疏忽大意了。”汪铁锤说，“看来是他故意带我们走进阵的。”

“我们赶紧离开这里吧。”伍莲花说。

“别急，我站到高处看看这个阵型找找生门。”汪铁锤说。

伍莲花点了点头，汪二老爷曾把自己掌握的一些阵法传授给汪铁锤，虽然不是那些高深的阵，但多少是派得上用场的。

汪铁锤走到高处看了周围环境，很快就看出了窍门。

“生门就在前面，唐寨主估计就是从那里逃出去的。”汪铁锤指了指不远处的两棵大树。

唐寨主就是从这里逃出去的。

两人走出了阵，还没走多远，就看到了唐寨主与一伙人在一起，唐管家也在里面，唐寨主正向一名年轻女子说着什么。

见到汪铁锤和伍莲花向他们走来，唐寨主很吃惊。

“云裳姑娘，就是他！他就是汪铁锤!”还没等唐寨主说话，唐管家插嘴抢先了。

云裳姑娘是邓老前辈爱徒，芳龄十八，美若天仙，武功盖世。唐管家深夜赶到鹰嘴岩，向梅姑禀告了汪铁锤要进山借破阵秘籍之事，梅姑立即传令让云裳带人下山捉拿汪铁锤，作为面见吴三桂的厚礼。

云裳姑娘自幼被邓老前辈领养，亲自授其武功，梅姑对其也非常怜爱，当亲生女儿一样看待。梅姑执掌八角寨之后，许多重大事情均交给云裳去办，对其非常信任。

云裳和唐管家带着数人匆匆下山，赶到唐家寨时，才得知唐寨主带着汪铁锤和伍莲花连夜进山了，随后他们就立即又跟进山里来，在路上唐管家看到了唐寨主留下的记号，于是就猜着唐寨主领着汪铁锤和伍莲花进了阵中。

唐寨主武功不凡，但知道自己不是汪铁锤的对手，所以不敢蛮拼，故意带着汪铁锤和伍莲花在阵中转来转去，见两人都很疲倦之时，故意走到离生门不远的位置，趁汪铁锤和伍莲花休息之际，悄悄施展轻功快速逃出生门，把汪铁锤两人困在里面。

而此时的云裳和唐管家等人早已在外面等候多时，他们正商量如何抓获汪铁锤时，没想到汪铁锤居然识破阵法走了出来。

八角寨各道口均设有阵法，各阵之间环环相扣，越靠近鹰嘴岩，阵法越复杂越难破。唐寨主带汪铁锤和伍莲花进入的只是八角寨最外围的阵，也是最普通的阵。他没想到汪铁锤居然能找到生门。

“唐寨主，您唱的是什么戏？居然自己一个人偷偷地跑了出来。”汪铁锤看着唐寨主说。

云裳看着汪铁锤，见他那英俊的脸庞、伟岸的身体，不由得怦怦心跳，八角寨的男人没有一个比得上。尤其最近听闻众人都在议论汪铁锤，说他武功如何如何了得，今日见到真人，自己居然微微脸红了。

“汪铁锤，识相的话，你还是乖乖地回宝庆府吧，否则别怪我们不客气。”唐寨主阴阳怪气地说。

汪铁锤二话没说，拔出背后宝剑，对唐寨主说：“那就看看我手里这把桃花剑是否答应了。”

唐管家挡在唐寨主前面，拔出剑，说道：“寨主，让我来会会他。”

“好。我倒要看看威震江湖的汪少侠到底有何能耐？！”唐寨主此时说话的口气都有点狂了。

唐管家一招“青龙出水”，宝剑直向汪铁锤扑去，汪铁锤站在那里并没有动，待唐管家的剑离自己只有两步远时，手中桃花剑一招“罗汉降龙”就轻易化解了唐管家的攻势，接着他一招“梅开三朵”在唐管家的衣服上连刺三剑，剑剑刺破衣裳却不伤皮肤。

唐管家连退数步，见自己衣服刺破，显然是汪铁锤手下留情，否则自己仅一招就被对方刺了三个窟窿，不由得直冒冷汗。

汪铁锤的出招之快，令在场的云裳和唐寨主暗自惊叹。唐管家的武功他们都是亲眼见过的，虽不是一流高手，但也不至于仅一招就被对方击中，汪铁锤的武功比他们想象中还要厉害。

汪铁锤冷眼看着云裳等人，问道：“谁还想来？”

面对敌手，尤其是在敌手人多势众的情况下，用最快的招打败对手，能给对手内心极大的震慑。

唐寨主正准备拔出手中的刀，云裳挡住了他，说道：“唐寨主，让我来。”

汪铁锤刚才的出招动作，让她更是暗自欢喜，果然名不虚传，她要亲手试试。

伍莲花见云裳向这边走来，拉着汪铁锤说：“铁锤哥哥，把她交给我。”

伍莲花认为云裳也是一名女子而已，年龄与自己相仿，武功高不到哪里去，自己也学了这么多年武功，正好也可以练练手。

汪铁锤也不想与女子交手，但是能判断出云裳武功在唐寨主和唐管家之上，既然伍莲花要试试手也无妨，自己在旁边盯着就行，不会有什么危险，便关切地叮嘱她说：“多加小心。”

伍莲花拿的是一把短剑，虽不是名器，但也是精钢锻造，非常秀气，是汪二老爷在伍莲花十六岁生日时送给她的礼物。

云裳手里的宝剑非常精美，只见她缓缓拔出宝剑，那动作透着一股迷人的飘逸。

伍莲花抢先出招，短剑在她手中变化莫测，一招“天女散花”向云裳全身罩去。云裳不慌不忙一招“石破天惊”拨开伍莲花的剑，两人大战起来。

云裳的武功来自邓老前辈，伍莲花的武功来自汪二老爷，邓老前辈的武功与其丈夫同出一脉，而其丈夫又是汪二老爷的师伯，说来说去，云裳和莲花两人的武功都是同出一脉，招式相同，两人打得难舍难分。

云裳姑娘的武功在唐寨主和唐管家之上，而伍莲花与云裳连战三十多回合居然不分上下。唐寨主和唐管家不由得暗自惊叹。

云裳与莲花又战了十来个回合，汪铁锤怕莲花有意外，则忙叫两人停下来。

云裳与莲花连战五十招都没有取胜，不由得也佩服莲花的武功，见汪铁锤喊停战，也就顺势收住手中剑势。

“云裳姑娘，你我武功出自同派，都是同门，望你看在宝庆城数万百姓身家性命的分上，请带我去鹰嘴岩见梅姑求得破阵秘籍吧。”汪铁锤认为即使打斗占了便宜，若破解不了上山的阵法，自己无法见到梅姑，还是得不到破阵秘籍。现在宝庆城危在旦夕，应尽早攻破夏国相的阵，才能挽救城内数万军民。所以，他主动向云裳提出休战。

伍莲花不甘心地走过来，对汪铁锤抱怨：“我还没打够呢。”

汪铁锤笑了笑，对她轻声说：“再过十招你可能就要处于下风了。”

伍莲花不服气地说：“不可能。”

汪铁锤问了句：“你额头已经微微出汗，你看她出汗了吗？”

伍莲花看了一眼云裳，没有说话。

“汪少侠作为汉人为何要做清廷的走狗？为何不说服宝庆知府曾大人举义旗与吴大帅一起把清廷赶出中原，还我江山？”云裳盯着汪铁锤连发两问。

“吴三桂为人奸诈，见利忘义，不忠不孝，作为明朝山海关总兵却献关投降，亲自担任先锋攻打明朝军队，逼死南明皇帝；作为清朝平西王不思上报皇恩下保黎民百姓，却为了个人私利居然起兵造反，陷百姓于战火之中。请问这种人有何德何能统领我们？”

汪铁锤一口气说得云裳哑口无言，这些她在山上并不是很清楚，在她心目中，清廷占了中原就得赶出去，吴三桂反清就得支持他。今日听汪铁锤这么一说，她陷入了思绪。

“既然百姓都已安居乐业，为何还要无故挑起战火？这打仗是为了百姓过上好日子，还是让某人坐上龙椅当皇帝？”汪铁锤见云裳不说话，继续连问两句。

唐寨主和唐管家等人听汪铁锤如此说，也都沉默不言。

汪铁锤接着说：“八角寨远离城池，周边八个村寨兄弟姐妹隐居在此，大家都过着逍遥快乐的男耕女织的幸福生活，为何要去搅和世道风云呢？整个八角寨能聚集多少人？一万两万？能敌得过千军万马的铁骑吗？吴三桂许诺的那些高官厚禄、金银珠宝又能带来真正的快乐吗？你们有没有想过战争真的在你们身边发生时，你和家人确定能享受到这些财富吗？你们祖辈隐居到这山林，何尝不就是希望不再过问世事，不再为家族带来灾难？吴三桂起兵虽然现在气焰嚣张，趁朝廷不备之际占有一些城池，等朝廷大军真来到，他那些乌合之众能撑多久？时间一长，大家看清他的面目之后，不仅跟随他的将士们都会离他而去，就连百姓都会唾弃他。”

汪铁锤义正词严，说得唐寨主和唐管家羞愧难当，云裳见他们两人神色，自己心里就更明白了，她自己反而为汪铁锤一番正气所感动。她见伍莲花紧紧站在汪铁锤身边，不由得心生醋意，难道自己这么快就爱上了他？！

云裳脸微微一红，说道：“汪铁锤，你不要巧言令色，即使吴三桂不可信，清廷更不可信，残杀多少黎民百姓，梅姑的夫君和子女都是惨死在八旗的刀下。”

汪铁锤内心不由得颤抖，云裳说得也没错，八旗入关之初残害百姓是铁定事实，这无法改变，至今还有很多人，像梅姑一样，活在那失去亲人的痛苦之中。

他只得解释：“当初清军入关统帅是多尔衮，征讨大将是鳌拜，先锋就是吴三桂，若不是吴三桂放清军入关，怎么会有中原惨绝人寰的战事？多尔衮已死、鳌拜也被当今圣上擒获而死于囚牢，都已得到报应。而吴三桂却为了自己坐上龙位再次点燃战火，我们还能为他推波助澜吗？过去的事情都已经过去了，难道我们还希望战火再让一批人重蹈覆辙吗？宝庆城数万军民都已经被吴三桂的大将夏国相率十多万大军包围，危在旦夕，难道你们希望看到城中百姓都成为吴三桂军队的刀下鬼？我是汉人，我从来不去想自己能得到什么荣华富贵，我只希望百姓不要再有灾难，不要再被人利用而相互厮杀。”

云裳脑海里不由得浮现战火中失去亲人的惨叫，不由得浮现尸横遍野的战后惨状，再想到自己在八角寨与大家无忧无虑的快乐时光，她真的害怕战争给大家带来的灾难。

唐寨主也不由得想起自己年迈八十的母亲，想起温柔贤惠的妻子，想起调皮帅气的儿子，一瞬间觉得手中的刀有千斤重。

唐管家见汪铁锤刚才对他手下留情，不由得多说了一句：“梅姑反清心意已决，我们八家村寨忠心追随。”

汪铁锤听懂他的意思，八家村寨不少年轻男女被梅姑蛊惑，都已经进山听其调遣，变相成为人质，八家村寨在梅姑面前只得言从计听。云裳下山之时还带有其他随从，唐管家岂敢随便表露自己的心思？

汪铁锤正准备开口说话时，远处出现动静。原来梅姑担心云裳安危，又特意派自己四大堂主下山保护云裳。

四大堂主原来都是反清复明义士，曾是江湖上响当当的人物，后来均隐姓埋名，归于八角寨，成为梅姑的得力属下，偶尔下山杀富济贫，惩治恶霸，对外从不留名，一律称为青龙堂主、白虎堂主、朱雀堂主、玄武堂主。

四位堂主见云裳等人正与汪铁锤对持，拔剑跃于云裳前面，准备与汪铁锤决斗。

汪铁锤心中暗自叫苦，依据之前的情形，云裳与唐寨主、唐管家会被他说服，且有可能带他去鹰嘴岩见梅姑。现在面对四大堂主，看来一场恶战在所难免了。

汪铁锤的桃花剑握在手里，盯着四名护法的举动。

“云裳姑娘，他是谁？”青龙堂主问云裳。

云裳见四大堂主都来，看来免不了要与汪铁锤一场恶战了。

她对四大堂主说：“四位堂主，对面就是汪铁锤。”

“汪铁锤？！”四大堂主异口同声，他们还以为汪铁锤被唐寨主困在唐家寨呢，没想到居然在这里出现。

白虎堂主随后一脸不屑的样子，嘲笑道：“一个黄毛小子，我还以为长有三头六臂呢。”

汪铁锤听了不由得一哼，这些所谓的江湖前辈都习惯以貌取人。

可能是伍莲花看不惯别人嘲讽汪铁锤，就说：“你这个麻脸老头，不要倚老卖老。”

白虎堂主满脸麻子，最讨厌别人说他麻脸，见一个小姑娘居然当着这么多人的面前嘲讽他，气得牙齿格格响。

“小丫头片子，你从小没人教养吗？看来需要你爷爷我来收拾你。”白虎堂主龇牙咧嘴地拔出手中长剑，要去教训伍莲花。

“有本事过来，谁怕谁？！”伍莲花的脾气也上来了，有汪铁锤在身边，她谁也不怕。

汪铁锤忙拉着她，说：“让我来。”

汪铁锤行事谨慎，牢记汪二老爷跟他说的“不可轻视任何一名对手”，云裳武功不弱，在四大堂主面前却恭恭敬敬，又加之是八家寨的堂主，应该推断出四大堂主的武功均在云裳之上，伍莲花若轻易上阵，说不定会有危险。

“好！那就让我来会会威震武林的汪少侠。”白虎堂主往前走了两步。

汪铁锤不知四大堂主的底细，也没听说名号，何况这次是要上山借破阵秘籍，不能太得罪人，至少表面上要对人家客气客气，但武功上却一定要压制对方，让他们折服。

只见他缓缓伸出右手，做了个请的动作，显然，他是要白虎堂主先出招。

白虎堂主一个飞身“白蛇吐芯”直向汪铁锤面门扑去，只见汪铁锤很镇静地拔剑而出，一招“气吞山河”把白虎堂主的剑气全部裹住，并用内力逼迫剑气回转。

白虎堂主没想到汪铁锤内力在他之上，若再不罢手，自己就会被剑气所伤。他只得“移花接木”收功躲剑，惊魂未定。

他一跃离开汪铁锤一丈远，怒道：“小子，果然武功不凡!”

汪铁锤冷笑道说：“继续!”

说完，手中的桃花剑若狂风暴雨向白虎堂主杀去，白虎堂主只得转攻为守。

汪铁锤攻势凶猛，而又招招点到为止，十招下来，白虎堂主显得狼狈不堪。

汪铁锤收剑在手，双手一拱，说道：“承让!”

另外三名堂主显然被汪铁锤刚才的剑术震惊，英雄出少年，果然武功非凡。

白虎堂主见汪铁锤提前收剑，保住了自己面子，心里不由得有点感激。自己在江湖上闯荡这么多年，又身为白虎堂堂主，若在八角寨小字辈面前丢了脸，以后还要不要待下去?

青龙堂主见汪铁锤有侠义心肠，便客气地说：“汪少侠武功盖世，令我等佩服，后会有期!”

说完又看了眼云裳，说道：“我们回鹰嘴岩。”

云裳看了一眼汪铁锤，见汪铁锤正与伍莲花说话，正准备跟四大堂主离开，唐寨主过去对她耳语几句，云裳点了点头。

“汪少侠，后会有期!”云裳说了一句，就带着唐寨主等人一起跟着四大堂主走了。

“我们为什么不跟着他们走呢？”伍莲花问汪铁锤。

汪铁锤说：“你认为他们会让我们跟着去吗？”

伍莲花说："那就抓一个人，让他带路，否则我们怎么能找到鹰嘴岩。"

汪铁锤笑着说："唐寨主昨晚带我们在阵内转了一晚上，你这么快就忘记了？"

伍莲花听了不高兴地说："我得放火把他的唐家寨烧了。"

汪铁锤故意很夸张地赞叹："女侠！"

"我们现在该如何找到鹰嘴岩？"伍莲花问。

汪铁锤不慌不忙地对伍莲花说："我已经知道怎么去鹰嘴岩了。"

伍莲花很惊讶的样子，看着汪铁锤。

汪铁锤笑了笑，说道："我们先休息会儿，等他们走远了，我们再出发。"

八角寨通往鹰嘴岩的路上。

汪铁锤和伍莲花按照路上留下的记号，很顺利地找到鹰嘴岩。

"莲花，你看那边有房子，应该就是梅姑他们所在的鹰嘴岩。"汪铁锤指着远处的一排排房屋对伍莲花说。

"现在过去是不是太危险了？"伍莲花问道。

"危险也得去。见到梅姑跟她晓以大义，她应该是明白人。"汪铁锤想去说服梅姑拿出破阵秘籍。

"希望如此。"伍莲花点了点头说。

"啊——"两人边走边说，一不留神，被事先布好的网给网住了。

两人被吊在树上。

汪铁锤使劲挣扎，网非常坚固，再用力也没什么用，连背上的剑都无法去拔。

从树林里闪出一行人，为首者是名五十多岁女子，仪态端庄，四大堂主分别站在其两侧，云裳也跟在后面。这人就是八角寨的掌门人梅姑！

她看到吊在半空中的汪铁锤和伍莲花，冷笑着说："汪铁锤，你不要以为有了标记就可以上山来偷我的破阵秘籍？明天我就把你送进衡州城，看你这个清廷走狗有几个脑袋够砍。”

“放我下来，有本事跟我单挑，靠使诈算什么英雄好汉？”伍莲花见汪铁锤不说话，她开始嚷了起来。

汪铁锤说：“别喊了，她会放我们下来的。”

伍莲花说：“你不喊，我就喊。你不打，我就打。”

汪铁锤说：“看不出来，黄金岭的小姑娘还这么辣。”

伍莲花见汪铁锤被困还有心思说笑话，更是没好气地说道：“辣死你。”

“带上来。”梅姑一声令下，唐寨主和唐管家被五花大绑从人群中推了出来。

梅姑冷笑着说：“你们唐家寨的人是吃了豹子胆了吗？居然敢在路上给我们的敌人留下记号，是何居心？”

“梅姑，你把汪少侠放下来，听他说说，他说得真的很有道理。”唐寨主还想劝梅姑。

梅姑对着唐寨主就是一巴掌，怒气冲冲地说：“我不听他花言巧语。他就是清廷走狗，人人得而诛之。”

周围人见梅姑动怒，都个个吓得不敢吭声，显然梅姑在八角寨的威望无人能敌。

“八角寨自邓老前辈在此建寨以来从无外人进入，你倒好，居然一路上偷偷地留下记号把对手引进来，是何居心？你唐家寨的那些老老少少难道不怕清军剿灭吗？”梅姑对着唐寨主训道。

汪铁锤被困在网里，见梅姑对朝廷还是很有成见，便说：“梅姑，今日之朝廷非昔日之朝廷，当今满汉一家。”

“巧言令色，来人，把他们押入铁牢。”梅姑不想听汪铁锤讲大道理，吴三桂现在起兵反清，对她来说，是为丈夫和儿女们报仇的好机会。

四名堂主亲自上前砍断绳索让汪铁锤和伍莲花重重摔在地上，让后封住他俩穴道，捆绑起来。看来四名堂主也都忌惮汪铁锤的武功。

八角寨里面并没有铁牢，因为从来没有外人进来过，即使像唐寨主这样的人也都算是八角寨的属下。没有坏人进来，也就不存在有什么铁牢，也就是间铁窗铁门的小屋子，平时用来惩罚不听话或办事不力的属下。

汪铁锤和伍莲花被关了进去，随后唐寨主和唐管家也被人推了进来，四人的手脚都被铁链锁着。

“唐寨主，实在对不住，让你们跟着我一起受委屈了。”汪铁锤对唐寨主说。

“汪少侠，你说哪里话呢。我帮你，其实也是帮我自己啊。我都被你下了药，没有解药我也得死，还有我那两个没出息的儿子，在唐家寨好好的少爷不当，偏要跑到这山上来给人家做牛做马。”唐寨主万般无奈地说道。

“现在我们该怎么办？”伍莲花有点着急地问汪铁锤，她没想到自己刚出江湖就被人捆绑起来关入铁牢。

汪铁锤说：“能怎么办？刚才青龙堂主点了我这几处穴道，要等两个时辰之后才能自动解开。即使解开了，这么大的铁链子我也没办法打开。”

唐寨主叹了口气说：“即使打开，这个铁门也出不去。”

汪铁锤苦笑着说：“那就干脆睡会儿觉吧。正好可以好好休息。”

“铁锤哥，你糊涂了啊，都这个样了，还有心思睡觉？”伍莲花边说边摆弄手中的铁链子。

“睡吧。养足精神，再找机会出去。”汪铁锤说。

“你睡吧，反正我不睡。”伍莲花生气地说。

汪铁锤也不说话，坐在地上靠着墙闭着眼睛睡着了。

唐寨主和唐管家叹了口气，也无话可说，也跟着靠在墙上睡了。

“哐。”一个轻轻的开门声，把汪铁锤等人惊醒。

云裳推开门闪了进来。

“汪少侠，唐寨主，你们快跟我走。”云裳向他们招了招手。原来云裳到了深夜偷偷跑了出来，打晕铁牢守卫，要救汪铁锤等人出去。

此时外面已经天黑，不远处几个火把在夜色中并不抢眼。

汪铁锤等人跟着云裳沿着墙脚偷偷地溜了出去。

“前面有两个哨位，请你们自己去搞定，不要伤了他们性命。”云裳指了指两名来回走动把守外门的守卫，压低声音说。

“我和汪少侠去。”唐寨主主动请缨。

汪铁锤点了下头，两人在夜色的掩护下，靠近了两名守卫，同时一跃而上，还没等守卫反应过来，就分别被点上了穴位说不出话来，也不能动弹，就这样站在那里。

云裳、伍莲花和唐管家见汪铁锤两人得手，立即向门外奔去。

正当一行五人快走出大门时，忽然无数个火把同时点燃，照得鹰嘴岩犹如白昼。一群手持刀剑的江湖人士冲了出来，把他们团团包围。

“哈哈——”梅姑的大笑声由远而来，站在汪铁锤等人面前。

“梅姑。”云裳低头向梅姑打招呼。

“我不是你的梅姑。吃里扒外，你让我非常失望。”梅姑非常生气，抬起右手就想给云裳一耳光，但手举在半空，又停住了。她舍不得打。

“把他们带上来！”梅姑大手一挥，两名小伙子被押了出来。

“爹！”两名小伙子一脸无辜地看着唐寨主。原来这就是唐寨主儿子。

“虎儿，豹儿。”唐寨主见自己儿子都被捆绑，焦急地喊道。

“梅姑，一人做事一人当，请你高抬贵手，这事跟两个小孩没有关系。”唐寨主向梅姑求情。

“唐寨主，我敬你是条汉子，没想到你这么糊涂，跟一个清廷走狗走在一起，你难道没有想想你这两个宝贝儿子在八角寨吗？”梅姑恨铁不成钢的样子。

“想了！唐寨主每时每刻都在想着他的儿子在鹰嘴岩。”汪铁锤大声说，“他一直认为重情重义的八角寨掌门人梅姑能照顾好他的两个儿子。可惜，唐寨主错了。原来在众人心目中令人敬服的梅姑，居然靠绑架别人子女来要挟别人为其做事。可悲啊，可悲啊。”

梅姑看着汪铁锤说道：“汪铁锤，你不要大呼小叫的，你以为你这样说我就能上当了吗？告诉你，我对付清廷走狗不会有任何感情，从不手软。”

“哈哈哈——”汪铁锤大笑之后伤感道，“唯恐天下不乱，为了个人恩怨不顾天下百姓安危。邓老前辈啊，您见清军入关大势已定，隐居在这八角寨，没想到你收留的某些人却利用您苦心经营的山寨要举旗谋反啊！有些人只想到为自己报仇，却没去想她谋反之后，会给多少家庭带来灾难？！邓老前辈啊，好可惜啊。您老要是晚几年再走多好啊。如今，这个风景优美的八角寨可能就要被战火吞噬了！”

“汪铁锤，你胡言乱语。为了赶走清军，我们宁愿牺牲也在所不惜。”梅姑厉声喝道。

“满汉一家，华夏各族均是炎黄子孙！”汪铁锤说，“明末官场腐败，朋党相争，阉党专权，官逼民反，百姓流离失所，甚至有易子而食的惨状。梅姑，那段苦难的日子，我相信你一定经历过，你的父母也一定经历过。在场的只要年纪大一些的前辈都经历过。为何反清复明的各路义士都陆续隐居山林或归顺朝廷？为何如今各地百姓都没有像明末那样揭竿而起？为何百姓都愿意踏踏实实地男耕女织？”

汪铁锤高傲地盯着梅姑，问道：“梅姑，您也一定下过山，也一定到夷江镇去看过，今日的夷江镇与昔日的夷江镇有什么区别？是更萧条了还是更繁华了？山下的百姓是衣不遮体、食不果腹，还是衣食无忧、安居乐业？你难道还忍心让山下那些黎民百姓再次回到无情的战火之中吗？”

汪铁锤用手指着周围的人，大声问道：“你们愿意这样吗？”

包围他的江湖人士，不由得都把手中的刀剑收了起来，都看着汪铁锤。

“汪铁锤，你不要以为得到破阵秘籍就能打败吴大帅的军队，吴大帅从云南起兵，仅数月时间就杀到湖南、贵州、四川、广东、福建等地，大帅军队无往不胜。你以为小小的宝庆府就能定乾坤吗？你太自不量力了。”梅姑说道。

“不是我自不量力，而是吴三桂自不量力，他手里的军队看似凶猛，实际都是纸糊的老虎，只要朝廷大军一到，立即兵败如山倒。”汪铁锤说道，“不信的话，我们打个赌如何？”

“什么赌？”梅姑好奇地问道。

“就赌我用破阵秘籍打败吴三桂的军队！”汪铁锤说。

“凭你？”梅姑冷笑道。

“没错！你刚才不是认为我即使拥有破阵秘籍也打不败吴三桂的军队吗？我告诉你，我一定能打败！若失败了，我亲自把项上人头送给你。”汪铁锤大义凛然地说。

“我凭什么要跟你赌？我凭什么要让你去打败吴大帅的军队？”梅姑问道。

汪铁锤冷笑道：“既然如此，刚才的赌约就算我没说。真没劲，堂堂的八角寨掌门人原来是个胆小怕事毫无本事的熊包。邓老前辈算是瞎眼了。”

梅姑实在没想到汪铁锤居然当着这么多属下的面羞辱她，这使得她颜面扫地，更加恼羞成怒，厉声喝道：“把《百阵图》给我拿出来！”

她的眼神像火一样盯着云裳。云裳小心地从怀里掏出一卷书，《百阵图》。原来所谓的破阵秘籍就是邓老前辈留下来的《百阵图》，书里包括古今最经典的阵法和破阵窍门。

所有人见《百阵图》在云裳手里，都感到非常吃惊。

“你认识他才几个时辰？居然潜入我的房间偷出《百阵图》想与他一起逃出八角寨，他给你喂了什么迷魂汤？”梅姑一语道出了缘由。

原来云裳心中爱慕汪铁锤，在回鹰嘴岩的路上又听唐寨主说了她从来不知道的吴三桂的事情，她彻底明白汪铁锤所作所为都是为了宝庆百姓、天下百姓。她想起自己从小就没有父母，再想到如果吴三桂的军队攻破了宝庆城，那么宝庆城里不就又会出现很多像她一样的孤儿吗？于是，她决定帮汪铁锤。在汪铁锤等人被关于铁牢之时，她趁梅姑不在房间之际潜入进去翻出了《百阵图》。这部《百阵图》，邓老前辈之前曾给她翻看过几眼，因为里面图形太多，无法记住。云裳没想到的是，梅姑回到房间就发现《百阵图》丢失了，她立即猜着是云裳所为，因为只有云裳对她的房间这么熟悉。于是她就暗中观察，并提前布好局，等着云裳把汪铁锤等人救出，再一网打尽。

云裳曾跟邓老前辈学过布阵和破阵，所以她救出汪铁锤时，并没有立即把《百阵图》交给汪铁锤，而是准备亲自跟随汪铁锤下山破阵。更何况，从鹰嘴岩到山下的路都布了阵，没她带他们离开，汪铁锤等人无法走到山下。

云裳面对梅姑的质问，她低着头没有说话，她也不好意思直接说自己喜欢汪铁锤。

梅姑看到她那副样子，拿过《百阵图》，翻了翻，看着汪铁锤说：“既然身边有了一个，还想从我这里再骗走一个，你的本事不小啊。”

说到这里，她又看了看伍莲花，冷笑道：“你就不吃醋？！”

汪铁锤和伍莲花两人对视一眼，一时糊涂不明白梅姑在说什么。看到周围几个江湖人士哈哈大笑，才猛然反应过来。

梅姑手里拿着书，来回走了几步，像在深思什么。过了好一会儿，她突然停住脚步，指着汪铁锤问周围的江湖人士和属下：“他这种人，该杀还不该杀？！”

周围的人居然都不吭声，汪铁锤刚才的义正词严，让他们明白战火是非常无情的，黎民百姓的安居乐业来之不易。

梅姑见大家都不说话，盯着四大堂主，想听他们说几句。

白虎堂主清了清嗓子，上前一步说：“梅姑，汪铁锤为保宝庆城数万百姓性命而不顾个人安危，不仅不该杀，还令人敬佩。”

白虎堂主很清楚梅姑的脾气，也看出山上这些人并非真心真意想去追随吴三桂，又感激汪铁锤在山下手下留情给了他面子，所以他就大胆地出来说话。

青龙堂主、朱雀堂主和玄武堂主也纷纷点头，赞扬白虎堂主刚才说的话。

梅姑见汪铁锤一番蛊惑就让这些人偏向了他，便说道："汪铁锤，我梅姑也不是老糊涂的人，大是大非还是分得清楚的。"

她边说边走到汪铁锤面前，说道："《百阵图》你可以拿走，但他们几个都得留在鹰嘴岩，七天之内你若破不了夏国相的阵，我就用他们的血来祭旗，率众下山归于吴大帅麾下。若老天佑你破了夏国相的八卦阵，他们就平安无事，我等众人仍在这八角寨过安分日子。"

汪铁锤没想到梅姑居然给他来了个这样的赌约，令他感到意外，便问道："此话当真？"

梅姑肯定地说："君子一言，驷马难追！"

汪铁锤点了点头说："好！哪几个留下？"

梅姑冷笑着说："除你之外，他们都留下。"

梅姑边说边用手指了指伍莲花、云裳、唐寨主父子和唐管家，接着说道："七天之后酉时，还没接到你破阵的消息，我就把他们全都杀掉。"

汪铁锤看了看这几个人，没想到伍莲花和云裳都向他点头，居然对他充满信心，唐寨主父子和唐管家一脸祈求的样子看着汪铁锤。

汪铁锤咬了咬牙，坚定地说："好，我答应！"

梅姑手握《百阵图》向汪铁锤甩去，汪铁锤顺手接住。

"你等着好消息吧！"汪铁锤说。

"汪少侠。我，我，我……"唐寨主边说边指着自己的嘴巴。

汪铁锤忽然想起，在唐家寨给唐寨主喂了粒药，说三天不吃解药就得血管爆裂而亡。

伍莲花看见了，不由得一笑，正想说话，汪铁锤示意她别说，他走过去在唐寨主耳边耳语几句，唐寨主不停地点头。

梅姑对汪铁锤与唐寨主的小动作不屑一顾，不耐烦地说了句：“《百阵图》都已经在手了，怎么还不离开呢？有人给你带路下山。你是想要等我改变主意吗？”

汪铁锤把书塞入怀中，对梅姑说：“劳烦梅姑把我的宝剑还给我，我立即就走。”

梅姑招了下手，立即有人把汪铁锤的桃花剑递了过来。

汪铁锤本来想跟伍莲花和云裳都单独说几句话，但又觉得这种场合不合适，就只与她们对视了几眼。

汪铁锤双手抱拳，对大家说：“各位，告辞！”说完，便跟着八角寨一名小伙子下山了！

汪铁锤下了山，到唐家寨叫上李二狗等人，一起回到了夷江镇，向春风十里药铺夏神医说了在八角寨发生的事情。夏神医说他对梅姑有救命之恩，你就放心回宝庆城破阵吧，我去一趟八角寨，不让她为难伍莲花等人。

汪铁锤告别夏神医，没想到李二狗、虎仔、大牛和猴子四个人在外面等着，要跟他去宝庆城。汪铁锤拗不过他们，只得带上他们，并一再叮嘱，千万不可乱跑。

到了宝庆城，汪铁锤先去了宝庆兵营，主将王武到府衙去了。汪铁锤随后进城给李二狗他们找个客栈，让他们住下，自己去府衙找知府曾大人和主将王武。

“铁锤，拿到破阵秘籍了吗？”王武见汪铁锤回来，相互顾不上礼节，赶紧问道。

汪铁锤从怀里掏出《百阵图》递给王武将军，说道：“邓老前辈已于三年前已经仙逝了，这是她留下的书。一路上，我也翻看了几遍，好像没有找到与夏国相相同的阵。”

随后，汪铁锤又简单地把一路上发生的事情跟曾大人和王将军说了一下。

曾大人听后，说道："既然这是邓老前辈留下来的书，应该是能破阵的。书中虽然只有古今百个经典阵法，但是万变不离其宗，形形色色，成千上万的阵法都应该是从这一百个阵法演变而来的。我们只要能找到夏国相阵法的死穴，再来对照《百阵图》里面的阵，就应该能找到类似之阵。"

汪铁锤和王武听了连连点头，不由得佩服曾大人的才智，王将军说："还是曾大人厉害，抓住了要害。刚才我还在担心铁锤这一趟是不是白跑了呢。"

"铁锤你一路辛苦了，你先去休息。王将军，你把画下来的夏国相阵法图形拿出来，我们对照《百阵图》好好研究一下，一定要在七天之内破阵!"

"王将军，曾大人哪去了？都已经三天了，怎么还没找到破阵之法？"汪铁锤焦急地走进府衙。

"铁锤，曾大人昨晚一夜没睡，刚回房间休息。我们比你还急。"宝庆兵营主将王武将军忙解释，"现在夏国相又派兵占领了几处关隘，彻底切断援军道路了。"

汪铁锤一屁股坐在椅子上，说道："没有援军了？！出路只有一条，破阵。我都急死了。这几天晚上都没睡好。"

王武亲自给他倒了一杯茶，宽慰道："知道为什么让你这几天好好地在客栈休息不？就是希望你养足精神，等曾大人找到破阵之法时，得由你去闯阵啊。"

汪铁锤从八角寨回到宝庆城之后，曾大人并没有让他去住兵营，觉得那里人多太闹，影响汪铁锤休息，而是让他住宝庆城最好的客栈，天天吃好喝好养足精神，随时让他担任闯阵之重任。

"王将军，你们到底看出了些什么名堂吗？"汪铁锤问道。

王武说："看是看出了些，但是还不敢确定，也不敢轻易去冒险。"

“说来听听。”汪铁锤好奇地问道。

“夏国相布的这个阵，看似一个阵，实际上是三个阵，阵阵相扣，如果破了其中任何一个，势必会陷入另外两个阵的死门之中。”

“三个阵同时破呢？”汪铁锤问道。

“这个会更危险，三个阵相生，你闯这个阵，就会被另外一个阵卷入，闯阵的人都会陷入绝境。”王武解释说。

汪铁锤听了，不由得有点垂头丧气，说道：“没想到夏国相这个老贼这么厉害，难道《百阵图》里找不出法子？”

“曾大人说请个人来帮忙再看看，他似乎在《百阵图》找到了些线索，但是他说再等等看。”王武说道。

“还有谁会破阵？”汪铁锤问。

王武摇了摇头，说道：“不知道。反正曾大人今天已经安排人去请了，明天应该就会到。”

汪铁锤听了，只好说：“那我还是回客栈与二狗他们喝酒去。”

汪铁锤说完，无奈地走出了府衙。

第二天，汪铁锤刚走进府衙，知府曾大人就远远地对汪铁锤说：“快过来，看看谁来了。”

汪铁锤远远看见二老爷汪天赐居然端坐在知府家里喝茶。

“二老爷，您怎么来了？”汪铁锤忙跑过去又惊又喜。

汪二老爷放下茶杯，说道：“我能不来吗？莲花都被留在八角寨做人质了，你是怎么照顾她的？”

原来，曾大人觉得夏国相的阵法古怪，虽然手里有《百阵图》，但还是不敢轻易冒险，则修书一封派人到黄金岭去请汪二老爷。汪二老爷见信中说自己的宝贝外孙女伍莲花被扣在八角寨做人质，七日之内没有破阵，就要被梅姑拿来祭旗。心急如焚，立即下山来到宝庆城协助破阵。而此时，已经离约定期限只有两天了。算上去八角寨的路程，明天必须闯阵破阵。

汪铁锤见二老爷训他，老实地站在面前不说话，把伍莲花留在八角寨也是被逼无奈啊。

曾大人见汪铁锤挨训，忙说话解围："铁锤已经做得非常不错了，把莲花留在八角寨，他也是没办法的。现在有您来，咱们只要把阵破了，既能救出莲花，又能赶走叛军。"

汪天赐见曾大人帮着汪铁锤这么说，就给汪铁锤留点面子，自己也就不说了，便转移话题。

"刚才我来时，已经看了夏国相的阵法，确实非常复杂，变化莫测，我们等会儿好好仔细翻阅一下《百阵图》，再决定闯阵。"汪天赐说，"不管如何，明天一定要闯阵。"

晚上，宝庆兵营主将大帐内，知府曾青溪、主将王武、汪二老爷汪天赐、汪铁锤围坐在夏国相的阵法图前。

只见汪天赐在介绍："我的看法与曾大人的一样，这阵是由三个阵演化而来，既是一个阵，又是三个阵。只要进入阵中，就等于陷入三个阵中，即使走出了其中一个阵的生门，另外两个阵的生门就会立即变成死门，闯阵之人就无法出阵，便会困死于阵中。如果安排三支人马闯阵，则会出现闯甲阵之人被乙阵困死，闯乙阵之人就会被丙阵困死，闯丙阵之人就会被甲阵困死。如此循环。阵阵相扣，无穷无尽。"

大家都看着汪二老爷汪天赐，等他继续说："但是，既然是三个阵形成一个阵，那么就必定有共同的生门，也有共同的死穴。我们不要去闯生门，而是要敲打他的死穴。击中死穴，阵就是死的了。"

"那么这阵的死穴在哪里？"汪铁锤问道。

"就在这儿！"汪二老爷把手一指。

"啊！"汪铁锤和主将王武异口同声，表示非常惊叹。

汪天赐见他们很吃惊的样子，边解释道："这是唯一破阵的方法。《百阵图》里也多次提到类似方法。"

"明天，汪铁锤带十八名勇士从乾位杀入，到乾六位就可停下来，不要前进；王将军率一支一千八百名兵卒从震位杀入，再从震三位杀到离九位即可。你们根据我手中旗帜来决定闯入速度。”

汪天赐还没说完，汪铁锤插嘴问道：“二老爷，我带十八名勇士，王将军带一千八百名？没有搞错？”

汪天赐点了点头，说道：“没错，并且你是主攻，王将军是助攻。你的主要任务就是进入阵中把夏国相的这名旗手斩杀。旗手一死，指挥阵型的旗帜倒地，阵法必乱。”

“这面旗帜就是死穴？”王武问道。

“没错，这旗帜就是整个阵的生命，也是整个阵的死穴，只要旗倒，阵乱，叛军必败。”汪天赐肯定地说。

“但是，这旗帜周围是由一百零八名黑衣人守卫，应该都是高手，所以铁锤，你的任务非常艰巨。”站在一旁的知府曾青溪说。

汪铁锤自信地说：“只要找到它死穴，闯阵怕什么？！”

二老爷汪天赐接着说：“这只是我们闯阵打死穴而已，所为百足之虫，死而不僵，我们还得派奇兵从巽位和艮位分别闯入。”

“奇兵？”大家很好奇地问。

“你从夷江镇带来的四个小兄弟就是奇兵。”汪天赐对汪铁锤说。

“他们怎么行啊，什么武功都不会呢。”汪铁锤忙摆手反对，他担心李二狗等人的安危。

汪天赐看出了他的心思，解释道：“我自有安排，不会让他们伤到一根毫毛。”

见二老爷都这么说，汪铁锤觉得自己担心是多余的，于是便问：“您需要他们怎么做？”

汪二老爷故意卖个关子，说道：“明天让他们凌晨就到这里来，我告诉他们如何去做。这事提前告诉他们，不一定会达到好效果。”

汪二老爷接着对王武将军说：“另外，请王武将军派一名将军率兵马埋伏在枫树岭，这是叛军败走衡州城必走之路，待叛军走了一半时，立即出击，拦腰切断。记住，千万不可追击，不可恋战。”

王武点了点头说道："我让我兄弟王文亲自带兵。"

汪二老爷听了之后，点了点头，说道："这样就更好。"

说完之后，汪二老爷看了看知府曾大人，笑着说："曾大人就和老夫一起指挥破阵，阵破之后，必有降兵，就需要曾大人亲自出面了。"

知府曾青溪满意地说："天赐兄运筹帷幄，我们一切听您调遣。只是铁锤这个，我比较担心。"

汪二老爷看了看铁锤，对曾大人说："他是我一手调教出来的，我对他有信心。"

随后，他又对铁锤说："铁锤，宝庆城成败在此一举，就看你了！"

汪铁锤挺了挺胸膛，坚定地说："曾大人，二老爷，你们放心，我汪铁锤就是把命豁出去，也要砍倒旗帜！"

"旗帜一定要砍倒！命也要留下来！"曾大人说。

"遵令！"汪铁锤大声地回答。

这一天，天气异常炎热，汪铁锤腰挎桃花剑，带着十八名敢死战士，向夏国相的八卦阵走去，在百步之外停下。

宝庆城主将王武带着一千八百名精兵也缓缓向八卦阵走去，在一片树林处停下。

夏国相坐在高台上，看着宝庆兵的样子，笑着对身边的将领们说："这些宝古佬准备来送死了。"

他对着汪铁锤大声喊道："汪铁锤，你终于来了！"

汪铁锤冷眼看着夏国相，说道："我一直都在这里，明年的今天就是你的祭日！"

夏国相哈哈大笑："汪铁锤，见你年纪轻轻，武功不弱，若能归顺我军，你刺杀大帅的事情，我们既往不咎，还会授予你高官厚禄。"

汪铁锤冷笑着说："夏国相，做你们的春秋大梦去吧。今天老子来闯阵了，按照约定，我闯阵成功，你乖乖地给我滚蛋。"

夏国相说："一言为定。那就看你的本事啦！"

只见，夏国相把手中的小旗一挥，大声令道：“击鼓!”

瞬间，夏国相的八卦阵内战鼓震天。

汪铁锤看了看背后远处的高台，汪二老爷和曾大人居然坐在那里，并没有晃动手中的小旗。

没有接到命令，汪铁锤和王武都分别带着人马停在那里。

叛军的鼓声响了一炷香的工夫，而宝庆兵这边毫无动静。

夏国相见汪铁锤动都不动，厉声问道：“胆小鬼，还不来闯阵？”

汪铁锤冷笑道：“夏国相，你爷爷我想休息一下。现在准备——兄弟们，拔剑！准备闯阵!”

夏国相见汪铁锤率先拔出剑，立即把手中的小旗一挥，战鼓又起，震耳欲聋。

谁知道，鼓声刚响，汪铁锤却把剑收回剑鞘，跟在他后面的十八人也纷纷把剑收入剑鞘。

夏国相见了，立即挥动手中的旗帜，命令战鼓停下来。

“汪铁锤，你玩什么花样，有没有胆量来？”夏国相没想到汪铁锤居然耍他，气急败坏地说。

汪铁锤没有说话，看了看远处的汪二老爷，发现他还在与曾大人聊得不亦热乎，根本就没有让他们闯阵的意思。

汪铁锤笑着对夏国相说：“我还想再歇会儿，你有本事叫人出阵跟我打啊。”

夏国相气急败坏，把手中的旗帜一丢，坐在椅子上喝茶了。

汪铁锤和十八名勇士席地而坐，居然分别从背后掏出一把伞撑开遮阳，太阳越来越热，叛军没想到今天摆下阵之后，太阳这么毒辣，有些人已经开始口干舌焦了。

就这样一个时辰过去了，叛军中有些人已经支撑不住了，开始坐到了地上。

夏国相见汪铁锤使诈，立即喝道：“全都站起来，打起精神，小心宝古佬。”

坐在地上的叛军开始稀稀拉拉地准备站起来。昨晚汪铁锤送信来说今天破阵，没想到把他们当猴耍。

正在夏国相催促兵卒们站起来之时，只见李二狗和虎仔他们赶着十几头牛向叛军阵法的巽位和艮位冲去。十几头牛，在李二狗等人的吆喝下，没命地往阵内冲去。

叛军见十几头大水牛冲来，纷纷躲避，有几个胆大的用长矛刺杀，结果牛没有被杀死，反而更加惹怒了牛，这群大水牛更加疯狂了。

原来，李二狗等人凌晨到了宝庆兵营，听从汪二老爷的安排，赶着十几头牛假装到叛军兵营附近吃草。叛军见李二狗等人年纪不大，不像是宝庆兵乔装打扮的，以为就是村里人放牛，也就疏忽大意没有过多盘问了。

夏国相见牛群冲进了阵法，没搞明白是怎么回事，他也绝对没想到这是汪天赐使的招。

突然，汪二老爷在高台上旗帜一挥，宝庆兵营战鼓响起，汪铁锤带着十八名勇士向乾位杀去。

王武将军领着一千八百名精兵向震位杀入。

瞬间，宝庆兵如猛虎下山，闯入了叛军阵内，一番厮杀。

汪铁锤按照汪二老爷的布置，向阵中旗手杀去。这旗手是转达夏国相旗令的，是整个阵法的真正要害。

刀光剑影，杀声震天。

半个时辰的拼杀，汪铁锤终于到了旗手附近，与护旗黑衣兵卒展开血拼，此时他带着的十八名勇士都已经牺牲。

汪铁锤一声怒吼，手中的桃花剑变化莫测，身边的叛军纷纷倒地。

只见他，一招“长虹贯日”刺进了旗手的胸膛，旗帜被他夺在手里，扔在地上。

八卦阵瞬间混乱，立即变成无头苍蝇。

夏国相见精心创建的八卦阵被破，正在想解救办法之时，兵卒来报，兵营着火了。

原来，李二狗等人把牛赶向八卦阵之后，匆匆跑到叛军兵营，趁大家没注意，遛了进去，到处放火。这大热天的，鸡蛋掉在地上都会变成煎鸡蛋，兵营各营帐遇到火，立即燃着。

夏国相见大势已去，只得匆匆收兵往衡州城方向撤走。

谁知，夏国相逃过枫树岭没多久，后面骑兵来报，后军陷入了宝庆兵的包围，死伤无数。

一瞬间，夏国相觉得宝庆兵确实狡猾无比，难怪吴大帅一直叮嘱他不要去惹宝庆城。他仰天叹息，后军生死由天而定吧，自己还是早点逃回衡州城。

“曾大人，现在叛军已败，快把《百阵图》给我，我立即赶往八角寨去救莲花妹妹。”汪铁锤攻破八卦阵之后，按照汪二老爷之前的命令，并没有去追击叛军，而是匆匆跑来找曾青溪要《百阵图》。

汪二老爷看了看汪铁锤身上几处刀伤，关心说；“休息一下，把伤口抹点药。等会儿再去也不迟。”

汪铁锤看了一眼身上的伤口，无所谓地说：“都是皮外伤，毫无大碍。这里到八角寨路途不近，还是早点出发为好。”

汪二老爷看了一眼曾青溪，曾大人会意地把手中《百阵图》递给汪铁锤。

汪铁锤跃上帐外一匹马，向八角寨方向奔去。

汪铁锤到八角寨之前，梅姑已经通过飞鸽传书，得到了夏国相兵败的消息，原来她早就在宝庆城安排了探子观察着两军的一举一动。

梅姑经过深思熟虑，认为汪铁锤之前说的确实有几分道理，现在又见夏国相兵败，觉得吴三桂要夺取江山，并非易事。

汪铁锤到了八角寨鹰嘴岩，把《百阵图》还给梅姑。

“梅姑，八卦阵已经攻破，夏国相带着残兵败将逃回了衡州，现在完璧归赵把《百阵图》还给您。”汪铁锤说。

梅姑接过《百阵图》顺手放在桌上，说道："汪铁锤，你是条汉子，人你可以带走了。"

说完，梅姑双手一拍，伍莲花、云裳、唐寨主父子和唐管家等走了进来。

梅姑说："我说话算数，你既然有本事打败夏国相，看来老天爷也都帮你，你可以带他们下山了。"

伍莲花等人听说汪铁锤打败了叛军，非常高兴。汪铁锤看了看伍莲花，又看了看云裳，非常客气地对云裳深深施礼："铁锤感谢云裳姑娘深明大义，危难之际奋不顾身出手相救，他日定当重谢。"

梅姑冷笑道："这些话，你们下山再说吧。我们八角寨不留她。"

汪铁锤一愣，看着梅姑，以为自己听错了，忙说："梅姑，云裳姑娘并没有做错什么，她所作所为都是为了宝庆数万百姓，八角寨怎能赶她走呢？"

云裳也一副错愕的表情。

梅姑说道："她不走也行，按照我们八角寨铁规，就自尽吧。"

"啊——"汪铁锤和伍莲花异口同声，感到非常惊讶。

汪铁锤忙问云裳："云裳姑娘，梅姑不是开玩笑的吧。"

云裳委屈地说："我已经违背了八角寨铁规。"

汪铁锤再看梅姑，见梅姑一脸无情，气不打一处来。

伍莲花这几日与云裳朝夕相处，两人很聊得来，她上前拉着云裳的手说："八角寨有什么好的，我们一起下山跟铁锤哥去宝庆城，那里有好多好吃的好玩的，你要是不喜欢，也可以跟我回黄金岭去，我会把你当着亲姐姐一样。"

云裳瞟了汪铁锤一眼，向伍莲花点了点头。

"赶紧走吧，再晚点我就先用铁规来处置了。"梅姑说完，就不耐烦地送客。

"告辞！"汪铁锤见梅姑不近人情，甩手往外走去，伍莲花等人跟在后面。

看着云裳远处的身影，青龙堂主轻轻地问梅姑：“您真忍心赶她下山？”

梅姑叹了口气，说道：“她的心已经在汪铁锤身上了，你看不出来吗？有伍莲花在汪铁锤身边，我把她留在山上，她哪里还有机会？只有忍心让她下山，至于以后能不能与汪铁锤在一起，就看她自己的造化了。”

“梅姑，用心良苦啊。”青龙堂主感慨道。

“夏国相虽然兵败，但宝庆城并不安全，你安排弟兄要暗中保护她。”梅姑说。

“我会安排好的！”青龙堂主说。

天边，残阳如血。

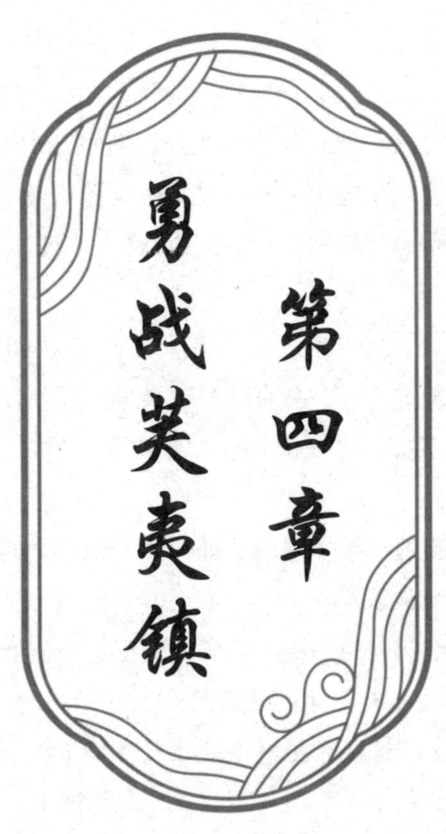

第四章 勇战芙夷镇

康熙十七年（1678）三月，吴三桂在衡州称帝，国号周，定衡州为国都，建元昭武。同年六月初，吴三桂派大将马宝率五万大军从衡州南下，清军被迫退回广东。七月，吴三桂又派出大将胡国柱、夏国相率十万大军，突入两广，广西境内除了梧州，全部都被吴军收回。北部岳州战事由吴三桂侄儿吴应期主持，清军几次渡江，均未得逞。

此时，湖南境内除宝庆之外，大片城池都被叛军占领，深陷重围的宝庆府危机四伏。虽然宝庆军民同仇敌忾，顽强抵抗，但面对与数十倍的敌军，无异于以卵击石。

此时的汪铁锤已经担任宝庆营副将，伍莲花和云裳追随在他左右。唐寨主见宝庆城危机，主动率领唐家寨三百名青壮男子投靠汪铁锤帐下，汪铁锤把这些人单独组成一支黑衣军，他亲自任黑衣军指挥，唐寨主任副指挥。

这天，汪铁锤正与唐寨主商议如何偷袭叛军之时，曾知府派人传话让汪铁锤到府衙去议事。

“曾大人，请问有何吩咐？”汪铁锤走进府衙厢房，这是知府曾大人议事的地方，宝庆兵营主将王武也在。

“铁锤，吴三桂这逆贼虽然不敢攻打我们宝庆府，但我们却是陷入十面埋伏之中，我刚才与王将军讨论，由你携带一道密函前往岳州寻找湖广总督蔡毓荣大人，请他尽快派兵马前来解围。”曾大人边说边把一封密函交给汪铁锤。

汪铁锤把密函塞入怀中，王武将军叮嘱道：“你今天就出发，越快越好。”

汪铁锤正准备说话，岳州方面的信使匆匆走了进来，有紧急军情来报：“曾大人，蔡大人在岳州被叛军打败，已经返回荆州，令宝庆兵立即奔袭岳州，拖住叛军，以免叛军过江进入湖北境内。”

曾青溪、王武和汪铁锤听了面面相觑，没想到叛军战斗力这么强，连总督亲自率兵数万都兵败逃走，宝庆府真要变成笼中之兽了。

曾大人接过蔡总督的亲笔信函，验证无误，便让信使下去休息，留下王武将军和汪铁锤商议。

曾大人说:“你们两个如何看待总督大人让我们出兵岳州之事？”

王武将军想了想说：“此行太危险，一则宝庆城本来兵力不足，不能再抽调兵力；二则，四面包围，我军无法突围；三则，即使突围，也会陷入敌军之中，毫无生路。”

曾大人说：“我们兵力确实不足，但也不能不顾蔡总督的军令。”

官大一级压死人，蔡大人是湖广总督，当前是朝廷在南方的最大军政官员，有权调遣湖广两省的所有兵马，自己若不按照总督的命令出兵，自己就是违抗军令，严重的就要斩首。曾大人左右为难，出兵去岳州，自己手里这点兵力还不够给叛军塞牙缝，更何况宝庆兵力减少，就会给吴三桂提供攻城的机会，那就变成两头都不能兼顾的处境。

见知府曾大人陷入两难之际，汪铁锤提议：“曾大人可否上书与蔡总督商议，采取围魏救赵，我们宝庆出兵攻打衡州，叛军北部岳州战事由吴三桂侄儿吴应期在指挥，他见衡州有难，势必会回兵救援，只要他军队有往衡州撤的动向，就请蔡大人立即组织兵马反攻岳州。岳州是叛军进发中原的门户，衡州又是叛军的大本营。让叛军两头不能兼顾。”

“围魏救赵？”曾大人两眼发光，觉得汪铁锤提的想法不错，“岳州和衡州两地，只要任何一地取胜，意义非凡。”

王武将军听了不停地点头，跟着说道：“围魏救赵！这是上上策，只是我们的兵力不足，如果去攻打衡州？这才是难点。衡州城池坚固，吴三桂见我们兵力不足，根本就不会上当。”

曾青溪沉思了一会说：“岳州叛军的粮草主要靠衡州这边配送，如果衡州发生战事，就会影响粮草运送，岳州叛军在粮草不充足的情况下是不会发起军事进攻的，从而在一定程度上拖住叛军渡江。叛军也势必会回兵衡州与城内叛军里应外合，对我军形成包围。只要岳州叛军兵力减少，蔡总督就可以从荆州率兵南下重新夺回岳州，把战争阻止在长江以南。”

王武听了后点了点头：“这想法非常不错，重点还是我们的兵力不够，不能对衡州进行有效的军事打击。”

汪铁锤考虑了一下，说道：“兵力不够，我们到民间去招募义军，就像唐寨主那样，征召男丁入伍，战后我们再给些银两让他们解甲归田。宝庆衡州一带百姓，熟悉地理环境，若应征入伍，便于山林作战和夜间偷袭。”

知府曾青溪听了之后，若有所思，随后缓缓点了点头，说出了自己的顾虑：“现在临时加强训练已经来不及了，需招募有一定底子的，能直接上阵杀敌的才行。不在多，而在精。”

汪铁锤听出了曾大人的另一层意思，人太多粮草不够，兵贵在精而不在多。虽然说宝庆境内老少妇孺大部分都会些武功，但是还得从里面挑选更厉害的，既是让战斗力增强，又是减少不必要的牺牲。

王武说：“既然唐寨主可以发动他们村寨青壮小伙子投入军营，其他地方可以效仿，让唐寨主到夷江镇走一趟，把八角寨和周围八大村寨的精英都招募过来。”

曾知府附和道：“宝庆男儿个个勇敢霸蛮，深明大义，一定会主动加入义军。可以让唐寨主持知府令前去招募。”

汪铁锤说：“我们这次招募义军建议私下进行，不要广发文帖，以免打草惊蛇，被叛军知道，说不定会提前对我们下手，会阻碍招募之事。 ”

曾青溪点了点头，说：“铁锤考虑得周全，我们只需要有选择性去招募即可，也没必要把此事弄得纷纷扬扬。有两个地方是我们招募的重点，一就是夷江镇，由唐寨主前去负责；二就是芙夷镇，那里不仅人口众多，更是宝庆府境内武馆最多的地方，也是情况最复杂的地方，这里只能由铁锤辛苦一趟。另外各地，我们也分别安排熟悉情况的人去招募。”

汪铁锤和王武都赞同曾大人的想法，于是曾大人立即起草募兵令，命令王武将军和汪铁锤安排下去。

“夷江镇没有问题，我定当完成任务。我会亲自上八角寨找梅姑说明情况，相信她是明事理之人。”听了汪铁锤说了招募义军之事，唐寨主拍着胸膛打包票。

“唐寨主，还是我去八角寨找梅姑吧。”云裳在一旁说。

“你还是免了吧。你想去把梅姑气死啊？”唐寨主说，“你自己下山了，还要再去带一班兄弟姐妹下山，梅姑一时半会儿是很难接受的。我先说动其他七个村寨的寨主，再一齐上山找梅姑晓之以理，一定会成。”

“我除了八角寨，哪里都不熟悉，哪我该干吗？”云裳有些委屈地说。

伍莲花看了看她，说道：“云裳姐姐，要不你跟我回黄金岭去募兵吧。黄金岭连绵起伏、风景优美，不比八角寨差哟。”

“算了吧，黄金岭山高路陡，还是你自己去吧。我陪铁锤去芙夷镇，那里情况复杂，我正好可以做他的帮手。”云裳笑着对汪铁锤说。她总是找机会与汪铁锤在一起。

伍莲花听了之后，盯着汪铁锤，想看他是什么态度。

汪铁锤知道伍莲花心思，怕她生气，便说：“还是我一个人去芙夷镇吧，只是去募兵，有什么担心的。”

“云裳姑娘留在宝庆兵营也行，可以训练黑衣军。”唐寨主早就猜着他们三个人之间的心思，就忙来解围。

云裳见唐寨主都这么说了，也不好强求，只好说：“我还是听唐寨主安排吧。”

说完她就一个人走了出去。

汪铁锤和伍莲花对视一眼，一副无辜的样子。其实，伍莲花心里乐开了花，她看到汪铁锤与云裳在一起就心里难受。

安排完每个人去负责哪些地方的募兵之事，就等天黑出城了。

汪铁锤、伍莲花、唐寨主和黑衣军的几个小头目，利用夜色偷偷绕过叛军包围圈，到了祭旗坡过夜。第二天早上，根据在城内商定好的路线，几人各自拿着知府募兵令前往熟悉的乡镇。

芙夷镇不仅人口众多，更是宝庆府境内武馆最多的地方，这里民风彪悍，并没有受到战火冲击。而在芙夷镇，说话最管用的，不是乡长里长，而是金老爷子。芙夷镇八大武馆的总教头都是金老爷子的徒弟或义子。金老爷子从来没在江湖上闯荡过，但是他的武功有多高，也没人见识过，只是他在几十年前一手调教出三个儿子和五个徒弟，现在都是响当当的人物，湖广一带不少慕名来拜师学艺之人，均以成为这八个人的弟子而荣幸。

金老爷子的三个儿子分别是金大、金二和金三，五个爱徒的名字分别是银大、银二、银三、银四和银五。据说这些都不是最初的名字，是后来金老爷子教他们武功时统一改的，包括他自己三个儿子的名字。五个徒弟其实都是金老爷子当年收养的孤儿，也不清楚到底叫什么名字，于是自家姓金，就给他们统一改姓银。

芙夷镇比夷江镇要大很多，战争之前，每天这里往来的人络绎不绝，其繁华不比宝庆城差。

汪铁锤进了芙夷镇最先想到的就是去拜访金老爷子，只要金老爷子愿意出面帮其募兵，八大武馆的徒弟带头入伍，其余武馆自然就纷纷跟随。

不过，金老爷子此人脾气古怪，知府曾大人曾想见他，都被婉拒。这次贸然去找他，他是否会同意？

进了芙夷镇，汪铁锤并没有直奔金府，而是先在一家叫在水一方的客栈定好客房，便到楼下叫了几道酒菜。店小二刚端上来，桌子对面坐来一个人，直盯着汪铁锤笑。

汪铁锤一愣，这谁啊？并不认识啊。

“怎么？傻啦？”那人口一开，汪铁锤听出声音了，是女扮男装的云裳。

“你怎么跟来了？”汪铁锤惊讶道。

“我就不能跟来吗？”云裳边说边拿起筷子就夹菜吃。

满满地吃完一口菜之后，她才接着说：“陪你喝酒吃菜不好吗？”

汪铁锤明白云裳的心思，自己喜欢伍莲花，但内心对这个云裳也心存好感，也挺喜欢与她在一起，即使什么话都不说，两人只要在一起，他就觉得心里特别踏实。

汪铁锤也不说话，笑着夹了口菜就吃。云裳见他不好意思，抿着嘴笑了下，也跟着吃了起来。两个人一路上确实没吃什么，这个在水一方客栈的厨师不错，菜的口味非常好。

两人正这样默契地吃着饭，突然听到旁边桌上有人在小声地讨论金老爷子。

“皇上说，只要金老爷子答应归顺我周军去攻打宝庆城，会封他镇南大将军，赏黄金万两。”

“上次他连门都不给我们开，这次我们带着大把的银票去，我就不信砸不开他那个巴掌大的门。”

虽然说话的声音很小，但汪铁锤和云裳是习武之人，听得清清楚楚。原来，吴三桂在衡州城称帝之后，觉得宝庆城就是他身边的隐患，一直想打下宝庆城，而自己和夏国相均在宝庆城失利，也不敢再派大将领兵去攻，担心偷鸡不成蚀把米。但吴三桂又不甘心就此放手，于是开始网罗各种势力以备他日可用，芙夷镇的金老爷子自然也成为他收买的目标之一。

汪铁锤和云裳则故意装作没听见，继续低头吃饭，随后跟着那一伙四个人出去，远远跟着。

街道的东头就是金宅所在地，宅子并不大，从外面看，比较普通，但门口站着两个人，一看就是习武之人。

四个人走到门口，跟守门人说了几句，其中一名守门人就走了进去。过了片刻，守门人和一名管家打扮的人走了出来，管家跟门口吴三桂的四个人寒暄了几句，就请他们进去了。

“进去了？”云裳惊讶地看着汪铁锤。

“有什么奇怪的。现在吴三桂已经称帝，正得势，金老爷子再牛也不敢得罪吴三桂。”汪铁锤说。

“金老爷子要是投靠了吴三桂，那该如何办？芙夷镇的势力就会都归顺叛军了。”云裳担心地说。

“等他们出来了，就知道金老爷子的态度。”汪铁锤说。

“都已经迎接进去了，还能什么态度，面对高官厚禄和大把银票，金老爷子能轰他们出来？”云裳疑问道。

汪铁锤说：“别急。一切都只是推断。你我都没见过金老爷子，也不了解他的为人，还是等等看吴三桂的招安使者出来再说吧。”

两人正聊着，没过多久，吴三桂的招安使者就出来了，看那人脸色，并不是非常高兴。

“跟上去，听他们说什么。”汪铁锤说。

于是，两人就又跟着使者回到了在水一方客栈。

“原来他们就住这里。真是巧了。”云裳对汪铁锤说。

“我们晚点进去，一路上跟了这么久，免得被他们发现。”汪铁锤说。

“为何不直接进金宅见金老爷子？跟着这四个人干吗？”云裳疑惑地问。

“吴三桂使者出去，我们就接着进去。金老爷子一下子就会把自己当成香馍馍了。”汪铁锤解释道，“我们先偷听使者回到客栈是如何讨论的，就能大概估摸出金老爷子的态度。”

“你说得也不是没道理。”云裳点了点头。

“我们进去吧。看看他们住哪个房间。”汪铁锤说。

两人进了客栈，正好见掌柜对店小二说：“天字一号房的客人已经回来了，快送些瓜果上去。”

汪铁锤和云裳相视一笑，原来这四个人住在天字一号房，那是大套房，确实适合他们四个人居住。

汪铁锤对云裳说："你先回房间休息，我一个人去打听，免得人多被他们发现。"

云裳明白汪铁锤的意思，吴三桂的四名招安使者应该武功都不弱，两个人趴到窗外偷听，更容易被人发现，于是点了点头，回到自己房间去。

汪铁锤等店小二从天字一号房送完水果出来之后，悄悄地走到窗户边，偷听里面的人说话。

只听见里面一个人边啃西瓜边说："这个金老头什么意思？银祟不要，居然说跟家人商量后再给答复。他家里不就是他自己做主吗？"

"我看啊，八成是这老头还想向我们大周皇帝多要点赏赐。"另一个也在边吃西瓜边说。

汪铁锤在窗外听到他们吧唧吧唧地吃西瓜，也不由得咽口水了。

这时另外一个人说话了："真是贪得无厌，我们大周皇帝都已经答应封他为芙夷侯，一个山村老夫有何不满足的？侯爷，这是多高的爵位啊。"

吴三桂为了收买人心，对爵位和官位从不吝啬，对金老爷子都敢送个侯爵，可见他对那些有战功的人是多么慷慨，难怪至今还有很多人对其死心塌地。

汪铁锤冷冷一笑，那些归顺在吴三桂麾下的人，口口声声喊着匡扶天下，可能更多的是冲着这些爵位去的吧。

最初说话的那个人说话了："也有可能，是金老头还在与宝庆府联系，想货比三家，给自己卖个高价。"

另一个声音说："狗屁货比三家，宝庆府能给他侯爷爵位？宝庆知府都没封侯。若不是我大周皇帝爱才如命，怎么会给他一个乡村野夫如此高的爵位呢？"

又一个人说："听说湖广总督的蔡老头才是侯爵呢。清廷最多是给金老头赐个六品的员外郎。"

汪铁锤听了之后，不由得暗暗佩服此人，临行前曾大人就跟汪铁锤说，只要金老头倡议芙夷镇的青壮年从军抗敌，到时会上奏朝廷请封六品员外郎。

"清廷太小气了。当年封我大周皇帝为平西王，没享几年福，却要撤藩，嘿嘿，平西王一怒之下号令天下，没想到，天意所归，昔日平西王成为大周皇帝。"另一个人高兴说道。

汪铁锤见屋里的人聊不出什么话题，就退到了自己房间，见云裳居然没回自己房间而是在他房间里。

"这么快就回来了？听到消息了吗？"云裳问道。

"该知道的都已经知道了。"汪铁锤边说边走到桌边，自己倒了一杯茶，一饮而尽。

"快说来听听。"云裳走过去拉着汪铁锤坐在桌边。

汪铁锤见她拉着自己手，脸不由得一红，这细节被云裳发现了，她装作没看见，其实心中暗喜，她总是每次故作无意地接近汪铁锤。

汪铁锤也装作不拘小节的样子，对云裳说："别急，我还要再喝杯茶，渴死了。"

说完他就甩开云裳的手，去端茶壶。

他倒了杯茶，站起来慢慢地喝完，接着把刚才听到的对话告诉了云裳。

"金老爷子与州府联系？没听曾大人说起此事啊。"云裳听完之后，满脸疑惑。

汪铁锤说："这只是吴三桂招安使者的猜测，我天天与曾大人在一起，有什么情况我还不清楚？若真有接触，来之前曾大人还不把消息告诉我们。"

云裳听了点了点头，说道："或许，金老爷子在等我们呢。现在宝庆城兵力缺乏，又无援军，若想自救也就只有募兵，而他掌控的芙夷镇却是极佳的兵源之地。他就想看看州府是否重视他。"

汪铁锤向云裳跷起了大拇指，云裳分析得很有道理，便说："幸好我们来得及时，否则，金老爷子见州府冷落他，没把他当回事，而吴三桂把他当成宝贝，两边一对比，他立马就会投入吴三桂的怀抱。"

"这就有点为难了。现在去找他嘛，就会感觉我们是求着他，觉得现在谁都想依靠他。不去找他嘛，也就等于把他往吴三桂怀里推。"云裳说道。

"找他，肯定是要去找的，只是看看用什么方式去找他更合适。"汪铁锤说。

"我们手里除了知府大人的募兵令，其余什么都没有，大把的银票没有，官职爵位就更不敢承诺。"云裳一副犯难的样子。

汪铁锤沉思了一下，说："我倒有个法子，可以试试。"

云裳说："就像你之前在八角寨对着梅姑陈述大义？"

汪铁锤摇了摇头，说道："这个不妥，什么国家社稷之类的大义，他们心里都明白得很，只是现在吴三桂与朝廷有划江而治的节奏，称帝定都颁布年号，在金老爷子心中，该保护哪个社稷？"

"那你想的是什么法子？"云裳见自己猜错了，就问汪铁锤。

汪铁锤忙坐到云裳身边小声地说。

云裳边听边点头，随后说道："这个不妨一试。"

一个时辰之后，女扮男装的云裳来到了金宅大门口，跟守门人说了几句，递上名帖，其中一名守门人跑了进去，很快金宅的管家迎了出来。

"云大人，幸会幸会。老爷子正在家。里面请。"管家非常客气地迎请进宅。

云裳跟着管家走进了金宅。

振威武馆。

门前两个大石狮子威风霸气，大门两边分别站立八名武馆弟子，上衣绣着“振威”两字，手持大刀，一股让人不敢靠近的气氛。武馆里面，此时喊声震天，三四百名弟子在里面练武。

汪铁锤一副乡下小伙子的打扮，来到了振威武馆的门口。

“干什么的？走开走开。”

汪铁锤刚停住脚，透过敞开的大门往里面看一眼，就遭到了门口弟子的驱赶。

“这个老表，我是来学武的。”汪铁锤赔笑着，一副憨厚老实、傻里吧唧的样子。

“学武？这里收费很贵的。”其中一名弟子上下打量了一下汪铁锤，乡下穷人的样子，有点瞧不起他。

“我知道我知道。我在家干农活攒了几年钱，够学一年的。”汪铁锤解释道。

“真的有钱？”那名弟子用怀疑的眼光上下打量着他。

汪铁锤用手拍了拍口袋，昂起了头，一副很自信的样子。

那个弟子说：“那好吧，跟我进来。”

汪铁锤跟着这名弟子走进了振威武馆，来到训练场。

“李师傅，这个小兄弟说要来习武。”这名弟子把汪铁锤带到一名正在教练弟子们扎马步的教头身边介绍。

“李师傅是负责教基本功的，你们这些初学者都归他教。”这名弟子对汪铁锤说，“你有什么不懂的就请教李师傅吧。”

这名弟子说完就向李师傅施礼离开，回去继续守护大门。

李师傅上下打量了一下汪铁锤：“以前练过武吗？”

汪铁锤点了点头，说道：“会一点儿。”

“会一点儿？”李师傅看了看汪铁锤，问道，“你演练给我看看。”

来习武都需要先看看基本功或者身手是否敏捷，这样在以后的训练中可以更好地帮弟子提高。

汪铁锤故意憨厚地说：“没学过招式，只会与人切磋。”

“哦。”李师傅觉得好奇，“好，我找个人上来跟你切磋一下试试。”

说完，还没等汪铁锤点头，他就向旁边的弟子招了招手，一名正在站桩的弟子走了过来。

“你与他切磋一下。”李师傅对汪铁锤说。

汪铁锤摇了摇头说：“他不行，功夫太差。”

“哟呵，你还真有点本事？”李师傅觉得汪铁锤有点狂傲，转身对刚才来的弟子，“再上来两个。”

汪铁锤不紧不慢地说了句：“就是上来二十个，估计也不行。”

李师傅一听，脸都绿了，怒道：“小子，你别狂！”

汪铁锤冷冷一笑：“要不，我与李师傅你切磋一下吧。”

汪铁锤这句话把李师傅惹毛了，他二话不说，双手把袖子捋上，说道：“那就让本大爷我亲自来领教领教吧。”

这时，周围练武的弟子都停了下来，远远看着。

汪铁锤做了个请的姿势，李师傅直接一个“黑虎掏心”攻向他。

汪铁锤站着没动，直到李师傅的拳快到胸前时，右手迅速一抓，居然死死地把李师傅的拳头握在手心。

汪铁锤面不改色，李师傅的拳头竟然无法动弹，汪铁锤再微微一用力，李师傅满面痛苦，就如自己的拳头被一个铁夹子用力夹着一样，全身力气都无处释放。

汪铁锤微微一笑，把手松开，谦虚道：“李师傅，承让了！”

当时在那种情况下，汪铁锤只要随便给他再来一脚或者一拳，他可能就倒在地上，灰头土脸了。李师傅见汪铁锤在众弟子面前多少给他保留了一些颜面，虽然自己输了，但在内心里还是感谢汪铁锤没有让他出丑。

李师傅正准备想说句什么话，给自己在众弟子面前挽回些面子，这时从人群中走出一个人，长得高大威猛，留着一点小胡须。

“朋友是哪里人？我来会会。”说话的是牛师傅，在振威武馆教头里面武功是数一数二的。

“无名小卒，不值一提。请。”汪铁锤不啰嗦，也不问人家姓名，而是直接让人家出招。

“哼。”牛师傅用手轻轻捋了捋下巴上的几根胡须，瞬间，手如闪电，起身一招“大鹏展翅”向汪铁锤扑去，来势凶猛。

汪铁锤一个闪身，快速躲过，立即展开攻势，双掌击出。

两人一交手，就基本知道对方的武功属于什么层次，汪铁锤并没有使出十成功力去打，而是顺着这个牛师傅的招式跟他来回切磋了十招。围观的人越来越多，基本上整个武馆的人都已经出来观看了。

牛师傅的内力比较深厚，拳法也很快，但是跟汪铁锤比还不上档次。十招一过，汪铁锤一个“蜻蜓点水”在牛师傅的几个穴道上快速点过，但是并没有用力，而是轻轻触碰，围观的人若不是武林高手，几乎看不出来。

随后，汪铁锤跃出数步，向牛师傅双手抱拳：“承让了。”

周围的弟子都有点傻眼了，打得好好的，还没看出胜负，牛师傅怎么就输了呢？再看牛师傅，他刚才明显感觉到汪铁锤点过他身上几处穴道，显然是汪铁锤手下留情，否则自己估计早就不能动弹了。这也算是汪铁锤给他留了点面子吧。

场外几名武功高的教头已经看出了名堂，其中一名有些不服，正准备出场，被旁边的馆主金大拉住了。

金大就是金老爷子的长子，振威武馆的馆主和总教头。他已经看出汪铁锤武功非凡，摆明就是来踢馆的，看来得自己亲自出场了。

只见他端着个大烟袋走了过来，吸了口烟，说道：“少侠武艺高超，必定师出名门，不知是哪位江湖高人？”

汪铁锤看出来这个人就是金大，否则不可能在两名教头被打败的情况下，还能这么镇定自如。

汪铁锤冷冷一笑，说道：“出招吧。”

他不想与这些人费口舌，何况他就是来找碴的，怎么能真的说出师父名号呢。

金大有点尴尬，本来他想按照江湖规矩来个相互自报家门，没想到汪铁锤直接就让他出招。

他又深深吸了一口烟，然后把烟杆递给旁边的弟子。

汪铁锤冷眼见金大运气完毕，然后说了一句："请!"

没想到，金大居然也向他做了个先出招的手势："你请!"

汪铁锤二话没说，出手一招"长虹贯日"，猛烈地向金大扑去。

金大忙一招"披云戴月"躲避。

两人大战起来，你攻我守，到了二十招的时候，汪铁锤已经把金大的武功摸得一清二楚。金大属于练硬功的，招招威猛，刚劲有力，虽然汪铁锤的硬功在他之上，但两人硬碰硬，只会让双方都吃亏。所以，汪铁锤使用的就是以柔克刚，四两拨千斤。金大犹如猛虎下山，汪铁锤却身轻如燕，轻易地化解金大的每一个攻势。三十招过去，金大内心有些小紧张，他居然还没看出汪铁锤出自何门何派，而自己却被汪铁锤在天池穴点了一下，虽然没有用力，但已经暗示他了。他又有不甘，再出招，汪铁锤飞速转到他的身后，随后感觉神道穴一麻。他又中招了。没想到汪铁锤的手法这么迅猛，所幸汪铁锤只是微微用力，连一成功力都没用，仅是给他警告而已。

金大知趣地退后三步，红着脸，双手抱拳："惭愧惭愧，多谢少侠手下留情。"

汪铁锤微微一笑，也双手抱拳还礼："承让！看来我得去振远武馆看看了。"

说完，汪铁锤就径直往外走，周围的武馆弟子纷纷让开一条道。他们今天算是开了眼界，来了个高手轻轻松松就把馆长给打败了。

"快从后门去通报二爷，让他小心。"金大对身边的一名徒弟说。

"是。师父。"那名徒弟立即往后门跑去。

"过来。"金大又把一名弟子叫过来，"赶紧找人去查查这人是什么来头。"

振远武馆早已严阵以待，门口早已站了三四十个弟子，手持大刀。

汪铁锤走到振远武馆的门口，抬头看了看“振远武馆”金字招牌，笑了笑对门口的振远弟子说：“我刚从振威武馆过来，想与你们金二爷切磋武艺。”

“想找金二爷，先过了我们这一关。”一名领头弟子手持大刀毫不客气地说。

汪铁锤冷冷一笑：“在这外面打，不怕街上的人笑话你们振远武馆吗？”

“比武有什么可笑话的？”那名领头弟子说。

“我是说，你们被打输了，会让别人笑话你们无能。”汪铁锤不紧不慢地说。

“放肆！看招！”领头弟子举刀就向汪铁锤劈去。

汪铁锤轻轻一躲闪，右手往其胸前一指，领头弟子立即就不能动弹，被点穴了。

汪铁锤拍了拍袖子上的灰尘，说道：“我最讨厌这种不懂礼貌的人，对待客人大呼小叫。”

估计是汪铁锤的手法太快，把门口那些振远弟子都吓着了，见汪铁锤往里走，不由自主地让开了一条道。

武馆大门通向正厅的道上，两侧分别站着持刀弟子，正厅大门前面一把太师椅上坐着一名四十来岁的男子。

他就是金二，振远武馆的馆主。

金大擅长使拳，去振威武馆学艺的弟子都是为了学拳。金二擅长使刀，他的武馆就教授弟子刀法。金二的大刀，被立在一侧的一名弟子恭恭敬敬地用双手捧着。

“少侠，擅长使用什么兵器？”金二已经接到金大那边送来的消息，也不问他名号和师门，直接就问他用什么兵器。

汪铁锤的旁边摆着一排兵器架，十八般武器都有。汪铁锤走过去，拿起一把钢刀，用手挥舞了一下，感觉满意，对金二说：“既然金二馆主使用大刀，我也就用大刀吧。”

这口气很狂的。你擅长用什么兵器，我就用什么兵器来挑战你。这叫以其人之道还治其人之身。

金二看着汪铁锤手里握着刀，他右手伸开，旁边的弟子立即把大刀递给他。

“听说金二爷的‘九路龙虎斩’威震江湖，今天就请亮出来吧。”汪铁锤把钢刀横在胸前。

“狂妄的家伙！”金二手握大刀，双脚在地上用力一点，飞身向汪铁锤扑去，刀像猛虎一样裹着滚滚热浪直扑而去。

汪铁锤舞动钢刀巧妙化解金二的刀风，随后两人大战起来。

金二也是练硬功的，使用大刀虎虎生威，招招致命，汪铁锤因为还有别的任务，不想在此消耗体力，所以他仍然采取以柔克刚，手握精钢大刀，却又能做到刚中带柔，这在武功上确实需要很深的造诣。

汪铁锤劈向金二的刀是刚，而化开金二的刀是柔，刚柔相济，融会贯通，运用自如。

就这样两人大战了三十回合，金二的“九路龙虎斩”也都使完了，却没有占到汪铁锤的半点便宜，反而觉得汪铁锤在这场决斗中显得特别轻松。

“金二爷，‘九路龙虎斩’使完了，那就看看我的刀法吧。”汪铁锤跳出一丈远，把钢刀横在胸前，冷笑着对金二说道。

“九路龙虎斩”是金二的看家本领，没想到在三十招之内就被人轻易化解了。他知道自己真的是遇到高手了，在他所认知的整个武林估计很难找出两三个这么厉害的人物。

金二没有说话，他想看看汪铁锤是如何出招的。

汪铁锤环顾了四周，淡淡一笑，随后像一个笨小孩握着钢刀向他慢慢劈去。

金二一下子蒙了，这就是高手使招？

糟糕！他刚反应过来对方是大巧若拙，已经晚了，汪铁锤的刀在离他五步远时，居然连变六招向他扑去。每一招出现时，金二刚想去化解，结果立即变成了另外一招，就这样六招变完，汪铁锤的钢刀已经在离他胸口半寸远的地方停住了。

天下武功唯快不破！汪铁锤的刀法之快，让金二措手不及。

这是汪铁锤在挑战自己，他把自己发挥到最佳状态。

汪铁锤微微一笑，把刀收了回来，再恭恭敬敬地把刀放到兵器架上，二话没说，向武馆外面走去。

金二一直愣在那里，他实在没想到对方仅仅一招就把他给制服了，这是何等的高手，简直跟做梦一样。

“快，快去给金三爷报信，让他早做安排！”等到汪铁锤走出了大门，金二才回过神来，立即跟身边的人说，他猜这个神秘的年轻人下一个地方肯定是去金三家的振旦武馆。

旁边的一名弟子赶紧出门去报信。

汪铁锤并没有直接去金三的振旦武馆，而是直接回到了在水一方客栈。

奇怪的是，他从振远武馆出来一路上也不绕道，直奔在水一方客栈，路上居然没有人尾随。

汪铁锤回自己房间的时候，需要经过云裳的房间，他见四周无人，敲了敲门，问道：“回来了吗？”

“早就回来了。”云裳边开门边回答。

汪铁锤进了云裳的房间，此时云裳已经换上了女装。还真想不到，男装的云裳与女装的云裳区别非常大，若不仔细观察，很难看出来是同一个人。说是兄妹，倒有人可信。

“先说说你那边的情况。”汪铁锤坐下来就问。

云裳给他倒了杯茶，说道：“我的很简单，把募兵令给金老爷子看了，他说现在年纪大了，已经不问世外之事，等他抽个空与儿子徒弟商量一下，由他们来做主。”

“就这些？”汪铁锤问。

“是啊。很简单，我进去连茶水都没喝，就出来了。”云裳说，“言多必失嘛。金老爷子是老江湖，在他家待的时间越久就越容易被他发现我是女扮男装的。”

汪铁锤点了点头说：“他没问宝庆城的现状？”

云裳摇了摇头说：“没有。好像他对宝庆城的情况很清楚。我去找他，他也显得很正常，对募兵令一点都不觉得意外。”

汪铁锤说：“他的徒子徒孙遍布湖广，宝庆境内更不要说了，有任何风吹草动，都会有人告诉他。他明面上说要与儿子徒弟商量，由他们做主，实际上他就是在拖延时间，再权衡朝廷与吴三桂哪个靠山更硬。”

“你那边的情况如何？”云裳问道。

汪铁锤淡淡一笑：“去了金大的振威武馆和金二的振远武馆，打了几架，他们武功还可以，那些弟子都还是有些基本功的，上阵杀敌没问题。”

云裳了解汪铁锤，他不喜欢把自己比武的事情天花乱坠说一遍，即使是再难的决斗，从他嘴里说出来也是轻描淡写。

“下一步怎么办？”云裳问。

汪铁锤说：“别急。我心里有数。今晚我们就让店小二把酒菜送到房间来吃吧，免得在下面被人认出。”

云裳点了点头：“天黑之后，你再去那边看看。”

云裳边说边指了指天字一号房，汪铁锤明白云裳的意思，就是再去偷听，看还能得到什么消息。

振旦武馆接到振远武馆的消息之后，立即严阵以待，可是等到深夜都没有见汪铁锤来。为了给自己兄弟撑腰，金大和金二也都过来了。

第二天，天刚亮，振远武馆按照往常的惯例，弟子们仍然早起练功。金家三兄弟却一晚上没有睡好，担心汪铁锤半夜过来。芙夷镇太平了上百年，即使明末战乱和清军入关都没有影响芙夷镇的太平生活。大家像世外桃源一般过着安逸的日子，到处林立的武馆好像与整个世道毫无关系，唯一的关系就是开馆收徒，不管来自何方，只要想来学武，一律欢迎，弟子艺满离开是从军经商还是闯荡江湖，与芙夷镇都没有任何关系。

没有外人来挑战的日子过得太长了点，汪铁锤在一个下午踢了两个武馆，不由得让金家三兄弟心有余悸。

他们终于等来了汪铁锤，还是昨天那身打扮，汪铁锤来到振旦武馆的门口，非常客气地说："我是来找你们金三爷的。"

守门的弟子不敢怠慢，赶紧跑到厅堂去向金三爷禀报。

金三爷正与两位兄长在喝茶，听到守门弟子禀报，立即拿起靠在墙上的双枪，对弟子说："让他进来！"

汪铁锤走进振旦武馆，两旁平地上练功的弟子立即停住手脚，金三拿着双枪，威风凛凛地看着远处走过来的汪铁锤。

这是一对通体纯精钢打造的短枪，是金三最擅长的兵器。

汪铁锤在一丈远停了下来，看着金家三兄弟，双手抱拳，非常客气地说："在下江湖无名小卒向金家三位长辈请安。"

金大率先开口说话："这位朋友，为何要向我们挑战？"

汪铁锤微微一笑："金大馆主，开武馆就得接受别人的挑战，这是自古就有的规矩。更何况我并不是来挑战你们的，只是切磋武艺。"

金二插嘴道："挑战与切磋武艺有什么区别？"

汪铁锤仍然笑着说："与高手对决才叫挑战。"

言下之意就是你们不是高手，是没有资格用"挑战"这个词的。

金三冷冷一笑，说道："那就让你看看什么是高手吧。"

说完，他就舞动双枪犹如双龙出海，直向汪铁锤的面门扑去。

金三有点不地道，见汪铁锤赤手空拳，就直接杀来，非江湖好汉所为，显然他想在兵器上占些便宜。

汪铁锤的桃花剑放在云裳手里，自己是空手而来，见金三猛扑过来，汪铁锤一瞟不远处就有兵器架，正好有把长枪，只见他一个飞身躲过金三的进攻，快速蹿到兵器架旁，抄起长枪挡住了金三的再一次进攻。

两人大战起来。

这次汪铁锤不像之前与金大、金二切磋那样先守后攻，他见金三不懂江湖规矩，便舞动手中长枪分上中下三路连连进攻，招招攻势凶猛，金三只得处处防守，而汪铁锤每招都收放自如，都在快攻到金三身体时又立即撤回，弄得金三狼狈不堪。

十招下来，金三就处于下方，毫无招架之力。

汪铁锤把金三逼到台阶的栏杆边，对他冷笑着说："需要你两位兄长出手相助吗？"

金三看着汪铁锤，又气又恨，但又没办法，他看了看两位兄长，表情复杂难看。

汪铁锤已经了解金家三兄弟的武功，便笑着对金大和金二说："何不来场三英战吕布呢？"

汪铁锤说出这话其实是给金家三兄弟面子，若说你们三个一起上，那是在羞辱他们三兄弟无能，若说三英战吕布，这是《三国演义》里的经典之战，一直传为美谈。

金大和金二没想到汪铁锤居然让他们三个一起打，也顾不得多想，一起跳下来，手持兵器围攻汪铁锤。擅长使拳的金大手里拿着一把剑，金二拿着跟随他三四十年的大刀，金三手里的双枪在不停地变换着招式寻找进攻的机会。

汪铁锤既然叫他们三个人一起上，自然有必胜的把握，他也不等对方进攻，手中的长枪若长蛇出洞，猛攻而出。

周围的弟子都屏住了呼吸，这是他们进入武馆以来从未见过的大战，以前最多是见见金三馆主与其他馆主或总教头切磋一下武艺而已，哪里有这么激烈。

练武场的兵器打斗声相当刺耳。

十招，二十招，三十招。

对决停止在三十招，金三的双枪已经掉在地上，长枪指着他的咽喉，仅半寸远，旁边的金大、金二手里的兵器都已经掉在地上。

就三十招，金家三兄弟就败在了对方的手下。

汪铁锤收枪，然后双手抱拳，客气地说："承让!"

他的这个客气，让金三都感到羞愧，他是金家三兄弟中间自认为武功最高者，若不是父亲金老爷子阻挡，他当年还想持双枪游走江湖成为一代武侠，没想到自己真是井底之蛙，坐井观天了。

汪铁锤把长枪放到兵器架上，再向三人双手抱拳："告辞!"

"少侠，请留步!"金大瞬间回过神来。

汪铁锤看着他笑了笑，等他说话。

金大说："我们金家三兄弟孤陋寡闻，让少侠笑话了，望少侠能赐尊姓大名。"

汪铁锤仍然面带微笑，说道："明天你们就知道了。"

随后，汪铁锤走出了振旦武馆，留下一群看着他背影发呆的人。

汪铁锤回到了在水一方客栈，在门口正好遇到吴三桂的招安使者出门。

云裳女扮男装也正准备跟着出去。他假装什么都不知道一样，径直回到了自己的房间。

昨晚，他与云裳已经商定，今天由云裳跟踪吴三桂的人，看他们今天有什么动静。

吴三桂的四名招安使者并没有什么武功，算是略通文墨的文人而已，吴三桂认为招安金老爷子这样的人，应该派这种能说会道的文人能更打动金老爷子。

当四名招安使者走进金宅时，气氛已经完全不对，院内数十名弟子手持刀枪。

金老爷子居中而坐，两旁分别坐着他三个儿子和五个爱徒。

招安使者刚走进厅堂，金老爷子就很不高兴地说：“刘大人，你们到底是唱的哪曲戏？有必要去犬子武馆捣乱吗？”

四名招安使者的领头者姓刘，刘使者听金老爷子这样一问，顿时云里雾里。

原来，金大和金二在昨日被汪铁锤打败之后，并没有禀报给金老爷子，直到今日金三也被汪铁锤打败，他们就觉得对方此行目的非同寻常，便立即联络其他人等到金老爷子这里商议。

没想到，他们刚进来把事情说完，刘使者等人就进来了。

金老爷子听了自己三个儿子说了这么窝囊事，气都不打一处，正想细问，刘使者已经进来，金老爷子猛然想起，这会不会是吴三桂使用左手权钱右手刀枪的手段？是不是在暗示金老爷子，听话就有侯爷爵位和大把赏银，不听话就踏平武馆。

刘使者等人愣在那里，不知道金老爷子在唱哪一曲，便问：“金老爷子，不知何事让您如此动怒？”

“哼！明知故问。”金老爷子有点吹胡子瞪眼睛，问道，“我问你，你们这次一行来了几个人？”

刘使者看了看另外三个同行者，伸出右手四个手指，说道：“四个，就我们这四个。”

“真的就你们四个？没有一个年轻的乡下小伙子同行？”金老爷子问道。

“乡下小伙子？”刘使者笑着说，“金老爷子真会开玩笑，我等是大周朝廷的使者，都是有身份地位的人，怎么能与乡下小伙子一起来呢？此行是秘密任务，我们来时一路小心，知晓者并不多。”

金老爷子见刘使者说话诚恳，不像是打马虎眼，便看了看他三个儿子，觉得可能真是误会了。

金老爷子再次问道：“刘使者确定没有派人去犬子武馆捣乱？确定没有记错？”

刘使者说道：“我们哪里有这本事去捣乱啊。就是你老爷子借我一百个胆，我们也不敢去的。”

金老爷子见刘使者这样说，便请四位就座。

刘使者坐下后，还没来得及喝口茶，问道：“择日不如撞日，今日老爷子全家都在，何不把归顺我大周朝廷的事情给定了呢？”

金老爷子端起茶杯慢慢地喝了一口茶，说道：“芙夷镇穷乡僻壤，我们这些人也无德无能，又无功劳，就这样归顺大周朝廷，一没有脸面与那些驰骋沙场的将军们见面，二也无法报答大周皇帝。”

刘使者见金老爷子说着冠冕堂皇的话，忙说：“金老爷子和家人能保障一方安宁，为大周培养上阵杀敌的将士，已是很大的功绩。大周皇帝还说将颁发圣旨昭告天下，让中原英豪都以金老爷子为榜样。”

金老爷子微微一笑，吴三桂真会下棋。一顶侯爷帽子就能让金老爷子臣服，其他各地英豪为了权势，必定会有不少人会纷纷效仿金老爷子而投靠吴三桂。

“这样吧，刘大人你们先回客栈休息，我与他们几个商议一下，明天我再给您答复。”金老爷子说。

“老爷子，现在各地战事紧张，我们还是早点定下此事为好。这是我们四个在大周皇帝登基以来第一次外出公差，若耽误时间太长，实在不好交代啊。”

金老爷子还想见见宝庆府派来的云裳，便说：“明天一定会给各位大人一个答复。”

金老爷子说完就端着茶杯喝茶，刘使者见金老爷子态度坚决，也不敢得罪，就只得退出。

“你们查清楚那个乡下小子住哪个客栈了吗？”金老爷子问。

“与这几个使者一样，就住在水一方客栈。”金大说。

“还没查到这个人的背景？”金老爷子问。

“还没有。”金大说，“已经派人去宝庆城打听了。”

“盯着他，看他与什么人往来。”金老爷子说。

正聊着，一名守门人匆匆跑了进来，递给金老爷子一张纸条，上面写着“万圣武馆”。

“万圣武馆？什么意思？”金老爷子问，“什么人送来的？”

“回老爷，是个七八岁的小孩送来的。”守门人答道。

“难道那个人要去万圣武馆？”金三猛然反应过来。

“万圣武馆是唐老爷子一手创立，里面高手不少，但不一定是那人的对手。”金大说。

“唐老爷子的太极八卦掌可是威震江湖，若他出面，应该能对付得了。”金二说。

万圣武馆是芙夷镇有名的太极武馆，馆主唐老爷子与金老爷子从小就是把兄弟，两人当年还一起闯荡过江湖。

“我们现在立即赶往万圣武馆。”金老爷子说完站起来就往外面走，他太想看看这个神秘的年轻人了。

金家三兄弟和银姓五人一起跟着金老爷子匆匆往万圣武馆走去。

金宅在镇东头，而万圣武馆在镇西头，镇子并不是很大，他们也不常外出，所以不习惯骑马，而是步行。

金老爷子九人走到万圣武馆时，唐老爷子正独自坐在凉亭喝茶。

“唐老弟。”金老爷子远远就跟他打招呼。

“金老兄。”唐老爷子忙请金老爷子与他对坐在凉亭正中的石桌上，金大等八人或坐在凉亭四周的凳子上或站立着。

“刚才有没有一个人来找你？”金老爷子问。

唐老爷了点了点头，叹了口气，说道：“长江后浪推前浪，转眼才多少年，江湖上居然出现了如此高手。”

金老爷子问道：“是不是一个乡下打扮的年轻人？你已经与他交过手了？”

唐老爷子点了点头，说道：“他只与我做了一下推手。”

金老爷子吃了一惊，问道：“仅仅是推手？”

唐老爷子环顾了一下金大几个人，指着金老爷子坐的那个位子，说道：“他当时就坐在这里，我与他对坐着，他伸出双手，我也伸出双手，就这样推了几招，他就起身走了。”

“情况如何？”金三问道。

“长江后浪推前浪，你说情况会如何？”唐老爷子苦笑道，“总共推了十招，他就已经知道了我的内力，他也让我知道了他的内力，只要二十招我肯定会落入下风。”

“这到底是什么人？怎么从来没有听说过。”金老爷子说道。

“只做了下推手，没看出其招式，估计是他不想让我看出来历。”唐老爷子说，“对了，你们怎么这么巧赶过来？”

“有个小孩送信到我那里。我就匆匆赶过来的。”金老爷子说，“金大他们三兄弟与那人交过手，都没打赢。”

唐老爷子摇了摇头说：“估计他们八个都不一定打得过。”

“不会吧，老爷子。您也太长别人志气了。”银大听了表示不服。

金老爷子见银大口气不恭敬，向他横了一眼，银大老实地闭上了嘴。他们心里觉得憋屈，这是个什么人物？几个推手就让平时霸气十足的唐老爷子折服了。

“等你遇到他时就知道了。”唐老爷子淡淡说道。

“他下一步会去哪里？”金老爷子自言自语道。

“我看他可能会去金宅找你。”唐老爷子说。

金老爷子捋了捋发白的胡须，说道：“我还真想会会他。”

从与金大、金二、金三到唐老爷子的交手，可以看出这个乡下小伙子没有恶意，每次都点到为止，还会给对方留有颜面。金老爷子越想越按捺不住，想见见这个小伙子，英雄少年，有此武德实属难得。只是，他这样做到底有什么目的呢？金老爷子不由得陷入了沉思。

过了半晌，金老爷子对金大等人说：“你们都散了吧，回自己馆里去。我与你们唐叔聊会儿天。”

金大等人知道老爷子要与唐老爷子谈点私事，便一一告辞离开。

汪铁锤从万圣武馆出来之后，又回到了在水一方客栈，他独自一个人坐在房间里喝茶。云裳跟踪吴三桂四名招安使者一路到了金宅，又一路回到了在水一方客栈。

“金老爷子明天上午给他们答复？”汪铁锤听完云裳简要地说完情况之后，觉得该是时候了。

云裳说：“我要不要单独去趟金宅，再问问老爷子？”

汪铁锤说：“不。我们今天哪里也不要去，金老爷子会派人来找你的。”

“他会主动联系我？”云裳疑惑道。

“他最初怀疑我是吴三桂的人，到了今天下午，他应该就会从各种途径得知我真正的身份。”汪铁锤说，“宝庆就这么大，他徒子徒孙到处都有，打听个消息应该很快的。”

“他要是问我了，我该怎么回答？”云裳问。

“你就说不知道，反正是知府大人另外给我安排了任务。具体是什么不清楚。”汪铁锤说。

“这样说他会相信吗？”云裳担心地说。

“管他呢，你就这样讲就是，信不信随他。”汪铁锤说。

果然，不到一个时辰，店小二上来敲云裳的门，说金管家在楼下，请云大人去一趟金宅。

云裳此时早已女扮男装恭候多时了，便随着店小二下楼。金管家与金老爷子同族，跟随金老爷子有三四十年了，听说武功也不弱。

客栈门口停着一顶轿子，是金管家带来给云裳坐的。

云裳也不客气，就坐了上去，金管家在旁边跟着，也没多久就到了金宅。

“向金老爷子请安。”云裳双手抱拳向坐在厅堂中间的金老爷子问安。

“云大人请上坐。”金老爷子客气道。

“听说这次云大人来芙夷镇不是一个人，而是另外有人陪同，可有此事？”待云裳落座之后，金老爷子问道。

“金老爷子消息真灵通，是汪铁锤将军陪我一道过来的。”云裳说道。

金老爷子没想到云裳这么主动地说出来，本来还以为云裳会找个什么借口呢。

“请问就是那位打败南霸天、刺杀吴三桂、大破八卦阵的英雄少年汪铁锤吗？”金老爷子问道。

“正是他。他现在是宝庆兵营黑衣军的指挥。”云裳说。

消息果然可靠，那人真是汪铁锤，难怪武功那么高，便故意问道：“那么汪少侠汪将军为何不来寒舍一聚？”

“我和汪将军出发之前是各自领有知府曾大人的任务，两人到了芙夷镇是各自行动。”如何回答，云裳早就准备好了。

“云大人知道汪将军住在哪个客栈吗？”金老爷子又问道。

“他跟我一样，就住在水一方客栈。”云裳如实回答，因为金老爷子既然知道了汪铁锤来芙夷镇，住什么地方肯定也一清二楚了，没有必要隐瞒。

“汪将军没有告诉云大人，他这两天在做什么事吗？”金老爷子问道。

“金老爷子说笑了，这是知府曾大人密令的事情，一我不会问，二他也不会说。”云裳说道。

金老爷子慢慢捋了捋胡子，接着说道：“云大人从八角寨到宝庆城有一阵了吧。”

云裳暗暗吃惊，这老头还真厉害，连她的底细都知道了，便故作镇定地说：“快一年了。金老爷子虽闲居芙夷镇，闻知天下事。看来曾大人请金老爷子出山真是非常英明。”

金老爷子见云裳毫无吃惊的样子，还夸了他一句，不由得略带微笑，谁都喜欢被人拍马屁。

云裳见金老爷子并没有什么埋怨之意，便趁机问：“不知金老爷子对募兵之事还需要考虑多久？如今宝庆城危机四伏，还望金老爷子能振臂高呼匡扶天下。”

“云大人过奖了，老夫只是一介布衣，犬子们仅靠开武馆混口饭吃，匡扶天下之大事尚无鸿鹄之志啊。”金老爷子谦虚地说。

云裳笑着说：“金老爷子谦虚了，拯救苍生、匡扶天下、保境安民这些大道理您比我懂得多，若金老爷子觉得时间太仓促，我可以再等等。”

金老爷子笑着说：“我会与犬子们商议的。”

云裳站起来抱拳施礼：“我明日上午再来贵府，望金老爷子能给我一个答复，便于晚辈早点回宝庆城向曾大人交差。”

金老爷子也站了起来，双手抱拳，说了句：“不送。”

“气死我了。这老头什么意思。说话让人捉摸不透。”云裳回到客栈对汪铁锤抱怨道。

听了云裳简单地把在金宅的情况说了之后，汪铁锤安慰道：“别急，他们这种老江湖的人，总是喜欢权衡利益得失。他是在观察最后的胜利者到底是康熙皇帝还是吴三桂。金家上下一百多号人，芙夷镇武馆三五千弟子，他得为这些人的将来考虑。稍有不慎，全都会人头落地。”

“要是他明天真的不答应募兵怎么办？”云裳问道。

汪铁锤微微一笑，说道：“他不答应也得答应。我们只要这样做就行。”

说完，汪铁锤对着云裳耳语了几句，云裳听了连连点头。

“咚咚咚……”

在水一方客栈的天字一号房响起了敲门声，刘使者正与另外三名使者在房间下棋。

“客官，快开门，我是店小二，有人让我捎信给你。”店小二在外面答道。

“这么晚了，什么事情？”刘使者打开门。

店小二把一封信交给他，说道：“有人把信送到楼下，让我务必亲自交给你。”

“劳烦小二哥了，这两个铜板拿去喝茶吧。”刘使者接过信，从怀里掏出几个铜板赏给店小二。

“谢谢客官。”店小二双手接过钱，就离开了。

“什么人这么晚还送什么信。”刘使者边说边拆开信封。

信纸上写着一句话：“速离开芙夷镇，金已投靠朝廷，今晚将捉拿你们去立功。”

刘使者把信给另外三人传阅，说道：“我们赶紧收拾东西。”

“没想到金老头想抓我们去立功，难怪总是拖来拖去，肯定是在与宝庆那边勾结。”另一名使者说。

四人正在收拾东西，楼下就传来说话声：“小二哥，麻烦你带路，我是金宅的人，去请天字一号房的客人。”

“这么快？！”四人面面相觑，“赶紧跑！”

刘使者赶紧把窗户推开，制造从外面逃出去的假象，随后四个人趁着夜色悄悄地往走廊另一头走去。

这时，汪铁锤拉开门，向四个人招了招手，四个人想都没想就闪了进来。

“这几个朋友，你们怎么啦？”汪铁锤问道。

“嘘——”刘使者忙伸出右手食指放在嘴唇上轻轻提示汪铁锤别出声。

跟着店小二上楼的有五六个人，为首的是金宅管家，都带着刀剑。店小二一手拎着灯笼，一手敲门，刚敲一声，发现门是虚掩的。

进去看了一圈，发现没人。

店小二说：“刚才还在呢。”

“从窗户跑了。赶紧追。”金管家忙带着那几个人跑下了楼。

汪铁锤和刘使者几个人透过门缝看得清清楚楚。

见金管家等人走了，刘使者四人长长舒了口气，估计刚才吓得连大气都不敢出。

“谢谢这个公子，在下告辞。”刘使者见金管家等人走远，就向汪铁锤告辞。

汪铁锤说：“举手之劳，你们出去的时候一定要小心，以免再遇到他们。”

“多谢多谢。”说完刘使者等人都离开了汪铁锤房间。

第二天。金宅。

金老爷子，唐老爷子，还有金家三兄弟、银姓五徒弟都在厅堂里坐着。

汪铁锤和云裳走进了金宅大门。云裳今日仍然女扮男装，但汪铁锤却不再是乡下小伙子的穿着，而是一身很得体的行头。

当汪铁锤刚跨进厅堂大门时，坐在里面的金家三兄弟“唰”地都站了起来，正在喝茶的唐老爷子在见到汪铁锤的一刹那也愣住了。

金老爷子忙摆手制止三个儿子。

“向金老爷子请安，晚辈汪铁锤。”汪铁锤向金老爷子施礼。

“汪将军年轻有为，武功盖世，令老夫钦佩不已。”金老爷子说。

“过奖过奖。”汪铁锤谦虚地说。

“昨晚我的四位客人是不是被汪将军送出了芙夷镇？”金老爷子问道。

汪铁锤微笑着说：“吴三桂乃反贼，金老爷子还是不要把他的属下当成客人为好。”

金老爷子说：“汪将军能不能说说，那四个人是如何听从你的安排不辞而别了呢？”

汪铁锤看了看云裳，说道：“也没什么，我就让店小二给他们送了一封信，说有人要杀他们。再请云裳给你们送了一封信，告诉你们有人要杀他们。"

金老爷子冷笑道:"汪将军好计谋,刘使者等人必定认为我要杀他们向清廷邀功,而我们为了他们安全就派人前去保护他们,结果被他们误会是去杀他们的。于是他们就设法逃走。为了让他们顺利离开芙夷镇,汪将军应该也暗中一路保护他们,直到认为安全为止。"

汪铁锤笑着说:"金老爷子果然英明,我不保护他们,他们怎么能顺利地把你们与朝廷一心抗敌的决心禀告吴三桂呢?"

原来,昨天晚上汪铁锤与云裳商议,他给了店小二一两银子送信到天字一号房,告诉刘使者,金老爷子要捉拿他们向朝廷邀功;同时,让云裳潜入金宅把有人要杀害刘使者的消息,用纸团扔进了金宅厅堂,金老爷子看到纸团之后,立即安排金管家带人前去在水一方客栈,想把刘使者等人接到金宅保护起来。谁知,刘使者见到金管家带着人来客栈,以为是来捉拿他们的。汪铁锤借机让他们躲过了金管家等人,并暗中保护他们离开芙夷镇。刘使者等人快马加鞭逃往衡州城,估计这个时候已经到了衡州,把金老爷子要杀他们的事情都已经跟吴三桂说了。汪铁锤的这一招彻底切断了金老爷子想投靠吴三桂的路。

"汪将军其实只需使用这招就可以了,为何还要到武馆去呢?岂不让我们之间增加矛盾吗?"金老爷子盯着汪铁锤说道。

汪铁锤微微一笑:"老爷子言重了,我去武馆仅仅是切磋技艺而已,芙夷镇作为我们宝庆最多的武馆聚集地,历年来也不乏江湖高人前来比武会友,我汪铁锤也是来以武会友的。"

"有你这样以武会友的吗?"金老爷子说,"汪将军是想提前给我们一个下马威,警示我金老头,若不遵守募兵令是不是就得采取非常手段了?"

"哈哈——"汪铁锤大笑道,"老爷子真幽默。保境安民是您老人家一直以来坚守的原则。天下本已安定,吴三桂却心存二心,常年向朝廷伸手要钱,您可知道,朝廷每年的赋税有一半给了'三藩'。吴三桂为首的'三藩'不思皇恩,不怜百姓,招兵买马,举旗谋逆,所谓恢复汉室，实则是为了让他自己坐上龙椅。如今，在湖南战场僵持数年，毫无进展，为了实现自己的皇帝梦，匆匆登基称帝，您不觉得他很可笑吗？”

汪铁锤环顾四周，继续说道：“吴三桂年事已高，身体有伤时有发作，他如今尚有一口气，帐下武将听其调遣，若他双脚一蹬离开人世，后继无人，他的数十万大军必定相互争斗，离灭亡还会远吗？若老爷子您选择归顺于他，能保几日？”

金老爷子听汪铁锤这么一说，脸上怒意微微收敛，他是认可汪铁锤所说的，他也明白汪铁锤去武馆切磋武艺的真实目的，就是对他们的警告，让他们清楚认识当前局面。

“听说汪将军在三十招之内就打败了三位犬子，真的很想目睹一下。”金老爷子笑着说道。

“当今大丈夫立世，不在于武功之高低，而在于为社稷贡献之大小。”汪铁锤说，“我与三位馆主也只是切磋一下玩玩而已，不可当真。”

“这样吧，汪将军，银大五人既是我弟子也是我收养的义子，他们多少有点功夫，听说你与三位犬子切磋了，他们也想向你讨教几招，不知肯否？”金老爷子指着银大五人说道。

看来不亮几招，难以让这些人心服，更重要的一点是江湖上汪铁锤的武功传得纷纷扬扬，金老爷子也想见识一下。

汪铁锤笑着对金老爷子说：“既然老爷子这么感兴趣，那我就与各位馆主耍几招玩玩，点到为止。”

“好！”银大说着拿起双钩就往外面走，其余几个也跟着走出去。

厅堂外面是金宅小院，平时金老爷子早晨在这里舞枪弄棒锻炼锻炼筋骨。

云裳把桃花剑递给汪铁锤，小声叮嘱道：“小心点。”

汪铁锤对她微微一笑，他觉得云裳在他身边，他感到特别幸福，尤其是云裳那双充满关切的眼神，让他的心感到无比舒畅。

银姓五人使用的兵器也都不一样，银大使用双钩，银二使用三节棍，银三使用长剑，银四使用软鞭，银五使用是一根铁棍。可见金老爷子真是十八般兵器样样精通，三个儿子和五个徒弟均使用不同兵器，而且都是由他授艺。

银姓五人在庭院里一直排开，眼睛盯着汪铁锤。

一对五，金老爷子也真够意思。汪铁锤淡淡一笑，把桃花剑握在手心，横着对着银姓五人。

“汪将军手中的可是桃花剑？”金老爷子问道。

“正是。”汪铁锤面带微笑，眼如冷箭。他决定拿出十成功夫来对付这五个人，采取速战速决的手段，彻底镇住金老爷子。

所有人都看着汪铁锤手中的剑，想看他如何出招。

汪铁锤手握宝剑一动不动，虽然说先发制人，但是他更喜欢后发制人。他在等银姓五人先出招，他要从他们出招的瞬间看出谁的武功相对弱些。在一对多的情况下，解决对手的最佳方式就是先弱后强。

两方就这样紧盯着对方，终于，银大耐不住了，挥着双钩杀了过来，另外四个也一起杀来。

汪铁锤缓缓地拔出桃花剑，待银大离他尚有十步远时，他把剑鞘迎着银大双腿掷去。银大没想到汪铁锤玩这一招，一般江湖打斗，都是把剑鞘掷到地上，或者更潇洒地用力一甩插在树上，或者拿在手里用来抵挡对方的兵器。银大只得躲闪，也正是这一躲闪，自己由攻势变成了守势。

汪铁锤的剑不快不慢正好向银大刺去，银大慌忙用手中双钩来挡，而桃花剑却快速变招，刺向攻来的银三。

大战开始，对方虽然有五人，但是手持兵器不一样，远近距离就有了区别，并不合适团队作战，比如银四的软鞭在进攻的时候还需要顾及周围自家兄弟，于是他们或多或少就露出了破绽，而汪铁锤正好可以利用这些破绽进攻。

三十招。

又是停留在三十招。银大的辫子散开；银二的三节棍被击落；银三的衣服被划了一刀，但并未伤到皮肤；银四和银五也都分别被点穴。

“啪啪啪！”

金老爷子不由得鼓起掌来，说道：“果然不同凡响。汪将军的‘十二路踏雪无痕’真是令我大开眼界。”

居然认识“十二路踏雪无痕”？这是汪二老爷当年在关外参悟出来的剑术。

汪铁锤把剑倒提，双手抱拳，向银大五人说道：“承让！”

金老爷子笑着说：“请问汪天赐是汪将军什么人？”

“晚辈的师父，也是家族的二老爷。”汪铁锤说。

“名师出高徒。我们输得心服口服。”金老爷子很诚恳地说道。

“原来金老爷子与二老爷是故人？”汪铁锤问。

金老爷子笑着说：“有一面之缘，今日又见其高徒绝技，真是三生有幸。”

旁边的唐老爷子也连连点头，金大等人见老爷子这样说了，也都无话可说。

云裳帮汪铁锤把剑鞘捡起，递给他，汪铁锤微笑着把剑收入剑鞘，再把剑递给云裳。

“汪将军，既然如此，我们之间就不需要太多客套了，今天下午我就让芙夷镇各武馆选送弟子前来入伍，明日就随你回宝庆城。”金老爷子爽快地说道。

“多谢金老爷子！”汪铁锤和云裳一起抱拳施礼。

宝庆城，宝庆兵营。

“启禀知府大人，目前已经新增兵力一万余人，其中芙夷镇三千五百人，夷江镇和八角寨三千人，黄金岭一千人，其他各乡镇总共有近三千人。”汪铁锤边向宝庆知府曾大人禀报募兵情况，边把一本花名册递上去。

“非常好！你们这一趟短短数日就能募兵万名，且都是会拳脚功夫的，定能以一敌十，你和王武将军这几日跟他们讲讲基本的作战技巧，三日后我们就出兵衡州，直捣吴三桂老巢。”曾大人非常欣赏汪铁锤的办事能力。

三日后，宝庆知府曾青溪亲自率兵两万进攻衡州，由于宝庆兵力攻城凶猛，吴三桂只得从岳州调遣部分兵力回援。湖广总督蔡毓荣乘机率兵五万从荆州出发进攻岳州，攻破叛军北线防线，击败吴三桂侄儿吴应期，重新夺回岳州，把叛军死死阻挡在长江以南。

宝庆兵出征衡州为朝廷平定叛乱起到了决定性作用，为战局迎来了转折，清军在长江以南战场正式进入了全面大反攻阶段。

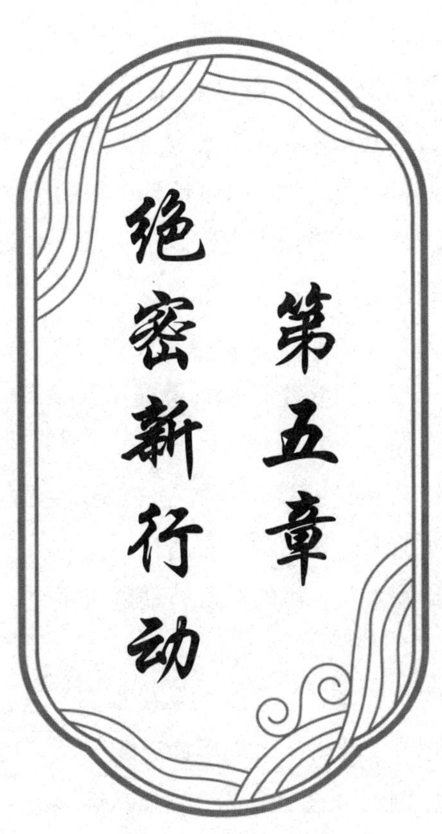

第五章 绝密新行动

湖广总督蔡毓荣大人制订了一项绝密军事行动计划，但需要广东清军一起行动方能成功。身在岳州的蔡大人决定把这个任务交给宝庆府知府曾大人来完成。

此时的汪铁锤因招募义军偷袭衡州，为蔡大人夺取岳州创造了条件，立下了大功，已经被蔡大人亲自接见，并授予游击一职。

曾大人得到这份计划之时，送军情到广东的消息被总督府的内奸传了出去，吴三桂军队已经派了人在路上拦截，企图获取清军军事情报。湖南和广东两省境内，不少地方都已经被叛军占领，要把军事计划送到广东清军大营，就必须穿越叛军占领的地方。

曾大人考虑再三，决定把这份任务交给汪铁锤。

上次去芙夷镇募兵是云裳一直陪在汪铁锤左右，伍莲花吃了满肚子的醋，这次行动她无论如何都要跟着汪铁锤走。汪铁锤与她从小青梅竹马，也不想让她生气，虽然此次行动危机重重，但他还是答应带她一起去广东。

汪铁锤正在收拾行李，云裳匆匆从外面跑了进来。

“铁锤，不好了。傲雪从大牢里面逃跑了。”云裳非常焦急地说。

“傲雪逃了？她怎么逃出去的？”汪铁锤不由得一惊。傲雪不仅轻功高，武功也非常高，她要是逃了出去，后患无穷。

“她装生病，狱卒打开牢门去看时被她打晕，她换上衣服就混出了大牢。”云裳说。

“怎么能这么大意呢？傲雪武功非常高，当年她潜入兵营曾多次刺杀知府曾大人和主将王武将军，好不容易用计把她抓住，现在跑出去，非常不利。”汪铁锤脑海里不由得浮现出当时认识傲雪时的场景。

当年，汪铁锤奉命去叛军永州兵营刺杀吴三桂，暴露行踪之后，傲雪用苦肉计把他救出大营获得了他的信任。傲雪进入宝庆兵营之后，火烧军粮，用飞针差点杀死主将王武，又刺杀知府曾大人差点得手。后来察觉了傲雪的行踪，汪铁锤将计就计利用苗寨的“酥骨香”才制服住她。本来，曾大人准备把傲雪押送京城，因战事不断而耽搁，就一直把她关在铁牢，最初看押得非常严密，时间一长就松懈了。

“王武将军和唐副指挥已经带兵去追了。”云裳说。唐副指挥就是夷江镇唐家寨的唐寨主。

“她能逃出来，就很难抓住了。”汪铁锤说，“云裳，你留下来保护曾大人，我担心傲雪还会来刺杀曾大人。”

原来是计划云裳和伍莲花陪他一起去广州的。

“曾大人不是有黑衣军保护吗？”云裳说。汪铁锤从黑衣军里面挑选了三十名武功高的精兵作为曾大人的贴身卫队，处处保障知府曾大人的安全。

“有你保护我才更放心。”汪铁锤说，“我这一路你不用担心，我与莲花相互掩护，肯定能顺利把情报送到广州兵营。”

云裳见汪铁锤这样说，也为了让他没有后顾之忧，只得答应。其实，她的行李早已收拾好了，但保护知府曾大人的安全也至关重要。

汪铁锤与伍莲花经过乔装打扮离开了宝庆城，但是他们刚出城没多久，潜伏在宝庆城的叛军探子就已经飞鸽传书把消息送出去了。在汪铁锤和伍莲花前往广东的必经之路上已经有人在等着他。此人不是别人，正是吴三桂花高价从大理龙隐寺请来的和尚冷空。

冷空武功深不可测，吴三桂身边的“十八虎”仅在十招之内就被冷空赤手空拳打败。多地高手曾到龙隐寺找冷空切磋武艺，最后都被其打败，且都隐居江湖。冷空从未离开过大理，使得武林人士都以为他年纪很大，而实际上他仅三十多岁而已。

吴三桂被汪铁锤刺伤之后，回到云南养伤，为了除掉汪铁锤，费尽周折才说动冷空下山。

宝庆城六十里外，九龙岭。

冷空坐在一处凉亭里弹着古筝，声音清澈，如泉水流畅。

“莲花，此曲只应天上有，人间能得几回闻。等平了吴三桂，我回到黄金岭也焚香弹琴，过过这样的神仙生活。”汪铁锤指着远处的冷空对伍莲花说。

伍莲花开玩笑道：“难道你也想出家当个和尚？”

汪铁锤勒住马，笑着说：“没有哪座寺庙要我这个喜欢喝酒吃肉的人。”

“做个酒肉和尚也不错啊。济公不就是喝酒吃肉吗？照样普度众生。”伍莲花咯咯笑道。

汪铁锤看着伍莲花说道：“我要是真去做和尚，我爹娘不同意之外，有个人更加不乐意。”

“谁啊？”伍莲花瞪大眼睛问道。

汪铁锤故弄玄虚地说：“此人远在天边近在眼前。”

伍莲花脸一红，娇滴滴地说道：“讨厌。”

汪铁锤嘿嘿一笑，说道：“走吧。我们也到凉亭那里歇息一下，讨个琴谱。”

“你都没弹过琴，要琴谱干吗？”伍莲花边说边骑马跟在汪铁锤后面向凉亭走去。

“阿弥陀佛。”冷空弹完一曲，见汪铁锤和伍莲花牵马立在凉亭边听得入迷，便双手合十打了个招呼。

“阿弥陀佛。”汪铁锤双手合十，“大师琴声如高山流水，一时痴迷忘了路程。”

冷空左手做了个邀请的姿势：“施主请。”

汪铁锤和伍莲花把马拴在旁边的树上，走进了凉亭。

“请问施主从哪里来，要到哪里去？”冷空问道。

汪铁锤笑着说：“从来处来，到去处去。”

三人在凉亭中的石桌上坐下。

冷空说："施主年纪轻轻而慧根不浅，此乃佛缘。"

汪铁锤说："大师过奖，家母常年在家念佛，略闻菩提宝戒。听大师口音，不像是湖广人士。"

冷空说："贫僧来自大理龙隐寺。"

汪铁锤以前听二老爷提起过，说那里卧虎藏龙，便问道："不知大师与冷空大师是何关系？"

冷空双手合十，手上挽着一串佛珠，不急不慢地说道："贫僧法号冷空。"

啊？！

汪铁锤和伍莲花吃惊不小，眼前这个年龄不到中年的和尚竟然是赫赫有名的冷空？！太让人意外了。

汪铁锤忙施礼，说道："在下有眼无珠，冒撞大师了。久闻大师宝号，今日得见，真是三生有幸。"

"施主客气了。今日我是特意在这里等施主的。"冷空边用手摸着佛珠串边盯着汪铁锤说道。

汪铁锤瞬间感到冷空的眼睛里充满杀气，他不由得抓住伍莲花的手轻轻捏了一下。伍莲花内心不由得一颤，一种不祥的兆头涌了上来。

汪铁锤缓缓平静了一下内心，客气地问道："不知大师等在下有何贵干？"

冷空又把眼睛闭上，双手摸着佛珠，缓缓地说了一句："大周皇帝要贫僧向施主借样东西。"

吴三桂请来的？！

汪铁锤说道："不知是何物？"

"施主的项上人头。"冷空仍然保持刚才那姿势，说话的声音很轻，却让人不寒而栗。

冷空浑身上下散发着一股不可逾越的气势。

汪铁锤把右手放到剑柄上，盯着冷空："大师乃世外高人，为何要与反贼同流合污？”

冷空微微睁开眼睛，说道：“谁对谁错，贫僧无权裁决。出手吧！”

汪铁锤向伍莲花使了下眼色，要她赶紧离开，谁知莲花只是走到亭外，并没有走远。

汪铁锤只得缓缓拔出桃花剑，说道：“那就得罪了。”

他的话刚落音，两人同时出手，大打起来，冷空的兵器就是手里那串念珠。

汪铁锤使的是“十二路踏雪无痕”，剑花如雨，脚步如风。冷空一身素白僧袍速度之快令汪铁锤眼花缭乱。这是他遇到出招速度最快之人，即使是汪二老爷也不能及。

天下武功唯快不破。

冷空的快，像鬼怪！

十招过后，汪铁锤就感到自己不是他的对手，他第一次感到危机。

“莲花，快跑！”他知道自己打不过冷空，决定逃走，比武不是重点，重点是要把情报送到广东。他只要再撑十招，莲花就骑马跑远了，随后他再想法逃走。

谁知，“唰！”莲花拔出短剑向冷空刺去。她选择与汪铁锤一起对付敌人。

汪铁锤不由得暗暗叫苦，这个傻妹子，你这不是来添乱吗？别说你来帮忙，即使再来个汪铁锤也不是冷空的对手。

“你快走。”汪铁锤靠近她，向她喝道。

“我不。我要与你一起杀了这个秃驴！”伍莲花坚定地说。汪铁锤是她心爱之人，她怎么能让他一个人留在这里呢。

冷空站在对面，眼睛像秃鹫一样盯着两人，说道：“你们是跑不掉的。”

说完，只见他右手一挥，两个佛珠飞了出去，拴在树上的两匹马应声倒地。

非常强劲的内功！马被杀了，逃跑的机会小了。

汪铁锤自踏入江湖一来，首次感到了恐惧，这个冷空武功深不可测，这次真是凶多吉少了。

只有拼了！

汪铁锤向伍莲花点了一下头，两人一齐挺剑而出，分左右两路向冷空扑去。

冷空双手一挥，两颗佛珠向汪铁锤和伍莲花飞去。

“铿——”

汪铁锤迅速躲过了佛珠，伍莲花却用剑硬生生地挡住了飞来的佛珠，冷空的内力太强，震得虎口发麻，手中的剑差点都掉了。

三人大战起来。汪铁锤与伍莲花很默契地分左右两路或者上下两路进攻。

十招过后，伍莲花稍不留神，被冷空抓住了破绽，左肩被冷空拍了一掌。

“啊——”一口鲜血从莲花的口里喷出。

“莲花。”汪铁锤忙飞奔而去扶着差点倒下的莲花。

“没事。你快走。”伍莲花坚强地微微一笑，对汪铁锤说。再不走，两人都会命丧此地。她在如此境地之下，首先想到的是让汪铁锤先离开。

“不。”汪铁锤坚决地说，他不可能把伍莲花留在这里。

汪铁锤扶着伍莲花靠亭子坐下，他提着剑缓缓走向冷空。

“不要垂死挣扎了，没有用的。只要你把送往广东的军事行动计划交给我，再在我面前自杀，我一定不会难为这位女施主的。”冷空双手摸着佛珠串对汪铁锤说道。

“你做梦吧！”汪铁锤说完挥剑向冷空杀去，他使的是“十二式踏雪无痕”第十二式“飞雪连天”。

冷空手一扬，佛串瞬间变成了一件利器向汪铁锤扫去。

两人战了不到五个回合，汪铁锤从怀里掏出一个烟雾丸往地上一扔，瞬间烟雾猛升，汪铁锤抱着伍莲花就往树林里飞奔。

幸好，树林茂密，汪铁锤和伍莲花躲在一处草丛中，冷空在周围寻找了一遍没有发现就离开了。为了安全起见，汪铁锤背着伍莲花一直从树林小道奔跑，不敢走官道。

就这样，两人一连翻过了两座山，见冷空确实没有跟上，才停下来休息。

“铁锤，你的脸色怎么这么难看？”伍莲花坐在地上靠着树，见汪铁锤一副身负重伤的样子。

汪铁锤见伍莲花看出了端倪，便笑着故作轻松地说：“没事。一点小伤。胸口受了他一掌，刚开始没有什么感觉，这跑了一段路，觉得有点不舒服。”

伍莲花拉开汪铁锤的衣裳，只见他胸口有个红红的掌印。

“你快运功调养，否则就会伤及五脏六腑。”伍莲花焦急地说。

“好的。你也需要调养一下。我们休息半个时辰就下山去找个农户过夜，明天再出发。”汪铁锤说完就闭上双眼，盘腿坐在地上运功调养。

伍莲花盘上双腿，把双手平放在腿上，闭上双眼。

“哈哈哈——”

两人刚打坐还不到一炷香的功夫，冷空的笑声由远而近。

汪铁锤正准备起身，一颗佛珠弹点住了他的穴位，使他无法动弹。

冷空飞落在伍莲花身边，用手按着她的头顶，伍莲花只要稍微乱动一下就会命丧黄泉。

“汪铁锤，没想到你这么不经打，太让我失望了。”冷空对着汪铁锤冷笑道。

汪铁锤虽然不能动弹，但是眼睛却死死盯着冷空，他在想万全之策，武斗不行，只有智斗。

“冷空，我已经看出了你招式的破绽了，下次交手绝对能取胜你。”汪铁锤故意自信满满地说道。

“看出我的破绽？”冷空被汪铁锤这么一说，感到非常吃惊，这是他从未见人这么自信，他一生从未遇到对手，这次居然有人胆敢说发现他的破绽，他有种独孤求败的感觉，便问道，“破绽在哪里？你能打赢我？”

汪铁锤不屑一顾地说道：“如果我把破绽告诉你了，我还能有机会吗？”

冷空看了看他，又看了看伍莲花，面无表情地说：“好！我给你这个机会。明日午时，我在金鸡镇的关帝庙前等你。若你失约，我就杀了她。”

冷空说完就要押着伍莲花走。

“慢着，你不能带她走。”汪铁锤喝道。

冷空冷冷一笑：“你的穴位两个时辰就自动解开，今晚好好调伤，明日使出你的全部武功跟我好好地切磋一场。赢了我，你自己就可以带走她；输给我，我就送你们一起上路见阎王。”

冷空说完，就押着伍莲花离开。

“铁锤，你不要管我。”远处传来伍莲花的呼喊。

泪水从汪铁锤的眼内流了出来，莲花对他的关心胜过她自己。

宝庆知府曾大人正在府衙内办公，一个衙役打扮的人走了进来。

“你是谁？”门口的衙役觉得此人面生，便出手挡住去路。

曾大人为了防备刺客，守卫森严，他的府衙后堂仅几名贴身衙役才可进入，门口站有八名武功高强的衙役担任守卫。

“找曾大人。”来人边说边快速地掌击衙役的面门，两名衙役连躲闪的机会都没有，就一命呜呼了。

来人就是从铁牢里逃出来的傲雪，她乔装成衙役顺利地混进了知府府衙。

只见她快速拔出腰刀，挡开了另外衙役劈来的刀，再一个转身手中的刀捅进了就近一名衙役的肚子。

傲雪武功本来就很高，虽然说门口守卫的衙役武功也很高，但是与傲雪比就是小巫见大巫，仅几个回合，八个衙役都倒在地上，或死或伤。

只见傲雪手提腰刀瞪着怒眼向曾大人走去。曾大人用计把她关进铁牢，她在铁牢里无时不刻不在想如何把曾大人碎尸万段。

曾大人就坐在书桌前看着傲雪一步步向他走来，他确实失算了，没想到傲雪胆敢光天化日到府衙里面刺杀，更没想到所谓武功很高的衙役居然在傲雪面前不堪一击。

“曾大人，没想到还有今天吧。”傲雪手里的大刀让人不寒而栗。这是府衙的后堂，没有曾大人的命令前厅的人是不能进来的，加之傲雪的刀法太快，并没有出现很大的打斗声。傲雪穿着衙役服装，显得身材非常瘦小，但是在她眼里，坐在桌前的曾大人就像她手中的猎物。

“傲雪，没想到你至今还痴迷不悟。”曾大人想拖延时间。

傲雪冷冷地说：“靠使用‘酥骨香’这种下三烂的手段，你这堂堂的知府大人不怕人笑话？”

当时曾大人就是用“酥骨香”让傲雪浑身无力而轻易把她抓住的。

“你知道当时是如何在你茶杯里放入‘酥骨香’的吗？”曾大人故意问道。

“哼。我已经不需要知道这些。”傲雪冷笑道，“你想拖延时间，没门！”

傲雪说完，就向曾大人砍去。

说时迟那时快，窗外一把飞刀向傲雪飞来，傲雪忙侧身躲飞刀，一个身影穿窗而入，站在曾大人面前。

云裳来了。

云裳一直在暗中保护曾大人的安全。

两人打斗起来，云裳把傲雪引到了院内。此时，前厅的衙役见有刺客在后堂打斗起来，也没等曾大人命令，都拔刀冲了进来。

傲雪与云裳斗了十来个回合，见云裳武功与她不相上下，便找了机会施展轻功跃上屋顶逃走了。

云裳正想去追，曾大人忙叫住她："云裳，穷寇莫追，随她去吧。"

"曾大人，不能轻易放走她。"云裳说。

"她还会再来的。"曾大人看着屋顶说道。

两个时辰过去了，汪铁锤的穴道已经自动解开，他活动了一下筋骨，发现胸口还在痛着，见太阳已下山，他决定走出去找个农户人家或者镇里客栈休息。

他沿着小路往山下走着，忽然远处迎面走来两个人，他仔细一看，居然是夷江镇的李二狗和虎仔。破了八卦阵之后，汪铁锤虽然没有正式收二狗、虎仔、大牛和瘦猴等四个人为徒弟，但还是教了他们几个月的武功，因战事频繁，汪铁锤见他们年纪还小，为安全考虑，就让他们回夷江镇照顾家人。

"二狗，虎仔。"汪铁锤向他们招了招手。

二狗和虎仔一见是汪铁锤，没想到在这里遇上，忙兴奋地跑过来。

"铁锤大哥，你怎么在这里，还受了伤。"二狗走过来扶着汪铁锤，见汪铁锤面色难看，就知道世受伤不轻。

"遇到一个和尚，武功特别高。受了点内伤，吃点药，再用内功调养一下就好了。"汪铁锤说。

"什么和尚，武功这么高？"虎仔感到很惊讶，在他心目中，汪铁锤就是天下第一。

"吴三桂请来的大理和尚。"汪铁锤说，"你们怎么在这里？"

见汪铁锤问他们，二狗和虎仔两人挠了挠头，不好意思说。

"有什么保密的。说吧。不会责怪你们的。"汪铁锤说。

二狗说："我听说吴三桂在金鸡镇附近有个大粮仓，就想过来看看能不能有机会放把火。"

"你怎么知道的？"这消息汪铁锤也没听说过呢。

"有个来夷江镇的卖货郎无意中提起，所以我和虎仔就过来看看。"二狗说。

“大牛和猴子呢？”汪铁锤问道，他也关心这两个人。

“他们还在夷江镇，我们觉得人太多容易引起别人怀疑。”虎仔接过了话题。

“铁锤大哥，我扶着你走，这样你就会少费点劲，免得伤及内脏。”二狗边说边来搀扶着汪铁锤。汪铁锤笑了笑，没有反对。

“再走十里地，就是金鸡镇了，我们今晚到那里去过夜。”虎仔说，“我以前去过金鸡镇，对那边熟悉。”

一路上，汪铁锤把发生的事情从头到尾告诉了二狗和虎仔。当他们到了金鸡镇时，天色已晚，三人找了个客栈住下。

“二狗，你让店小二准备纸墨，我写个药方，你等下找间药铺抓点药来。”汪铁锤坐在床上。

“这里有纸笔，我来磨墨。”虎仔看到客栈的柜子里有几张纸和笔墨，就拿出来摆在桌子上。

“铁锤大哥，抓药需要银子的。”二狗边挠头边尴尬地说。他和虎仔兜里都没钱，所以只好转弯抹角地问汪铁锤是否带钱了。

汪铁锤明白二狗的意思，就笑着从怀里掏出一张银票递给他。

二狗接过一看，笑着说：“十两银子？！太多了吧，有没有碎银？”

汪铁锤说：“碎银放在包袱里，包袱放在马背上，马被冷空打死了，我和莲花逃走时没有顾得上取包袱。幸好把银票放在怀里，否则我们都要喝西北风。”

“墨磨好了。铁锤大哥，你来写方子吧。”虎仔站在一旁说道。

二狗把他扶到桌子边，汪铁锤边写边说：“算不上方子，就是买几味药，调理经脉。”

他写好后递给二狗：“问问店小二，药铺怎么走。顺道带些吃的回来，别把大家饿坏了。”

虎仔说：“没事。我不饿。”

汪铁锤笑着说：“可能吗？你这个最能吃的都不饿？我都已经饿

得不行了。”

二狗把方子塞进兜里，说道：“我马上就回来。”

说完就推门出去。

深夜，宝庆府衙。

知府曾青溪和主将王武正在商议军情，云裳走了进来。

“曾大人，请问找我过来有何要事？”云裳问道。

“云裳姑娘，按照我与铁锤的约定，他每到一个指定的地方时，就要飞鸽传书告知我。以行程计算，他早已穿过了宝庆边界，可是直到现在仍无消息。”曾大人说。

云裳问道：“曾大人的意思是铁锤有危险？”

曾大人点了点头：“所以我想请你辛苦一趟，明天凌晨你乔装出城，去寻找汪铁锤。”

云裳得知汪铁锤危险，非常着急，忙说：“我连夜出发去找他。”

“不用。”曾大人伸手制止，说道，“夜黑路远很危险，这几个镇是铁锤可能会经过的地方，你可到这些地方去寻找。”

曾大人说完就指着挂着墙上的一张地图跟云裳说。

云裳疑惑地问道：“曾大人，为何不直接把行动计划通过飞鸽传书送到广东呢？何必还让汪铁锤去冒此危险？”

曾大人笑了笑，看了看坐在一旁的王将军。

王将军会意道：“这次反攻吴三桂的行动计划非常重要，牵涉到方方面面的兵马调动，若通过飞鸽传书，在半途中很有可能被敌人诱捕了信鸽，获知行动计划，就可以将计就计让我们陷入被动，或者故意修改行动计划让我们与广东的军队不能行动统一。”

云裳恍然大悟，原来如此。

“云裳姑娘，你明天出城时一定要乔装，不要被外人发现。”曾大人说。

“王将军请多加派人手护卫曾大人的安全，傲雪可能随时还会再来。”云裳不放心曾大人的安危。

“云裳姑娘请放心，正好最近没有战事，我已经请芙夷镇的金家三兄弟回城护卫曾大人安全。”王将军说。

“既然如此，那我就放心了。”云裳说完就告辞离开。

汪铁锤来到关帝庙时，冷空早已经到了，伍莲花也在，被点了穴不能动弹。

由于战争的原因，关帝庙遭到了破坏，至今尚未修缮，也很少有人从这边经过。

汪铁锤拎着桃花剑站在离冷空一丈远的地方。

“汪铁锤，今天我看你如何胜我？”冷空一副高傲的样子。一个人武功太高，有种高处不胜寒的感觉，太寂寞了，太想找到一个能打赢他的对手了。

“莲花，你没事吧？”汪铁锤远远地问道。

“别问了。我点了她的穴道，不能说话。她的伤并不严重，死不了。”冷空不厌其烦地说道。

“冷空，接招！”汪铁锤不想跟冷空太多废话，拔剑就向他扑去。

冷空迎着汪铁锤飞跃而来。

大战开始。

汪铁锤并没有找到冷空的破绽，昨日他那样说，只是想寻找借口拖延时间而已。不过，昨晚通过不断回忆冷空与他交战时的招式，汪铁锤越来越掌握冷空出招的一些动作，虽然不敢说能击败冷空，但是能更好地反击冷空。

经过一个晚上的调养，汪铁锤的内伤已经康复，并不妨碍今天的打斗。

既然掌握了冷空的出招动作，汪铁锤很轻松就与他过了十招。

“冷空。有没有感觉我的武功增强了很多？”汪铁锤故意问道。

“确实比昨天强了那么一点点。”冷空不屑一顾地说。

“那就到外面来，看我怎么破你的招吧！”汪铁锤说完就跃出关帝庙，来到庙前平地上。

冷空跟着也飞了出来。

打斗继续开始。

这时，在关帝庙后面的树林里，二狗和虎仔悄悄地溜进庙里，按照汪铁锤之前的交代，虎仔在伍莲花身上几处穴位上点了几下，解开了穴道。

“莲花姐姐，我们赶紧走。”二狗边说边望外面张望，见汪铁锤与冷空正斗得兴起。二狗他们都称莲花为姐姐。

“铁锤怎么办？”伍莲花关心地问。

“你别管，他自有安排。快走。”二狗低声地说。

三人穿过后门，走进树林，往约定的地方跑去。

汪铁锤是天生武学奇才，虽然找不到冷空的武功破绽，但是他能够根据冷空的招式一一化解，两人一连打斗了三十个回合，还没分出胜负。

“冷空，你还有什么武功绝学，都一一亮出来吧。”汪铁锤微笑着说。

“哼。汪铁锤，你不要狂妄，再斗十个回合必取你性命。”冷空冷笑着说。

“这可不一定。不过，若我再休息一天，明天与你再战的话，三十个回合之内，我必定能胜你。”汪铁锤自信满满地说。

“你做梦。”冷空说完就准备动手。

“那你就今天出招把我杀了吧，否则明天我就会杀了你。”汪铁锤冷笑着对他说，他用的是激将法。

“你明天真能打败我？”冷空好奇地问道。

汪铁锤知道冷空上当了，便接着说：“你若不害怕的话，可以明日再战。”

“好!”冷空自信地说道，“明日午时，我们再到这里来战!”

“你会后悔的!”汪铁锤冷笑着说。

“我冷空做事从不后悔，你走吧。”冷空说道。

“告辞!”汪铁锤说完就立即飞奔而走。

不多久，背后传来冷空的怒吼:“汪铁锤，你这个骗子!”

汪铁锤冷冷一笑，消失在树林中。

金鸡镇客栈。

汪铁锤与二狗他们差不多同时回到了客栈。

“莲花，还痛吗？”汪铁锤扶着伍莲花关切地问道。

“伤并不怎么痛了，昨晚冷空还运功给我调伤了呢。”伍莲花说。

汪铁锤悬着的心落了下来，他一直担心伍莲花中了冷空一掌之后，若不及时调养，伤势会加重。

“看来这头秃驴还不坏啊。”二狗在一旁说。

“他说吴三桂只是让他来杀你，没说要杀我，所以误伤了我，就会帮我调养好。”伍莲花对汪铁锤说。

汪铁锤检查了一下伍莲花伤势，对二狗说:“二狗，你去把中药再煎一副给莲花，冷空只是通过内力控制了她的伤势扩散，并没有彻底调养好。”

汪铁锤又对莲花说:“不用担心，吃完药休息一会儿就好了。”

伍莲花点了点头;“他会不会追来？”

“只要我们躲在客栈就没事，他找不到的。”汪铁锤安慰道。

云裳女扮男装经过昨日汪铁锤与冷空打斗的凉亭时，发现地上有几处血迹，她再仔细看了下凉亭周围的痕迹，推测这里肯定发生了激烈的打斗。

原来拴马的地方有一大摊血迹，地上有马蹄印。

云裳的脑海里不由得联想出汪铁锤、伍莲花与人打斗受伤，且坐骑也被人杀害的场景。

情况非常不妙。云裳快马加鞭向金鸡镇奔去。

伍莲花喝了汤药就躺在床上休息，汪铁锤对二狗和虎仔说：“你们两个在这里照看莲花，我到街上买点东西。”

二狗说：“铁锤大哥，还是我去买吧。万一遇到了那个和尚不就麻烦了吗？”

虎仔也说：“冷空不认识我和二狗，也没人会留意我们。铁锤大哥，还是你留下来照顾莲花姐姐比较好。”

汪铁锤想了想，觉得二狗和虎仔说得不无道理，便对他们说：“你们去裁缝店给我和莲花买几件老头子老太太的衣服，再雇一辆马车。”

“铁锤大哥，你们准备化装离开金鸡镇？”二狗问道。

汪铁锤说：“是的。我和莲花还另外有任务，必须去完成，不能在这里耽搁太久。今晚赶到白鹤镇过夜。”

二狗问：“那我和虎仔呢？”

汪铁锤说：“路上太危险，你们两个还是留在金鸡镇继续寻找吴三桂的粮仓，等我办完事回来之后，我们再去一把火烧个精光。”

汪铁锤说完之后，从怀里又拿出两张银票递给二狗，说道：“这张拿去买东西，这一张你们留着用，在这里等我回来。”

二狗接过银票放进兜里，对虎仔说：“走吧。我们赶紧去，别让铁锤大哥等太久。”

两人离开客栈之后，汪铁锤用笔墨在宣纸上画了一把铁锤和一朵莲花，看了看觉得比较满意，又接着画了好几张纸。

刚画完，二狗和虎仔就回来了。

“莲花，现在好点了吗？”汪铁锤问道。

莲花从睡梦中醒来，说道：“昨夜一晚没敢睡，今天倒床上就睡着了。”

莲花边说边活动了一下手脚，笑着说：“好多了。没什么问题了。”

“那就好。我们赶紧化装成老头子老太太，坐马车赶到白鹤镇去。”汪铁锤说。

两人很快就换上了装，伍莲花笑着问二狗和虎仔：“你们两个能认出我吗？”

二狗和虎仔摇了摇头，虎仔说：“真像个老太太，比我奶奶还老。”

伍莲花说：“我的化装手艺高。”

“铁锤大哥打扮得也像个老头。”二狗说道。

汪铁锤说：“要是冬天就更好，穿几件大衣服，再戴个大帽子，没人认出来。”

虎仔说：“你不说话，还真认不出来。”

汪铁锤点了点头说：“虎仔提醒得对，我们说话是要注意，不能露出马脚。”

伍莲花就故意变着声音说：“你看我这样行吗？”

一口八十岁老太太的腔调，大家听了都不由得乐了起来。

汪铁锤把桌上画好的几张纸递给二狗，对两人交代道：“等会我和莲花离开之后，你们两个把这几张纸贴到街上显眼的位置去，但也不要被别人撕掉了。”

“这有什么用？一把铁锤一朵莲花。”二狗问道。

汪铁锤解释道：“这是我与曾大人约定好的暗号，他可能已经派人来找我们了，当他们见到这个暗号就知道我和莲花平安。”

二狗点了点说：“我和虎仔会办好的。路上你们要小心，最好是让马夫快点，不然赶到白鹤镇就天黑了。”

汪铁锤不放心地叮嘱道：“你们两个找到叛贼的粮仓之后，千万别动手，他们肯定防备森严，以免打草惊蛇，等我回来之后再寻机行动。还有，在金鸡镇若遇到宝庆城的熟人，千万别告诉他们与我见过面。要装作一概不知的样子。听说湖广总督府内出了奸细，我担心宝庆府内也有奸细。一定要小心为上。”

“铁锤大哥，你放心。我们会按照你说的去做。”二狗和虎仔异口同声道。

汪铁锤笑了笑，觉得自己怎么一下子变得这么婆婆妈妈，估计是觉得此次任务太特殊了吧。

汪铁锤笑着说：“这个客房就不用退了，你们在这里等我就行，我五天左右就能赶回来。”

见二狗和虎仔一个劲地点头，汪铁锤说了声：“保重！”

于是，就与伍莲花一起离开客栈，钻进了早已在客栈门口等着的马车。

二狗和虎仔按照汪铁锤的吩咐，在镇里几个显眼位置贴上了画。两个人年龄不大，又一身小混混打扮，贴画也非常有技巧，若没人刻意去观察，根本就注意不到这几幅画是传递某种信号。

两人刚贴完，正准备回客栈，一个人牵着匹马挡着他们去路。

两人做贼心虚，见有人挡着道，也就不吱声，准备绕开。只见那人开口说话了。

“二狗，虎仔，你俩怎么在这里？”

二狗和虎仔大吃一惊，仔细看那人，原来就是云裳姑娘。

两人不由得舒了口气，二狗笑嘻嘻地说：“云裳姐姐，你怎么在这里？”

云裳表情严肃地说：“我问你呢。”

二狗挠了挠头，看了看虎仔，对云裳说：“我们俩闲着没事，跑出来遛遛，听说这边的烧鸡不错，想尝尝。”

云裳白了一眼，笑道：“还是不老实，谁让你俩贴画的？铁锤和莲花现在哪里？”

二狗和虎仔面面相觑，没想到云裳已经知道他俩与汪铁锤、莲花在一起。

虎仔正想对云裳说出汪铁锤的去向，二狗轻轻拽他衣裳，要他别说。汪铁锤叮嘱过他们，不要对别人说出他的行踪。虽然云裳也是自己人，但是他们觉得小心为上。

二狗嬉皮笑脸地说："云裳姐姐，我们确实是在这里见到了铁锤大哥和莲花姐姐，但是他们并没有告诉我们要去什么地方。"

云裳知道二狗对她有所隐瞒，继续说道："曾大人预感铁锤有危险，便让我过来找他，你们贴的这画就是传递他和莲花还很平安，不需要大家担心的意思。"

二狗和虎仔见云裳确实知道不少。

两人背过身子商议道。

"我们该不该告诉她？"二狗说。

"应该没事吧。她不是一直喜欢铁锤大哥吗？"虎仔说。

"还是别说为好。铁锤大哥临行是叮嘱谁也别说的。"二狗说，"这真让人为难。"

"我觉得还是告诉她吧，她武功挺高的，有她去帮铁锤大哥，会更安全。"虎仔说。

"那莲花姐姐知道了会收拾我们的。她见到铁锤大哥和云裳在一起就醋意大发。"二狗说。

"哎呀，吃什么醋，安全第一。谁知道那和尚会不会追上。"虎仔说。

"你这一提醒，那就对了。"二狗说，"更加不能说。"

虎仔反问道："那就告诉她吧。"

二狗说："不能说。说不定她也被吴三桂的人跟上了咋办？"

二狗边说边东张西望，继续说道："她找到了铁锤大哥，吴三桂的人也就找到了铁锤大哥。"

虎仔一听，觉得二狗说得貌似很有道理，便说："那就咬死说不知道。"

"你们俩商量完了没有？"云裳见两人嘀嘀咕咕地说个不停，便不耐烦地问道。

“云裳姐姐，我们两个想了半天，确实没想起来铁锤大哥去哪里了。他和莲花姐姐根本就没有告诉我们。”二狗一副爱莫能助的样子。

云裳也知道从二狗他们口里也问不出什么东西，就开门见山地说：“你们两个就直说，铁锤和莲花两人到底有没有危险？”

结果，两人一个摇头一个点头，接着又是一个点头一个摇头。

云裳拿二狗和虎仔没办法，知道二狗他们对铁锤死心塌地，便无奈地说：“你们两个到底是什么意思？没有危险，我就回宝庆向曾大人交差，若有危险，我就赶紧追去救他们。”

二狗和虎仔两人对视了一眼，一起摇头道：“没有危险。有危险的话怎么会让我俩贴画呢。”

云裳只得说道：“那好吧。我先走啦。”说完就骑马离开了金鸡镇。

二狗对虎仔说：“说走就走啊？她为什么见到我们总不客气啊？”

虎仔说：“谁知道呢。八角寨的女人都不是好惹的。”

说到这里，虎仔笑嘻嘻地说：“不过，她在铁锤大哥面前那可是温柔体贴啊。”

说完，两人哈哈大笑起来。

云裳离开金鸡镇并没有返回宝庆城，而是沿着官道向广东方向走去，她不放心汪铁锤的安危。

此时的汪铁锤和伍莲花躺在马车上，一路无事，话说多了怕车夫发现异样引起怀疑，不如就干脆在车上睡觉养足精神。

“嘶嘶嘶——”

一阵马鸣声把汪铁锤和伍莲花惊醒。

“兄弟，什么事情？”汪铁锤变着老年人的声音问车夫，车夫看起来五十多岁的样子。

“大爷，前面有个哨卡，需要下车检查。”车夫说。

“哦。你就跟哨卡兵哥说，我送家里老太婆去白鹤镇看病。”汪铁锤说。

“下车，下车。”汪铁锤刚说完，一阵急促的声音传来，此时夕阳西下，很快就要天黑了。

汪铁锤只得扶着伍莲花慢悠悠地下了车，伍莲花一副重病连腰都直不起的样子。

是吴三桂的叛军，在官道上设置了拒马杆，有二三十人守卫。

“从哪里来？到哪里去？”哨卡兵卒一副高傲的样子。

汪铁锤心里想，要不是急着去送情报，你们这些小喽啰几招就可以全部收拾。

汪铁锤故意赔笑着说：“军爷，我带我家老太婆到白鹤镇去瞧病。”

兵卒上下打量了一下伍莲花，问道：“什么病？”

“年纪大了，毛病多。”汪铁锤边说边往离他最近的那个兵卒手里塞了袋碎银，那个兵卒拿在手里掂量一下，又看了看车夫，手一挥。

“走吧。”

“谢谢军爷。”汪铁锤赔笑着向兵卒鞠躬，再慢腾腾地扶着伍莲花上了马车。

拒马杆被抬开，车夫赶着马车快速通过。

“吴三桂这样设哨卡就是为了查找我们？”伍莲花悄悄地问汪铁锤。她担心声音大被车夫听见。

汪铁锤淡淡一笑，说道：“拦路设卡拦截盘查过路人员，这只能起到最基本的检查效果，对我们真正送情报的人员来说是没有一点效果的。这样做的目的就是向当地百姓宣示现在这里已经是他吴三桂的地盘，已经不归清廷了。还有就是让手下一些兵卒捞些油水。”

说到这里，汪铁锤看了看外面天色，继续对伍莲花说：“他们这样拦路设卡，一天下来也能刮不少民脂民膏，这些得到好处的兵卒就更愿意为吴三桂效力。”

“欺负老百姓。”伍莲花听了后甩出一句话。

汪铁锤听了也无奈地说：“所以，我们就得尽快平定反贼，还百姓太平。”

“现在离白鹤镇还有多远？”伍莲花问道。

汪铁锤撩开前面的帘子问车夫：“兄弟，离白鹤镇还有多远？”

“快了，过了前面的麒麟山庄，再走二十里路就到了。”车夫说。

“到那边就天黑了。”汪铁锤说了声。

“可不是吗。我们必须在天黑前从麒麟山庄前面经过，不然就会有麻烦。”车夫说。

“麒麟山庄？有什么麻烦？”汪铁催好奇地问道。

车夫说：“绕过前面这座山就是麒麟山庄，有很多年历史了，原来不叫这名字，庄主是个乐善好施的老人，常常接济穷人，生了十几个女儿，纳了好几房小妾，到了五十多岁，老来得子，非常高兴，大摆宴席三日三夜，并给他儿子取名麒麟，又把山庄也改名叫麒麟山庄。谁知麒麟少庄主长大之后却是一个疯子，到了晚上就大吼大叫，甚至有时跑到官道上来伤人。”

“真是可惜啊。老庄主不派人看守着吗？”伍莲花问道。

车夫叹息道：“看守有什么用？听说只要把他关起来，麒麟少庄主就会自残，用脑袋撞墙、绝食之类的。老庄主心痛儿子，就只有派人天天陪着他玩，到了晚上真有人要从这边经过，老庄主就派人护送快点离开。”

“这位麒麟少庄主懂武功吗？”汪铁锤问。

“应该懂些武功的，反正好几个青壮小伙子都打不过他的。”车夫说，“不过，你们不用担心，只要天未黑，他是不会发疯的。”

汪铁锤和伍莲花不由得对这个麒麟少庄主更感兴趣了，反正一路上闲着无聊，正好可以打发时间。

伍莲花说：“这是什么病啊？怎么就到了天黑就发疯？难道怕黑？可以把整个山庄都点满灯，照得亮堂堂的不就可以了吗？”

车夫笑着说：“大婶，整个山庄点灯这事我以前听说过，不管用，这位麒麟少庄主是到了那个时辰就发疯，跟有光没光没有关系。”

伍莲花听到年纪比她大的车夫喊她大婶，一时还不适应，但看看自己这身装扮，也就忍了，说了一句："这真是怪病。"

车夫说："我赶了三十多年马车，常跑白鹤镇，遇到天气不好刮风下雨，还到麒麟山庄避过雨，老庄主还安排人请我们吃饭，我也从他们下人那里听到一些消息，老庄主请过不少名医给麒麟少庄主瞧病，都没哪个大夫知道是什么病。二十多年来，看过的大夫没有五百人也有三百人，都是摇头走出这个山庄的。"

"兄弟，听你这么说，我还真好奇想见见这个麒麟少庄主呢。只是要赶着给我家老太婆瞧病，等回来路过时，我去看看。"汪铁锤说。

车夫说："这位大爷，你也会瞧病？"

汪铁锤笑着说："我哪儿会啊，要是会的话就不会带着老太婆这么老远跑白鹤镇了。我只是好奇想看看。"

幸亏汪铁锤自己反应快，不然差点说漏嘴了。

"那有什么好看的，他就是一个疯子。我去过山庄几次也都是远远地瞧了几眼，白天跟正常人一样，就是晚上跟失心疯一样。"车夫笑着说。他对麒麟山庄的事情知道得不少，所以也没有什么好奇心。

麒麟山庄建在山腰上，俯视着山下的官道。此时，山庄里来了一群神秘之人。

在官道通往山庄的叉道上，站着两名仆人，而麒麟少庄主却搬了把椅子坐在远处。

汪铁锤的马车远远走来，两名仆人伸手示意马车停下。车夫见仆人的着装就认出是麒麟山庄的仆人，其中一名年纪大的他还认识，便停下了车。

"老刘，啥子事情？"车夫跳下马车问道。

那个叫老刘的仆人见是老熟人，便说："何师傅，又要去白鹤镇？"

"可不是嘛，有个病人要去白鹤镇瞧病。"车夫回答道。原来车夫姓何。一路上，汪铁锤并没有打听车夫姓氏。

"我家少庄主说凡是从前面经过的人，他都想瞧一瞧。何师傅，你帮个忙，请你车上的人下来一下。”老刘满脸不好意思地笑着对何师傅说。

“这什么意思啊？病人有什么好瞧的。我还要在天黑前赶到白鹤镇呢。”何师傅显然对老刘提出的无理要求很不高兴。

“何师傅，请看在老庄主的面子上帮个忙，跟车里的朋友说一声。”老刘的态度非常恳切。

“好吧，我下来吧。”汪铁锤在车里清清楚楚听见他们的对话，不想让双方这样僵持，则主动地挑开帘子走了下来。他还是装着老年人的样子，速度缓慢。

“大爷，不好意思。”何师傅觉得麒麟山庄为难了汪铁锤，便向他道歉。

汪铁锤摆了摆手，说道：“没事。不耽误事。”

此时太阳虽然已经下山，但因是夏天，还是很明亮的，汪铁锤看到麒麟少庄主远远坐在一把藤椅上，穿得很精致，三十多岁，手里还缓缓摇晃着一把纸扇。

汪铁锤向麒麟少庄主微微点了点头。

“车上还有人吗？”麒麟少庄主说话了。

“我家老太婆，病重，下不了车。”汪铁锤说。

麒麟少庄主有些不耐烦地摆了摆手，说道：“上车走吧。”

看来只是这个失心疯的少庄主喜欢玩玩而已。汪铁锤转身正准备上车，忽然，背后一道劲风。不好！暗器！

汪铁锤一个飞身躲开，一颗小石子击打在车轱辘上。

“好功夫！”麒麟少庄主感到很意外，站了起来。

糟糕。中计了。汪铁锤猛然觉得不妙。

“请到山庄坐坐吧。”少庄主做了个请的手势。

汪铁锤冷静地说：“多谢少庄主盛邀，在下还要赶着去白鹤镇，返程时再来贵府讨杯水喝。”

汪铁锤说得非常客气，他有种不祥的预感，需要立即离开这里。

“那就不客气了。”麒麟少庄主也不多说，手里的扇子一收，大喝一声，“都出来吧！”

话音刚落，三四十名手持刀剑的黑衣人从官道两旁的树林中蹿出，把汪铁锤等人团团包围，还有数人手里拿着弓弩。

何师傅估计从来没有见过这阵势，忙赔笑着说：“少庄主，你行行好，我们只是过路的。”

“你待一边去，没你的事。”麒麟少庄主恶狠狠地对何师傅说。

伍莲花感觉情况不对，也从车厢里走了出来。

汪铁锤看了看周围的黑衣人，有点后悔自己的大意，周围埋伏了这么多人，自己居然没有留意。

“请吧！”麒麟少庄主似笑非笑地说。

汪铁锤和伍莲花只得跟着向山庄走去。

麒麟山庄大厅的主座上坐着一个和尚，居然是冷空。

汪铁锤和伍莲花两人不由得对视一眼，心中暗暗叫苦，这个冷空真是阴魂不散啊！

“汪少侠，怎么一天工夫就变得这么老了呢？”冷空冷笑着说，显然这是在嘲笑汪铁锤。

既然已经被发现了，就没有必要乔装了。汪铁锤把胡须扯下，对冷空说：“大师真是高人啊，我走到哪里都能被你发现。”

冷空嘿嘿一笑，说道：“你在关帝庙使诈逃走，可惜在金鸡镇的行踪还是被我们耳目发现，为了跟你切磋武功，我可是快马加鞭抄小道来到这麒麟山庄。你小子太狡猾，若不是我们大周皇帝提前布下天罗地网，还真不容易找到你。”

原来如此。看来此行任务非常艰巨，能否把情报送到广东还是未知。汪铁锤想到这里，不由得两鬓冒汗，担心起来。

汪铁锤也故作镇定地笑着说：“我只是想到白鹤镇去办点事再与大师切磋武艺，没想到大师这么性急，不是约定明天吗？”

冷空冷笑道："贫僧不喜欢开玩笑。"

接着，他又看了看汪铁锤身边的莲花，说道："莲花姑娘貌若天仙，可惜扮成这老太婆模样，也太老了些。"

冷空见汪铁锤站在那里观察周围情况，便接着说："汪少侠不用好奇，这麒麟山庄其实一直就是大周皇帝安插在湖南的据点，只是最近才启用而已。"

看来这个吴三桂为了造反，真是用心良苦啊。

汪铁锤说道："大师今日为何如此健谈呢？"

冷空笑了笑："因为贫僧遇到你这样的武学奇才，所以心情特别好。你看我们是今晚比试，还是明日比试呢？"

看来这个冷空真是个武痴，遇到能与他对决的武林高手就按捺不住了。

真要对决，自己肯定不是冷空的对手，只有拖延时间智取了。汪铁锤说："我汪铁锤说话算数，今天上午就约定好的时间，怎么能随便改呢？"

"好。你们好好安顿汪少侠和莲花姑娘。"冷空也不犹豫，直接答应了。这种人就是对自己相当自信。

汪铁锤和伍莲花正准备离开，冷空又补充了一句："麒麟山庄防卫森严，请汪少侠不要做一些徒劳之事。"

汪铁锤只有苦苦一笑，刚进来时就已经看出来了，逃是很难逃走的，得想办法。

"铁锤，现在该怎么办？"被关进屋子，伍莲花小声地问汪铁锤。

汪铁锤哪里有什么办法，但是他为了安慰莲花，便说："别急。车到山前必有路。"

"你是不是想到办法了？"伍莲花见汪铁锤胸有成竹的样子，又问道。

汪铁锤笑了笑，表示一切都是掌握中。伍莲花也就放心了。

“这些门窗都是钢铁铸造的，没想到一个小小的麒麟山庄居然还有这样的地方。”汪铁锤绕房间看了看，对伍莲花说。

伍莲花靠近他悄悄地问：“我们怎么出去？”

她既想知道，又怕外面有人听见。

汪铁锤说：“一路上马车颠簸得挺难受的，好好休息会儿吧。会有办法的。”

伍莲花刚想说话，小窗户打开，麒麟少庄主站在外面看着他俩。

“听冷空说你武功很高？”麒麟问道。

汪铁锤故作不屑一顾的样子，说道：“还行吧。纵横江湖这么久，也就冷空算有点武功。”

他有种预感，觉得这个麒麟少庄主对比武很感兴趣。

“冷空也就是个秃驴和尚，文绉绉的，能有什么武功？”麒麟少庄主说。

汪铁锤脑海猛然一亮，原来他这个失心疯的人还不知道冷空是绝世高手，看来有戏了。

他故作惊奇的样子说：“难道你会武功？”

麒麟点了点头，说道：“懂一点，家父教的。”

汪铁锤故意叹了口气，坐在桌子上不说话。

麒麟见汪铁锤久久不吭声，边问：“你干吗呢？跟你说话呢。”

汪铁锤摇了摇头，说道：“你们都是些三脚猫的功夫，没什么好聊的。”

“啪啪啪——”

突然，麒麟像失心疯发作一样，猛拍铁窗，怒吼道：“我是天下第一，我谁都不怕！”

果然是疯子。汪铁锤心里想，而伍莲花见麒麟在外面发疯，吓得走到汪铁锤身边来。

汪铁锤走到窗边，见麒麟把两根粗大的窗户柱子都拍弯，内力确实强劲，他又故意说道：“内力不够，估计习武之时基本功不够扎实。”

“你不要小瞧人。要不我们切磋一下试试。”麒麟怒吼道。看来也是个武痴，估计他的失心疯是练武走火入魔而导致的。

汪铁锤说：“你还不够资格。”

“你说什么？说什么呢？我还不够资格？”麒麟气得直跺脚，对身边的人说，“快把门打开！我要弄死他，让他瞧瞧爷爷的厉害。”

旁边的人忙说：“钥匙在冷空大师手里，我们打不开门。”

“混蛋，混蛋！”麒麟骂道，“快去给我拿来。”

汪铁锤见火候差不多了，忙说，“少庄主不要心急，如果你真的自诩武功天下第一的话，我可以与你切磋几招。但你得按我的要求去做件事。”

听说汪铁锤愿意与他切磋武功，麒麟急忙说：“什么事？”

汪铁锤隔着窗户对他悄悄说了一句话，麒麟点了点头，说道：“好！你等着！”

说完，他就头而不回地走了。

“真是个疯子呢。你怎么不让他拿钥匙打开门啊？我们可以跑出去啊。”伍莲花见麒麟走远，边问汪铁锤。

“冷空会把钥匙给他吗？反而会让冷空加强防守。”汪铁锤说，“能不能出去，就看这个疯子能不能办成我刚才说的事情。”

“什么事？”伍莲花好奇地问。

“保密！”汪铁锤故作神秘地说。

深夜，麒麟山庄的后院突然着火，火势非常大。

“看守的人不要去救火，不要让人趁机跑了。”冷空坐在房间里对身边的人说。

显然，麒麟山庄现在是他在当家，他刚吩咐完，麒麟少庄主就走了进来。

“大师。”少庄主进来之后把门关上。

“少庄主，你去休息吧，这里一切有贫僧在，不用担心。”冷空坐在椅子上，双手摸着佛珠。

“大师，出招吧！”麒麟用扇子指着冷空说道。

“少庄主，什么意思？”冷空有些意外。

“听说你自诩为天下第一，我们来切磋一下，看看谁才是真正的天下第一。”麒麟说完就扑向冷空。

见来势凶猛，冷空只得飞身接招。

由于房间空间小，两人没战几招就到了院子里。

麒麟山庄关押汪铁锤和伍莲花的房间。

“外面着火了，看来我们得走了。”汪铁锤边说边取出桃花剑，“幸好冷空没有拿走这个箱子，有桃花剑在，还担心逃不出去吗？”

原来汪铁锤从金鸡镇出发时，为了不引起外人注意，把宝剑放在一个箱子里面。傍晚，被迫进入麒麟山庄时，冷空竟然也疏忽了。终究冷空只是个武功盖世的武痴，看待问题相对简单很多，不同于江湖老手。

桃花剑削铁如泥，对付这门窗真是小意思。

汪铁锤透过窗户发现门外虽然有守卫，但是此时山庄上下混乱，确实是逃出的好机会。

他轻轻一挑，就把门锁斩断，守在门口的两名黑衣人还没反应过来，就被汪铁锤点了穴道。

过道上，还有五六名黑衣人在守着，汪铁锤和伍莲花快速出手，仅几招就把他们制服了。

院内，麒麟少庄主还在与冷空对决，两人已经大战二十多回合了，都没有分出胜负，看来麒麟少庄主确实武功不凡。

汪铁锤和伍莲花趁乱逃出了山庄。

“没想到这么容易就逃出来了。”伍莲花说。

“别高兴得太早，冷空很快就会发现我们的计划。”汪铁锤说，“快走吧。不能去白鹤镇了。”

“你跟麒麟少庄主说了句什么话？”伍莲花好奇地问道。

“他想跟我比武，我就说你打赢了冷空再来找我。”汪铁锤说。

“他去打冷空，放火也是你教他的？”伍莲花问。

汪铁锤摇了摇头说：“我也不知道是谁放火的。他也不至于放火烧自己家吧？！”

汪铁锤也想不明白。

伍莲花说：“估计是他们自己不小心失火的。”

两人边说边施展轻功奔跑，一口气跑了十几里。此时深夜，幸好是夏天，星空灿烂，还能隐隐约约看见周围。

“现在应该没人跟上了吧？”伍莲花问。

“前面好像有个亭子，我们先停下来休息一下。”汪铁锤说。

伍莲花说：“这是哪里啊？我们没有走错方向吧？”

汪铁锤环顾四周，摇了摇头，说道：“我也不知道这是哪里。不过方向没有错。”

说到这里，汪铁锤用手指了指天空中的北斗星，说：“那是北斗星，我们正好是朝南走。”

“下一步怎么办？”伍莲花说。

“我们必须想办法脱离吴三桂布下的天罗地网，才能平安到达广东。”汪铁锤说，“这一路上明哨暗哨不少，我们乔装打扮都被他们发现，他们为了这个情报可是下了功夫的。”

“那我们就绕道去广东。”伍莲花说。

“聪明！”汪铁锤夸赞道，“我们就是要绕开他布下的防线才行。先向西走，进入广西，再南下进入广东。”

伍莲花点了点头，认可汪铁锤的方案，说道：“这样可行，只是要多耽搁几天行程。”

汪铁锤苦笑了一下：“与他们在这里捉迷藏，不仅不安全，还照样耽误时间。走，我们西行。”

宝庆府衙。

傲雪又开始了她的刺杀计划，她发誓要杀掉知府曾青溪大人。

吴三桂早已派了人与她在宝庆城内接头，配合她的行动。

现在清军已经开始了反攻，战略出现转折，吴三桂要从多方面对清军进行打击，不仅派人配合傲雪刺杀宝庆知府，而且也派人多次潜入岳州企图刺杀湖广总督蔡大人。

他最担心的就是湖南和广东两边清军大营同时对他驻扎在湖南境内的兵马进行南北夹击，所以他使用一切办法切断湖广清军之间的联络。这次，汪铁锤受命前往广东送情报，他在湖广两界布下天罗地网：一是派出各路高手对汪铁锤进行围剿和抓捕，他要亲自手刃汪铁锤；二是让湖广清军的军事行动功亏一篑；三是争取时间，集结贵州与广西的兵马，对岳州发动新的进攻。他要的不是情报，而是阻止情报送达到广东，他要的只是时间。

傲雪对宝庆府衙非常熟悉，她潜伏在屋檐上。

知府曾青溪在书房处理文书，院内已经增加了几处流动哨卫，书房的门口站着两名护卫。她已经暗中查了，这两人就是芙夷镇的金家三兄弟的老大老二。

老二去哪里了？傲雪心里想着，估计潜伏在哪个位置作为暗哨。

傲雪又观察了周围，她想推测云裳在什么位置？会不会就躲在曾青溪的书房内？

她与云裳对过招，知道对方是难缠的主，武功与她不相上下，若再有金家三兄弟出手相助云裳，她就无路可逃。

傲雪从怀里掏出两个小圆球，冷冷一笑："曾青溪，你跟我玩阴的，老娘也跟你玩阴的，明年的今日就是你的忌日。"

而此时宝庆府衙后面的巷子里也已经潜伏了五六个黑衣人，他们都是吴三桂派来协助傲雪的。

曾青溪已经处理完文书，展开一张地图仔细查看。而他的后方一个黑暗的地方坐着一个人，那就是金三。

云裳受命前往寻找汪铁锤和伍莲花下落之后，宝庆兵营主将王武就请芙夷镇的金家三兄弟亲自护卫知府曾青溪。金三武功最高，所以就成为曾大人的贴身保镖，守在离曾大人只有十步远的地方。

曾大人预感傲雪不会善罢甘休，今晚肯定会再来，所以他不仅在府衙内明处和暗处布下哨卫，更重要的是在府衙外围暗暗布下了重兵，等待刺客上钩。

汪铁锤和伍莲花两人一路往西走，他俩担心的不是个人安危，而是不希望因此耽搁送情报的时间。战况转瞬即逝，若拖延了时间，可能就改变了战局。成大事者不能逞匹夫之勇。

两人借着月色施展轻功又走了二十多里路程。

"看看前面有没有村镇，我们得找个地方休息一下。"汪铁锤对伍莲花说。

"我们走了这么远，一点人烟都没有，真是怪了。"伍莲花说。

"没什么稀奇的，这一带本来就人烟稀少，何况我们走的都是小路，是很难有人家的。"汪铁锤说，"不过，我觉得这山路似曾相识。"

伍莲花说："这大晚上的，什么都看不清楚，朦朦胧胧，肯定看哪儿都很像的。"

两人的脚步已经慢了下来，汪铁锤摇了摇头，又仔细看了看周围说："现在这条路确实好像曾经走过。"

两人又走了几步路，汪铁锤借着月色看了看路旁的几棵树，兴奋地说："前面拐过弯就有一家农户，我们可以到那里休息一下。"

"你怎么知道？"伍莲花好奇地问道。

"上次到永州大营刺杀反贼吴三桂时，经过这里。"汪铁锤说。

两人没走几步，就在月光下隐隐约约看到一户农家。

汪铁锤脑海里不由得浮现出当年的场景。

汪铁锤受命前往永州大营刺杀吴三桂，在吴三桂营帐外被巡逻敌人发现，经过一番打斗，汪铁锤被早就等着的傲雪假装救出大营，骑马逃出大营时，傲雪中箭负伤，两人仓促逃奔，无意中发现了这座农舍，正巧农户外出，两人就在这里借宿了一夜。当时，汪铁锤还给傲雪拔箭疗伤。谁曾想，傲雪是吴三桂豢养的杀手，用苦肉计博得汪铁锤和曾大人的信任，进入宝庆兵营，获取宝庆情报，刺伤主将王武，企图暗杀曾大人。

“我看看有没有人住。”汪铁锤悄悄靠近农舍，查看门锁，见门从外面插上一根树枝，便猜着这房子的主人外出了。在这偏远的山里，外出时门窗基本都不用上锁，山里人淳朴，只用树枝插上门扣就行，免得风吹开了门，让外面的野兽进来。

汪铁锤抽出树枝，推开门。伍莲花跟着走了进去。

伍莲花从怀里掏出火石把桌子上的一盏煤油灯点亮，一只手端着，到里外两个房间都检查了一下。

“这房子虽然简陋，但还挺干净的。”伍莲花满意地说。

“你到床上休息会，我在这椅子上打个盹，天亮我们再走。”汪铁锤边说边一屁股坐在椅子上。

伍莲花脸红着，低声地说：“椅子上坐着哪里舒服，这床很宽的，我睡觉也占不了多少地方。”

汪铁锤看了她一眼，没有说话，又把眼睛闭上。

“我一个人睡害怕。”伍莲花说完就往房里走。

“我在外面，没事。”汪铁锤说。

“有老鼠怎么办？”伍莲花很不高兴地说。

“好啦。你睡里面，我睡外面。”汪铁锤拿伍莲花没办法，说完也走进了房间，和衣躺在床边。

伍莲花把灯吹灭，趴到床里面，也和衣躺下。

傲雪潜伏在屋檐下已经快一个时辰，而知府曾青溪仍没有睡觉的样子，她在等曾青溪走出书房的一瞬间下手。她耐心等着，而后院墙外潜伏的杀手也在等她发出的信号再出手。

曾青溪虽然坐在书房里，但是他已经知道傲雪他们来了。

潜伏在外面准备抓捕傲雪的护卫都在等着知府大人动手的信号，傲雪等人的一举一动都被他们掌握。

突然，曾大人书房的灯全灭了，一片漆黑！

傲雪正在纳闷时，几道剑风从四周扑来，她心里一颤，由不得多想，身子往下一沉，同时手里的两个圆球向书房射去。

银家五兄弟！

原来，兵营主将王武将军不仅调遣金家三兄弟来贴身护卫曾大人，而且还把银家五兄弟都请来暗中抓捕刺客，看来曾大人为了捉拿傲雪也是花了不少心思。

银家五兄弟见到之前约定的熄灯出手的信号，一齐包围住傲雪。

可惜傲雪轻功了得，在毫无防备的情况下，居然躲过了银家兄弟的招式。

射出去的两个圆球扑向了书房，瞬间冒出两道刺眼的火光，跟着就是浓烟。这既是烟火，也是动手的信号。

所幸，曾大人早有防备，早就防着敌方利用火情趁乱行事，站在金大和金二身边的衙役立即从墙角水缸里取水泼向火苗。

银家五兄弟手持兵器围攻傲雪，而傲雪手持利剑毫不示弱。

后院墙外的杀手见到傲雪的信号，正准备出手翻入后院，谁知在暗处射出一阵利箭，一眨眼就把他们全部杀光了。真是螳螂扑蝉黄雀在后。

一群衙役举着火把照亮了院落，傲雪被银家兄弟团团围攻。

曾大人在金三的陪同下，走出了书房，站在过道上，看着院落的打斗。刚才傲雪射出的烟火丸已经被扑灭。

金大和金二也站在曾大人旁边，都在看着银家兄弟和傲雪酣战。他们认为，五对一，还有什么可担心的。

曾大人对身边的金大和金二使了下眼色，两人会意，平地跃到屋顶上，防止傲雪逃走。

“傲雪姑娘，放下武器束手就擒吧！”曾大人见傲雪频频处于下风，便得意地说道。

傲雪被银家五兄弟团团包围，已经大战三十多回合了，身上已经有了几处伤口，虽然伤口不深，但已经看出傲雪穷途末路之势。

傲雪握着长剑，盯着一丈之外的曾青溪，后悔自己又被对方算计了，她准备找机会逃走。她右手握着长剑，左手几次伸向腰部，那里有她擅用的飞针，她在找机会下手。

金三走到曾大人身边，他怕傲雪对曾大人不利。

当傲雪抓住机会正准备使用飞针时，银家五兄弟分别从腰上甩出一根绳子，五根绳子像长了眼睛一样，在傲雪身上绕一圈，又飞到另一个兄弟手里。傲雪瞬间就被五花大绑起来，她挣扎了几下，没有用，这绳子非常坚韧。

“曾青溪，你这个老匹夫，有本事让他们跟我再大战三百回合。”傲雪见自己又被曾大人抓住了，心有不甘。

“带下去，关进铁牢！”曾大人不愿意再跟她说一句废话了。

莲花是闻着一股肉香味醒来的，她走出房间，只见汪铁锤正在烧火做饭，锅里的鸡肉散出一阵阵诱人的香味。

“到门口去洗漱一下，马上就可以吃香喷喷的鸡肉了。”汪铁锤见伍莲花已经起床，兴奋地说。

“你把人家的鸡杀了？”伍莲花问。

“没关系的，我已经在米缸里放了点碎银，够买两只鸡呢。”汪铁锤说。

伍莲花听了满意地点了点头，说道：“我已经快一年没吃你下厨做的饭菜了。”

汪铁锤笑嘻嘻地说：“还是那次我从宝庆府回到黄金岭时在二老爷家吧。我记得那天我们吃的是野兔，是二老爷在山里打的。”

伍莲花打趣道：“一说到野兔，瞧你那馋样，口水都流出来了。”

说完，她就径直走到屋外，从缸里取出一盆水，双手捧着水洗脸。

汪铁锤才不计较她说的话呢，两人从小一起长大，一起掏鸟窝，一起抓野兔，一起大口朵颐。他看着伍莲花的背影，心里洋溢着一种幸福。

两人吃完饭，把房子收拾了一下，才出发。

“前面就是永州城，是吴三桂的势力范围，我们就直接绕城而过，避免一些不必要的麻烦。”汪铁锤边走边说。

伍莲花说：“这一带你来过，就听你的。”

汪铁锤自信地说：“当年来永州大营刺杀吴三桂时，在周围都走好几遍了，对路线还是比较熟悉的。”

两人正说着话，对面不远处一队吴三桂的官兵押着一群老幼妇孺走了过来。

两人忙闪到一旁躲了起来，伍莲花悄悄地说：“这是怎么回事？连老人小孩也抓？”

汪铁锤观察了一下叛军官兵人数，轻轻地说：“别急，看看情况再说。”

云裳从白鹤镇出来，女扮男装，沿着官道继续往广东方向走去，官道上行人很少，一路上快马加鞭，她在担心汪铁锤的安危。

从金鸡镇到白鹤镇一路上都没有汪铁锤的消息。

到了晌午，口干舌燥，路过一个茶水摊，有三个桌子都坐有人，正好有个桌子空着，其中一个桌子旁坐着一个和尚和一个公子哥。这两个人正是冷空和尚和麒麟公子，只是云裳并不认识他们。

这茶水摊开在官道上，就是为了给赶路的人提供饮食，不仅有茶水，也有烧饼、酱肉、酒水、米饭等。

云裳把马拴在树上，走进茶水摊，要了一碗茶和两个烧饼、半斤酱肉。

“麒麟公子，你安心吃吧，汪铁锤跑不掉的。”冷空见麒麟公子点了不少菜却一口都没动，就劝慰道。

旁边的云裳猛然听到“汪铁锤”三个字，不由得一颤，这是什么人？为什么要追汪铁锤？为了不被人察觉异样，她假装凳子没摆正，借挪动凳子的工夫仔细看了一眼那两人。那个年轻的应该就是麒麟公子了。

云裳边吃烧饼，边竖着耳朵听两人谈话。而冷空和麒麟公子两人好像不担心别人听到他们说话，说话的声音并不小。

“大师，真是对不住，昨晚是我一时糊涂，你可千万别跟我爹说。否则，他会收拾我的。”麒麟公子在冷空面前变得老老实实，一点没有昨晚那么狂傲的样子。

冷空说道：“我早已布下了天罗地网，他逃不出我的手掌心。昨晚之事是下人失手打翻了烛台烧了房屋，与你没有关系。”

麒麟公子听冷空这么说，便笑着说：“那就好，那就好。”

冷空看了眼坐在旁边桌的云裳，向麒麟公子递了下眼色。现在是夏秋之际，云裳虽然女扮男装，但是瞒不过冷空的眼光，他一眼就瞧出旁边这个人的异样。

麒麟公子马上领会了冷空的意思，他扫了一眼云裳，就猜出这女子不简单。

“大师，您说汪铁锤被刺了两剑，又被您用内力打了一掌，这还能逃到哪里去呢？会不会早已经死了？”麒麟公子故意瞎说话来判断云裳的反应。

冷空是聪明人，当然明白麒麟公子的意思，故意压低声音说：“活要见人，死要见尸。跟他一起的那个女的，不还在我们手里吗？你爹已布好天罗地网在等他上钩呢。”

“汪铁锤受伤了？莲花被抓？”云裳听到这消息，不由得为之一惊，她的细微表情变化，已经被冷空和麒麟公子全部捕捉到了。

云裳此时心乱如麻，该怎么办？是去找汪铁锤，还是去救莲花？临行时，曾大人多次嘱咐在路上不管听到任何消息，都不要改变前往广东大营的计划。现在该怎么办？身边这两个人又是什么人？

糟糕！汪铁锤都不是他们的对手，那么我刚才会不会在他们面前暴露了什么？

云裳是个非常聪明的人，她立即警觉起来，脑海里把刚才进来听到的话，前前后后回忆了一遍，觉得后面几句话，人家肯定是故意试探自己的，而自己虽然做得很小心，但是难免会被这高手察觉出来。

云裳看了看周围，决定找机会摆脱这两人，直奔广东大营。

她胡乱吃了几口就离开凉亭，跃马往南奔去。与其让他们在半路上拦截，还不如自己先离开。

冷空一个眼神，麒麟公子放下茶碗，一个蜻蜓点水就到了马背上，打马去追。冷空却不紧不慢地走出凉亭，像一个手无缚鸡之力的文弱书生，走去解开马绳，也跟着去了。

麒麟公子追了三里地，就看到了云裳，站在远处的一块大石上。

“你是汪铁锤什么人？”麒麟公子勒马问道。他属于心直口快之人，也懒得管那些江湖礼节，直接就问。

“朋友。”云裳冷冷地说道。同时，她看到冷空也从远处走了过来，她在内心里疑惑，这是一位什么样的高手啊，一副斯文样子，汪铁锤都被他打伤，真怀疑是说大话。但是，汪铁锤又躲着他们几个人，可见事情真的不是那么简单。

她还没等冷空把马勒住，就问：“秃驴，凭你三脚猫的功夫，居然能打败汪铁锤，真会说大话。”

她故意这样说，就是需要从对方的嘴里判断出汪铁锤的情况，此时她已经做好了准备，不担心冷空和麒麟公子对她能造成伤害。

“哈哈哈……”冷空大笑起来，说道，“汪铁锤，一个爱吹牛的黄毛小子，有什么资格跟我比，若不是靠偷奸耍滑，他能逃出我的手掌心？”

“你跟他比过武吗？说不定他是故意承让你呢。”云裳故意说话激怒他。

“信口雌黄！”冷空最讨厌的就是听到有人承让他，他是天下第一，他不需要任何人承让，承让对他来说就是耻辱，他怒道，“两次比武，他都不是我的对手，若不是我为了跟他继续切磋，岂能有机会让他逃走？”

“大师，别跟这假小子废话，她与汪铁锤关系肯定不简单，我们抓了她，还怕汪铁锤不自投罗网？”麒麟公子见冷空发怒的样子，都感到害怕。

“好！抓住他！”冷空说话，身子腾空而起，扑向云裳。

“丑八怪，有种你也一起来！”云裳很镇定地指着麒麟公子，她并没有逃走的意思。

“臭婆娘，还骂你爷爷我，找死！”麒麟公子自认为自己英俊潇洒，居然被人骂成丑八怪，他一怒之下，也飞奔过来。

南方丘陵树木丛生，云裳见两人已成老鹰抓小鸡之势，从左右两侧包抄而来，她冷冷一笑，“唰”的一下就钻进了树丛里。

冷空和麒麟公子料到云裳要逃走的，但是没有想到她居然往树林中钻。他们两人站在石头上一看，就发现了云裳，立即施展轻功跳到树林里去抓。

当他们落地之后，发现云裳又消失了。这里大树参天，飞到树上面，就看不清楚下面的动静，如果在树下面，又看不到远处的动静。

所幸，他们很快就听到远处有动静，立即又飞扑过去。

什么都没有。

两人正在疑惑，不远处又出现动静。他们又飞速扑过去。

仍然什么都没有。

就这样来来回回三四趟，冷空和麒麟公子只闻声，不见人。

冷空看了看周围几棵树，一拳头打在树上，树干既然被生生打断。

“中计了，我们现在进入了阵法，这一时半会儿是出不去了。”冷空叹了一口气说道。

原来，云裳用自己在八角寨学到的阵法，很轻易地利用山里一草一木，摆好阵，让冷空和麒麟公子往里钻。她在凉亭时就想好，这两个人既然能打败汪铁锤，那么要在道上追上她，肯定不是难事。既然如此，不如就用阵法困住他们，这样自己就可以顺利地赶往广东大营。

冷空和麒麟公子虽然武功盖世，但是对阵法却一窍不通，两人就这样在阵法中走来走去，到了天黑都没有找到生门。

汪铁锤和莲花两人在永州城外见到一群叛军押着一群老百姓，本想上前救出百姓，但是想想，还是放弃，不能打草惊蛇，要以大局为重。救出老百姓的最好办法就是彻底平定吴三桂。于是两人一路上风餐露宿，绕过吴三桂叛军的重重关卡，顺利地进入了广东地界。

巧合的是，汪铁锤和莲花两人居然在广东大营外与云裳会合了。

云裳见到汪铁锤平安无事，兴奋地跑过去想拉他的手，没想到莲花在旁边故意咳嗽几声，汪铁锤才知趣地避开。

三人一起走进广东大营，汪铁锤把作战计划交给了坐镇广东大营的大将军，大将军打开一看，里面居然是有多处纰漏，作战时间、调遣兵力、会战的城池都没有。

大将军与汪铁锤、莲花三人面面相觑，这样的作战计划等于无用。

站在一旁的云裳忙从怀里掏出另外一个信函递给大将军，说道：“我临行时，曾大人叮嘱我保护这个信函，等汪铁锤的军事作战计划交上来之后，再把这个呈给您。”

大将军接过信函，打开一看，原来是一些破碎的纸片，上面写满数字，根据每张纸的大小拼在作战计划上时，完整的计划出现了。

原来，曾大人为了防止意外发生，故意为之。

大将军笑着说：“曾大人，用心良苦！”

三天后，清军发起了大反攻，叛军节节败退！

第六章 惊天大宝藏

宝庆府衙门，汪铁锤与莲花急匆匆地走了进去。

“曾大人，什么事情这么急着让我们回来？”汪铁锤见到曾大人就问。

“铁锤、莲花，你们先坐。”曾大人边说边把两人引入后堂。

“曾大人，您快说，我正领着黑衣军在衡州作战，这个时候让我回来，肯定是有大事。”汪铁锤哪有心思坐，现在正是与吴三桂作战的关键时期，可以说即将是清军与叛军在湖广战场的大决战。

“吴三桂已经死了，你知道吗？”曾大人看着汪铁锤问道。

“吴三桂死了？！”汪铁锤很惊讶，“这不可能吧，我们一点消息都没有听到啊。”

这可是天大的事情，怎么一点消息都没有呢？莲花在一旁也感到非常意外。

康熙十七年，即公元1678年，衡州酷热，吴三桂加之心情不舒，焦虑过重，肝火过盛，便突然得了“中风噎嗝”的病症，随后又添了“下痢”病症，大夫百般调治，终不见效。八月十八日深夜，吴三桂在都城衡州皇宫病死，时年六十七岁，只做了短短五个多月的皇帝。

曾大人说：“这是我们从内部得到了消息，叛军大营秘不发丧，已由吴国贵在总理军政。”

吴国贵是吴三桂心腹，治军严明，敢于征战，军功颇多，在关外时期就追随吴三桂征战各地，曾参与对农民军和南明军队的作战，还曾担任处死南明末代皇帝永历帝朱由榔的行刑人之一。吴国贵在清军中历任章京、总兵、副都统、都统等职，在多次作战中立有大功，并被康熙帝授予二等男爵。吴三桂举兵反清后，吴国贵先后被任命为金吾前将军、大将军等职，曾担任先锋攻克贵州，后来一直镇守衡州。虽然夏国相曾是吴三桂军营里面的二号人物，但是自那次宝庆之战，被汪铁锤破了阵法，他折兵损将逃回衡州之后，威望就弱了许多。在军政等多方面同样优秀的吴国贵，自然就成了不二人选。吴三桂的那些侄儿、女婿与心腹将领马宝、胡国柱、夏国相等人经过各种权力制衡上的考虑，为防止生变，也不得不一致推举吴国贵。

“我们既然知道吴三桂死了，为什么不把这个消息放出去，不仅可以鼓励我们士气，同时也能打击叛军。”莲花在旁边插嘴道。

“我们也想这样啊，但是，不行啊。”曾大人无奈地说道。

“为什么？”汪铁锤问道。

“自古以来，所有的战争，决定胜败的基本条件之一，就是钱。”曾大人说，“兵马未动粮草先行，这几年战争下来，朝廷的钱都花得差不多了。听总督大人讲，皇帝、皇后和贵妃娘娘，都把自己的私房钱拿出来了，太皇太后也把自己的伙食费减半。但是，即使这样节省，对于战争来说，还是不够。我们现在军营里面已经没有钱粮可用了。”

“那怎么办？”汪铁锤说，“难怪浙江、江西、湖北、陕西、河南等地兵马一直还没过来，原来军饷不够。我们湖广兵马最近连攻多座城池，已经疲倦不堪，虽然对衡州已形成了包围的趋势，但是吴三桂在衡州经营日久，凭借目前兵力难以攻下。”

“曾大人，放出吴三桂死了的消息，让叛军士气降落，内部瓦解，我们不就可以拿下衡州了吗？”莲花说。

“有吴国贵总理军务，叛军内部团结，一时半会儿是瓦解不了的。同时，吴三桂有多名替身，关键时刻，他们随时可以让替身露脸，下面那些士兵谁知真假呢？”曾大人说，“我们这样做的结果，反而会激起他们的斗志，狗急跳墙，若他们主动进攻我们，我们可能会前功尽弃。他们目前没有主动进攻的主要原因，是因为他们正在悄悄派人前往云南迎接吴世璠来衡州继位。”

吴世璠是吴三桂的嫡长孙，是吴应熊的长子。吴应熊在顺治年间，孝庄皇太后因政治需要，赐其与和硕恪纯长公主成婚，并长期居住在京城，后来吴三桂起兵叛乱，则被康熙幽禁。虽然吴世璠只是个十几岁的小孩，但是吴三桂一直觉得自己亏欠了儿子吴应熊，所以对这个长孙非常器重，从小就认真培养，尤其是自己登基称帝时，册立吴世璠为皇太孙。

“现在的战局，双方都在静等。我们在等援军，叛军在等吴世璠。”汪铁锤听明白意思了，说道。

“没错。他们缺一个人，我们缺一笔钱。都在等。”曾大人说。

“大人让我回来是什么意思？让我去找钱？”汪铁锤问。

“你能找到钱吗？”曾大人笑着反问。

“曾大人真会开玩笑，我一个小老百姓能到哪里去找钱？”汪铁锤知道这是曾大人跟他开玩笑的，但是他不明白曾大人到底要找他来干什么？

“总督大人交给你一个任务，半路截杀吴世璠！”曾大人盯着汪铁锤以命令的口气说道。

湖广总督蔡毓荣亲率大军在洞庭湖打败叛军，并烧毁了叛军粮道，但叛军也派军队烧了清军的部分粮草，双方战事进入了胶着状态。蔡大人想，与其这样耗着，干脆派汪铁锤把吴世璠干掉，让叛军群龙无首，时间一长，各将领之间就会为了各自利益激发矛盾，内部瓦解。

一年前，汪铁锤刺杀吴三桂的行动，在那么防备森严的情况下，都差点成功了，这次吴世璠从云南远道而来，只要抓住纰漏，肯定会一击而中。吴世璠一死，叛军就没有哪个可以名正言顺的人来执掌政权，势必出现内讧。

汪铁锤听了这消息，满口答应，因为这是制敌的很好策略。

“你先不要行动，让你回来，就是先休整数日，我这边有最新情报时，再告诉你，看看在什么地方下手最合适。”曾大人考虑得很周全，因为吴世璠来衡州，一路上肯定有不少人护送，途径哪些地方都需要掌握清楚。从昆明出发，可走贵州进入湖南，也可走广西进入湖南。而贵州和广西目前都还是叛军的势力范围，刺杀吴世璠需要策划周全，一击而中，要是不能一击而中，再想刺杀，叛军增加了防备，就会难上加难。所以，现在清军这边也要装着不知道叛军已经去迎接吴世璠的这个消息，只有让叛军认为清军不知道这件事，叛军才会在路途上放松警惕。

汪铁锤正在犹豫什么，曾大人从案桌上拿起一张图纸递过来，说道：“贵州、广西和我们湖南的交界地图，你熟悉熟悉各关隘地形，接到情报就要立即行动。”

汪铁锤双手接过地图，与曾大人又聊了一会儿，然后与莲花一起离开府衙。

在客栈，汪铁锤坐在桌上看地图，莲花趴在窗台看街上的人。他们两个自上次接到任务送军事行动计划去广东大营，前后一个多月了，才回到宝庆府。

突然，莲花兴奋地跑到汪铁锤旁边问：“铁锤哥，我们那里为什么叫黄金岭啊？难道那里有很多黄金吗？”

汪铁锤听莲花这么问，乐了，笑着说：“我们那里山上荆树多，满山都是荆条，应该叫黄荆岭的，但是大家为了图吉利，就叫成了黄金岭。要真有金子就好了。”

“万一真的有金子呢？”莲花说，“还有，离我们黄金岭不远，还有座山叫金人罐。会不会真的有人一样高大的金罐子，或者有装金人的罐子？如果没有的话，为什么叫这名字？难道也是因为山里都是荆条？”

莲花一连串地问，汪铁锤也一时不知道怎么回答了。

莲花又问：“你还记得我们小时候还唱过的童谣吗？‘金人罐里藏金人，黄金岭下埋黄金，金鸡山里飞金鸡，皇帝岭中万千斤’，这是什么意思？”

汪铁锤没有答话，赶紧把刚折叠的地图又铺开，他趴在上面非常仔细地看，过半袋烟的功夫，他自言自语道：“童谣里面的四个地方，都在我们宝庆府，而且之间相隔的距离不远，难道真的有什么秘密？若真有宝藏，这样唱出来，不怕别人去找出来吗？”

“你傻啊。你听了这么多年，有去想过吗？童谣呢，这样唱，大家都以为是小孩闹着玩的，谁去当真呢？当真，不就成了傻子了吗？”莲花刚说话，自嘲地笑着说，“我发现我自己变成傻子了。”

汪铁锤听了莲花说自己傻，他并没有去笑，反而盯着地图，否定了自己刚才的想法，说道：“说不定真有啊。”

莲花一听汪铁锤这么说，赶紧坐在他身边，很惊喜地问：“你也相信？”

汪铁锤说：“小时候，听二老爷讲故事，南宋皇帝赵昀，也就是宋理宗，曾在我们这里担任过邵州防御使，历史上我们这里本来叫‘邵阳’‘邵州’，他当了皇帝之后，年号为‘宝庆’，便把潜龙之地邵阳升为宝庆府，以年号来命名自己的封地，算是一种纪念，也算是一种感恩。他在位四十一年，是宋朝在位时间第二长的皇帝，仅次于宋仁宗赵祯（在位四十二年）。据说，宋理宗在位期间，曾多次派人来宝庆，埋了很多金银财宝，以旺龙气。到底埋在什么地方，没人知道，或者只是民间传闻而已。但是，你刚才这样一说，我觉得事情不一定是空穴来风，南宋朝廷虽然偏安于江南一隅，但是经济繁荣，皇帝给自己龙兴之地弄些金银财宝也不是不可能。何况，这些地名怎么又这么巧合呢？”

宋理宗在立为太子之前被封为邵州防御使，是否亲自来过这里，没有任何史料记载，但是他本人对邵州的重视度是有目共睹的，也是自他登基开始，宝庆府受到朝廷格外照顾，成为湖南境内仅次于长沙和衡州的第三大城市。

关于宋理宗和宝庆的一些故事，莲花小时候也听过的，她见汪铁锤也这样认为，就更来了兴趣，继续自己的推想，她说：“反正这几天我们闲着没事，要不去找找宝藏？万一真找到了，那么打仗不就有钱了吗？”

汪铁锤发现莲花在这方面比他还大胆，便说：“我们出去寻宝，从哪里下手？难道把这几座山挖了？万一这两天曾大人突然找我们怎么办？”

莲花是个天真的女孩，下山跟着汪铁锤闯荡了一段时间之后，发现外面的世界很有趣，她处处都充满好奇，尤其是这个寻宝的事情，又不是打仗，一点危险都没有，肯定更好玩。她听汪铁锤这么说，便解释道：“你真是想多了，我们可以到黄金岭和金鸡山这些地方去看看，问问当地的老人，看看有没有什么大山洞之类的。至于，曾大人那边，更不用担心，他今天说了，刚得到叛军派人去云南的消息。你想想，路程这么远，就是八百里快马，也得好几天时间，到了昆明，难道拽着吴世璠就走？吴世璠作为皇位继承人，也得搞个啥仪式之类的，一个小孩能跟将士们一样，快马奔驰过来吗？这样一折腾，到了湘黔边界或者湘桂边界，没半个月能行吗？说不定需要一个月呢。咱俩就这样闲着？”

汪铁锤想想觉得莲花说得有道理，就说：“黑衣军那边，我得过去看看吧。”

“哼！”莲花一听到黑衣军，脸色就不高兴，她说，“你是想去见云裳吧？”

汪铁锤瞬间明白莲花在吃醋，忙解释道：“我只是关心黑衣军那些兄弟。”

“黑衣军由云裳统领，比你要强很多，她在八角寨跟着梅姑统领过上上下下数万民众。”莲花说道，满嘴都是醋意。

汪铁锤见莲花生气，忙自嘲道：“在领军方面，她确实比我强，她可以做女将军，我只能做个仗剑走天下的侠客。”

“侠客不是挺好吗？有时侠客为天下百姓做的事情，比将军还要多呢。你就是一个。”莲花虽然吃醋，但又容不得任何人说汪铁锤不行，包括汪铁锤自己。在她心目中，天下男子，就汪铁锤是最厉害的。

“我们什么时候出发？从哪里开始？”汪铁锤赶紧转移话题。

“今天就出发，看看地图，哪个离我们最近，我们就想去那里看看。”莲花的好奇心起来了。

“最近的就是我们黄金岭。”汪铁锤指着地图说。

“我们正好可以回家一趟看看爹娘。”莲花兴奋地说。

汪铁锤正想开口，莲花又立即说道：“不行。现在战局不稳，我们这个时候回家，不是特别合适。金人罐也不是很远，要不我们去那里看看如何？”

莲花边说边用手指了指地图上的标记。

汪铁锤点了点头，觉得莲花说得比较合理，战局不稳，战事不断，宝庆兵营里面将士们大部分都是来自宝庆各乡村的精壮男子，他们为了战事有人三四年都没有回家了，而现在自己这样回去，那些不明就里的父老乡亲还以为游山玩水。

“那就去金人罐，明天早上城门一开，我们就出城。”汪铁锤说。

两人正聊着，李二狗就在外面边敲门，边喊道：“铁锤大哥，你在里面吗？”

“二狗来了？”汪铁锤疑惑地看着莲花。

莲花也满脸疑惑。因为，此时的李二狗、王虎仔、刘大牛和张猴子几个人应该都在黑衣军效力呢。难道云裳出什么事了？

汪铁锤一个箭步过去打开门，只见李二狗和张猴子两人笑嘻嘻地站在门外。

“你们怎么来了？出啥事了？”汪铁锤紧张地问道，他很担心云裳的安危。

李二狗和张猴子跨进房间，一副若无其事的样子，还是以前那样吊儿郎当的样子坐在莲花旁边的凳子上。

莲花盯着他俩，左看右看。

“看啥看，啥事都没有。”李二狗笑着说。

“莲花姐，真的啥事都没有。”张猴子也跟着说。

“虎仔和大牛呢？”汪铁锤问。

李二狗自己倒了一杯茶喝完，说道：“云裳姐姐让我们两个过来陪你们的。她说，曾大人这么紧急地让你们回州府，肯定有什么大事，让我和猴子过来陪你们，看有什么需要我们帮忙的吗？”

莲花不相信他说的话，盯着他问：“真的没其他事？”

“真的没有。”二狗和猴子异口同声。

“我和莲花只是回来办点小事，很快就要回黑衣军。那边随时要与叛军决战，你们不能轻易离开。”汪铁锤说。

“二狗对云裳姐姐也是这样说的。但是她还是让我们俩回来，说万一有什么事情，就可以随时通知她。”猴子说。

莲花与云裳两个虽然是好姐妹，但是只要一牵涉到云裳对汪铁锤的关心，莲花也难免会吃醋。她听到猴子这样说，就瞟了汪铁锤一眼。

汪铁锤也无奈，这个事情他心里明白，但又不知道如何处理。因为，云裳有时在他面前也吃莲花的醋。而自己对莲花和云裳，谁都割舍不下。

他知道莲花在吃醋，只好装着没看见，就说：“既然如此，那你们两个就跟着我和莲花明天一起出城办点事。”

“真的吗？去哪里？”二狗和猴子很是兴奋。

“去金人罐看看。”汪铁锤没有把二狗和猴子当外人，就把此行目的告诉了他们，“之前听说有人在那边埋有宝藏，我想去找找看。”

两人一听是去找宝藏，可高兴了，立即拉着汪铁锤问这问那。

金人罐是一座大山，四人来到山前，发现只有一条道通向山里。远远望去，炊烟袅袅，分布在大山各处的村庄正在烧火做饭。

“前面有户人家，我们去那里休息一下，讨碗水喝，再打听打听情况。”汪铁锤指着远处一座茅草屋说。

四人出发时已经准备了干粮，这一路走来，也够累的。

茅草屋里住着一对老年夫妻，见来了外人，非常热情，马上给大家端上大碗茶，还问他们饿不饿，刚过饭点，要不要给他们烧点饭菜。

莲花见老夫妻忙前忙后，忙说：“不用了，我们都已经吃过了，只是来这里看看，有什么好玩的地方吗？”

“这里也没什么好玩的，这里的山和水，在我们宝庆府境内与别的山没什么两样，这山里有的，在别的山上也都能找到。”老奶奶说。

“我活了七十多年，第一次有人来这里游玩呢。”老爷爷笑道。

“我们几个年轻人就是想找点刺激，比如看看这里有什么大山洞是否藏有宝藏啊，看看这山里有什么好吃的野果子。”李二狗嬉皮笑脸地说道。

李二狗是故意这样说的，很多事情，你越大大咧咧地说出来，别人就越不会把你的话当回事。你越神神秘秘，人家就越觉得你有什么秘密。李二狗虽然年龄小，但是他从小在社会上混，这点道理，他是拿捏得非常准的。

“小伙子，大山洞我可没听过，更别说宝藏了。但是我们这金人罐山上有很多野果子确实很好吃。”老奶奶听到李二狗说寻找宝藏，笑得满脸都是皱纹。

“那我们也没有白来一趟。等会儿我们就上山摘果子。”李二狗说道。张猴子也跟着叫好。这两个家伙虽然跟了汪铁锤一阵子了，但是满身的痞气可一点都没有改掉。

“你等会到村里找个放牛娃陪你们上山就行，不然你们也找不到哪里有好野果。”老爷爷认真地说道。

随后，他站在屋前，指着远处一片枫树林说：“整个金人罐哪里都能去，唯独那片枫树林不能去。”

汪铁锤正准备问。老爷爷接着解释道：“那里埋葬着我们先人，按照我们宋家的规矩，外人是不能去的，不可打扰先人清静。”

“谢谢提醒，我们绝不踏入枫树林半步。这个请您放心。”汪铁锤忙承诺道。

几人正说着，从村口走出两人，一个空着手，一副农夫打扮，一个背着药箱，一看就是郎中。

“阿金啊，这有四个年轻人想到山里转转，让你家阿毛陪他们去吧。”老爷爷主动向其中一个人说。

那个空着手的人，神色焦虑，冲着他们点点头，指着远处一座房子说：“门口有棵歪脖子桃树的就是我家，我儿子阿毛正在家闲着。你们去找他就行。”

阿金说完，就领着郎中匆匆地走了。

汪铁锤一行向两位老人告辞，就向村子走去。

“铁锤哥，你觉得那枫树林会不会就是藏宝之地啊？”走在半道上，李二狗小声地问汪铁锤。

汪铁锤看着他，觉得这小子脑瓜子贼灵，说道：“等会儿我们问问阿毛。”

阿毛是一个十来岁的小孩，衣服有些破烂，但是很有精神，一双大眼珠子转个不停，一看就知道是个机灵鬼。他听汪铁锤几人说，是他爹让他陪着去山上，就高兴地说：“我已经好长时间没进山了。最近大伯生病，我爹都忙着给他找郎中，就让我在家干农活。”

阿毛领着大家往山里走去，村里另外几个小孩见到有外人，很好奇，也就一起跟着。阿毛与那几个小孩有说有笑的，还不停地讨论，要去掏鸟窝，抓兔子。

汪铁锤向莲花使了个眼色，莲花从猴子的包裹里掏出一把糖果递给阿毛等人。这是他们在宝庆府买的。

小孩子从来没见过这么好的糖果，咬一口，口水都快流了出来。

几个小孩，不停地说谢谢姐姐。

“阿毛，听说那片枫树林，你们都不能去，真有这么回事吗？”莲花笑嘻嘻地问道。

“姐姐，当然啦，我，我爹，都没有进去过。”阿毛说。

“我们村只有族长能进去，谁也不能进的。我们先人葬在那里。”一个个头比阿毛略微高一点的小孩说道。

其余几个小孩也一起点头附和。

“既然葬了先人，你们这些后人应该都去祭拜才对啊？”汪铁锤问道。

“我爹说这是几百年的祖训，只允许族长一人进去，其余人都不能去。违背族规，就要受到惩罚的，惹怒了先人，我们都会遭殃。”阿毛一本正经地说。

汪铁锤还想再问，那个高个子小孩指着阿毛说道：“他大伯就是族长。”

“你大伯是族长？”汪铁锤看着阿毛，问道。

“是的。但是现在生病了，开春时就病了，躺在床上快半年了。”阿毛担心地说道。

“是什么病？”汪铁锤问道。

阿毛摇了摇头说：“不知道，我爹说已经找了很多郎中，都没有见效。”

“有没有去找夏神医？”张猴子插嘴道，“夷江镇的夏神医。”

“我不知道，等会儿你问我爹。”阿毛挠了挠头，说道。

于是，一行人到了山里，山里野果确实不少，并且这个季节也都成熟了。这群小孩子见到野果高兴得满树爬。

“阿毛，你们平时上山放牛，就没发现大山里有什么山洞吗？”莲花问爬在树上的阿毛。

“没有。这座山，除了枫树林，每一个犄角旮旯我们都跑遍了。”阿毛吃了一口大梨说道，那梨汁都从嘴角流了出来。

“那你有没有听你大伯说枫树林里面有山洞呢？”莲花又问道。

“没有。每年清明，我们全村的人都在枫树林外面跪着，大伯一个人进去祭拜。”阿毛说。

“莲花姐姐，我告诉你，有次阿毛就想溜进去看看，结果刚走到枫树林界边，就被发现了，在祠堂里吊了三天三夜。”旁边另外一个小孩说完就哈哈大笑，笑得阿毛都不好意思了。

“我爹说，若不是阿毛还小，否则就会一辈子被关在祠堂后院了。”那个高个子的小孩在另一棵树上说道。

随后，大家都哈哈大笑，有笑阿毛那几天被吊着打，真惨；有笑阿毛命硬，否则吊三天还不得吊死啊。

汪铁锤和李二狗、张猴子，也趁机到各处查勘了一些，并没有发现任何异样。

转到天快黑了，大家开始下山。

李二狗拉着汪铁锤说：“铁锤大哥，我觉得这个枫树林肯定有问题，不然怎么搞得这么神秘呢？既然是葬着先人，为什么不让其他后人来祭拜？这比进祠堂还严格啊。肯定有宝藏。”

汪铁锤见李二狗一副认真的样子，就说：“你就这么肯定？”

“咱们今晚再去一趟。”李二狗说。

“不急。今晚我们到阿毛家去借宿，问问他爹。我们再决定。”汪铁锤说。

“铁锤哥，我还想到了一个办法去枫树林。”李二狗神秘地说。

汪铁锤指着他脑袋说：“你可别乱来啊，现在天干物燥，这要是一着火，整座大山被烧掉，这些村庄也不能幸免。”

“不愧是大侠，我还没说，你就知道了。”李二狗伸了伸舌头。

“上次，你们在金鸡镇那里烧掉吴三桂的粮仓，情况不同，可不能乱来。”汪铁锤说。

上次，汪铁锤和莲花带着绝密任务前往广东大营，一路被冷空和尚追杀，路上遇到了李二狗和王虎仔，得知吴三桂在金鸡镇附近有座粮仓，汪铁锤完成任务之后，与广东大营的兵马一起杀进湖南，并派人配合李二狗和王虎仔一把火烧掉了叛军的粮仓。因此，李二狗和王虎仔还得到了宝庆知府曾青溪的夸赞。那一把火，自然也就成了李二狗的得意之作。

现在听到枫树林的事情，就越发勾起了他的好奇心。他想到，你不让我们进去，我放把火一烧，难道就让族长一个人去救火。只要大家都能去枫树林救火，就可以有机会进去看到里面的秘密。

到了阿毛家，阿毛的爹阿金已经回来了。汪铁锤向阿金说明了想留宿的想法，阿金很欢迎，阿毛更是希望他们在这里留宿，整个下午，他们相处得非常好，尤其是李二狗和张猴子给阿毛讲他们在夷江镇的趣事，让阿毛羡慕不已。阿毛的娘在一年前生病去世了，家里一下子来了这么多人，热闹很多，他非常开心。

村里人家没有什么好饭菜，大家简单吃了一些，就有一句没一句地聊天。

汪铁锤很快就得知。这个村里的人姓宋，是南宋时期为躲避战乱迁居到这里的，已有近四百年历史了。枫树林里面埋葬的是迁居来的始迁祖，他喜欢清静，不问世事，临终前遗言，在他埋葬之地种上枫树，由长房长子担任族长，每年清明由族长代表全族所有人独自进去祭拜。这个村子虽然人口只有两三百人，但是大家都是同宗同族，相处非常和谐，从来没有红个脸吵过架。

阿金告诉大家，他们宋氏宗族的族长就是他的兄长，叫宋天一，并且是同父同母的兄长，但是两人年龄相差了二十岁。阿金有兄弟姐妹八个，母亲十五岁从金鸡岭嫁过来，第二年生了长子，而阿金是他母亲三十六岁时生的幺仔。整个村里大家过着男耕女织的生活，平静而安逸。

“你母亲的娘家是金鸡岭的？”汪铁锤问道。

“是的。我们祖上定了规矩，只与几个村之间通婚。”阿金说。

“这很有意思哦，哪几个？”汪铁锤一下子来了兴趣。

“金鸡岭、金凤山、黄金岭、皇帝岭、天子岭、金龙山、狮子山、豹子山。这八个村。”阿金掰着手指数着。

八个村，加上金人罐。正好是九个。“九”为大，他们又是南宋时期迁入，难道真与宋理宗有关？汪铁锤内心不由得一震。

他就问道：“祖上定的这规矩也挺有意思。要是与别村的人结婚，会咋样？”

“逐出家族，剔出家谱。”阿金很认真地说。

“这么严重啊！”汪铁锤和莲花等人异口同声。这在当时来说，比杀头还要严重。

“是的。就我们九个村之间相互通婚，说是亲上加亲。”阿金接着说。

汪铁锤看了莲花一眼，两人目光里面不由得闪出异样的光。

深夜，一个黑影出现在枫树林。

第二天，汪铁锤把一封信交给阿金，说：“你带上这封信，今天就找人把族长抬到夷江镇，夏神医会不惜一切手段救治的。”

阿金说：“太感谢您了。”

汪铁锤说：“举手之劳，后会有期。”

四人在村口又与昨天那两位老爷爷老奶奶打了招呼，就离开了。

“铁锤，我们现在去哪里？”莲花问道。

“去狮子山，离这里最近。我们如果走快一点，晌午就能赶到。”汪铁锤说。

“我们黄金岭的西面有一片枫树林，之前小时候听大人说那是赵家的，外人不让进，而赵家也从不去我们村里下聘礼。”莲花说，“而昨晚阿金告诉我们，金鸡岭那边也有一片枫树林。难道真有这么巧合的事吗？”

“所以我们今天要去一趟狮子山，看看那里是否也有枫树林。”汪铁锤说。

“我就觉得这个枫树林里面有秘密。”李二狗说道，“就应该一把火点燃，我们浑水摸鱼。”

看来李二狗除了用火这招，没有别的法子了。

四人边聊边走，到了晌午就来到了狮子山脚下。

“没看到枫树林啊。”张猴子走在前面东瞧瞧西瞧瞧，“难道在山的另一面？”

现在正是秋季，枫叶都红了，只要有枫树林，远远就能看到。

“先吃点东西吧，问问人家。”莲花指了指远处一座茶亭。

汪铁锤等人点了点头，就一起走了过去。

茶亭里只有一个驼背老头在烧水，另一个农夫打扮的中年人坐在茶亭与老头有一句没一句地搭话，谈的都是谁家的母猪下了几个猪崽，谁家的娃偷了谁家的几个鸡蛋。两人聊天时还不时爆一两句脏话。

汪铁锤等人坐好之后，驼背老头过来说：“这里只有辣椒豆腐干和米饭，别的都没有。”

“有米饭吃就行，饿死了。”还没等汪铁锤说话，李二狗就抢先说了，“越快越好。”

“你们几个是想到哪里去啊？”那个中年男人在喝酒，桌上只摆了一盘花生米。

“我们几个闲着无聊先看看这山里有什么野味。”李二狗说。

他们在路上都一起商量好了，李二狗一副小混混的样子，打听什么事情，不容易引人注意。

“这山里的野味可多了，兔子、山鸡、野猪、麂子都有，你们这样赤手空拳的，是逮不到的。”那个中年人说道。

“没事。我们就是过来看看，有的话，叫上兄弟们一起来。”李二狗一只脚踩在凳子上，一副吊儿郎当的样子。

“年轻人，你们最好还是别进山，这山里的野兽多，很危险的。我们村里猎户都是三四个人一起结伴才敢去呢。”驼背老头端着一大盘辣椒豆腐干放在桌上。

“大爷，我之前听朋友说，你们这里有一片枫树林，到了秋天火红火红的，像着了火一样，我们怎么没有看到啊。”李二狗继续问道。

驼背老头和中年农夫听了哈哈大笑。

“说笑话。我从小就生活在这里，六十多年了，没听说有枫树林。你朋友逗你玩吧。”驼背老头笑着说。

“难道我记错了？”李二狗故意挠了挠头，“居然耍我，回去我让他请我喝酒。”

大家都一起笑了。

张猴子说：“我就知道那家伙是骗我们的，枫树林多得是，好多山里都有，你偏要跑到这里来看。”

汪铁锤和莲花也赶紧附和，说我们都被骗了，就李二狗这么容易相信人。

然后，四人边吃饭边与老头、农夫聊天。得知，他们这个村在这里也有三四百年历史了，祖上曾在开封做官，后来南渡到了临安，又几经周转到江西一带为官，几代人不管如何都是拿着朝廷的俸禄，到了他们村始迁祖这一代，因在官场受到排挤，就带着全家隐居到这里来了。

“我也是听我爷爷这样说的。具体祖上当什么官，族谱上也没说。”驼背老头说。

“肯定是大将军。”中年农夫边吃花生米边说。

“这个也难说，但是他们又说是什么翰林，专门跟在皇帝身边的。”老头说。

“反正啊，自迁居到这里，三四百年，我们祖训就约定，让我们世世代代老老实实种地，不要去博取什么功名，说这个官场太危险。”中年农夫说。

“就是。当官哪有我们小老百姓自在。”李二狗说。

“当官威风啊。你当不到才这样说，吃不到葡萄说葡萄酸。”张猴子打趣道。

“我还不想当呢，你能当？当给我看看。”李二狗不乐意了。

汪铁锤和莲花见两人都要吵起来了，不由得笑了起来。

“你们别吵了，又不读书，又不去从军，也不会种地，游手好闲的，还想当官？”莲花打趣道。

“我觉得跟我爹娘在夷江镇卖米卖盐就挺好的。”李二狗还厚着脸皮继续说道。

“卖米卖盐是好买卖啊，比我们种地的要强很多呢。”那个中年农夫说道。在那个年代，能允许卖盐，可不是一般的小店铺了。

“还行还行，混口饭吃。”李二狗一本正经地说。

汪铁锤和莲花都忍不住笑了。

“原来你们都是有钱人家的公子，难怪这么有闲心来我们这偏远的乡下玩耍。”驼背老头说。

“这里离宝庆府也不远，他们家就是在宝庆府卖布和开钱庄的。我是闲着没事，到宝庆府找他们玩，就被人忽悠到这边来看看有什么新鲜玩意。”李二狗这个人说谎能力不得不令人佩服。

“哥，我们宝庆很多人都是从外地迁居过来的，你祖上是这里土生土长的吗？”张猴子不想看李二狗没正经地瞎聊，就把话题扯开。

“我家祖上？”汪铁锤刚开口，猛然想起，二老爷曾说，我们祖上在南宋时期曾是镇守江西某地的指挥使，后来功成身退，隐居到黄金岭。而黄金岭也有一片枫树林，但那是属于赵家的。

“我家祖上也是宋朝迁居到黄金岭的。”汪铁锤边说边用手抓起一把筷子。

“我头怎么这么晕啊？”李二狗用手拍了拍脑袋，想站起来，发现已经没有力气，脚一软，趴在桌子上了。

“我也头晕。”张猴子刚说完，也趴在桌子上不动了。

汪铁锤再看莲花，刚才还好好的，也脑袋一歪，趴桌子上了。

“见效了！”中年农户对着驼背老头笑着说。

“这小子是练家子的，看他头上冒汗，应该也差不多快倒了。”驼背老头把腰间的围巾取下丢到地上，挺了挺腰，但还是驼着背，看来驼背是真的。

两人一左一右向汪铁锤走过来。

汪铁锤暗暗叫苦，这一大意，居然着了人家的道了。他不得不运内力逼出迷药。

“别徒劳了。没用的。”驼背老头阴笑着说。

“有本事就决斗，你这不是英雄所为。”汪铁锤最讨厌别人用这种手段了。

中年农夫走过来，拿起一根筷子，指了指茶壶里面的水，指了指盘子里的菜，说道：“六叔下毒的手段还是这么老道，两种药无色无味无毒，但是只要混在一起，就是江湖上最好的蒙汗药了，赛过苗寨的酥骨香。”

“哈哈哈，大侄子说笑了，老头子没事干，就喜欢折腾这个。”那个叫六叔的驼背老头也走到汪铁锤面前。

“说吧，谁让你们来的？你们打听枫树林，到底想干吗？”中年农夫瞬间变脸，恶狠狠地问道。

“我们只是好奇，想看看风景而已。”汪铁锤说。

“好奇？好奇能从金人罐跑到我们狮子山来？”农夫自然不相信他说的话。

“金人罐的阿金已经送来了消息，你们可不是采野果子抓野兽的。你们的目标是枫树林。”驼背老头冷笑着说。

“枫树林里有什么秘密？你们又没有枫树林，为什么这么害怕呢？”汪铁锤功力深，所以能运功短暂压制着蒙汗药的作用。

“枫树林有什么秘密，我们也不知道，你想知道的话，等会儿我送你去问问我们老祖宗。”农夫冷笑一声。

“几个黄毛小子，居然想打听我们家族的秘密，真是笑话。”驼背老头说完，几个人从外面走了进来，阿金就在其中。

“阿金大哥，这是怎么回事？”汪铁锤见到阿金，忙问道。

“我还想问你呢，昨晚你从我家偷偷溜出去，去干什么了？是不是去了枫树林？”阿金一改之前那种老实本分的样子。

汪铁锤再观察阿金的手掌，才发现，自己大意了，那手掌明显是习武之人的，他昨晚见到时，还以为是阿金常年干农活的缘故。

既然已经被阿金他们觉察到了，那也没有必要废话了。

汪铁锤说：“看来你们的枫树林真有不可告人的秘密，否则不会这么大动干戈。”

“有没有秘密，那是我们的事情，跟你毫无关系，你也别想打这个主意。”阿金说。

“本来我们只是好奇想探寻一下，既然如此，看来我们是要把这个秘密挖出来了。”汪铁锤盯着阿金说道。

“都这个时候了，年轻人别嘴硬！把他们都捆起来，关进狮子笼。”驼背老头一声令下，周围几个年轻人就围过来。

汪铁锤想站起来抵抗，发现已经全身无力。

“青龙叔叔，汪铁锤出事了，我得去救他，黑衣军就由你来指挥。”云裳接到飞鸽传书，立即传八角寨的四大堂主进帐。

黑衣军是由八角寨的青壮人士组成，梅姑担心云裳安危，就让八角寨四大堂主下山保护云裳，而云裳和汪铁锤又说服四大堂主把各寨年轻小伙子都招募进来，从芙夷镇武馆学徒里面又挑选了一批，就组成了黑衣军。

“云裳姑娘，汪铁锤出什么事了？”四大堂主异口同声地问道。

“曾大人让汪铁锤回去，我觉得事情蹊跷，就让李二狗和张猴子跟着去，看看他们去哪里，同时让李二狗一路上留下记号，我又安排王虎仔和刘大牛远远跟着，不要暴露，万一出现意外，立即飞鸽传书告诉我。”云裳说道，“汪铁锤离开时，我就总觉得有什么事情要发生，果不其然，刚刚王虎仔和刘大牛飞鸽传书，说汪铁锤和莲花等人在狮子山被人下药抓住了。”

“啊，这可如何是好？”白虎堂主说道。其他三个堂主也满脸都是担忧。

“不知道他们是去干什么？汪铁锤一向是非常谨慎的，怎么能这么大意被抓呢？”青龙堂主说道。

“我现在就出发，黑衣军交给你，三位叔叔多多协助。”云裳交代完就要走。

“云裳姑娘，你一个人去吗？”青龙堂主挡着云裳问道。

“有虎仔和大牛在那边等我。”云裳说道。

“他们两个小屁孩有啥本事，朱雀和玄武陪你一起去。这里有我和白虎就行。”青龙堂主说道。

云裳犹豫了片刻，点了点头，说道：“那就赶紧走吧。”

云裳说完就走出大帐，跃马而去，朱雀和玄武也骑马紧紧跟着。

“铁锤哥，我们现在哪里？”莲花功力深一些，醒来一看，发现被关在一个大大的铁笼子里。汪铁锤、李二狗和张猴子都在。而周围又是高高的围墙。

汪铁锤用内力逼出了一些迷药，所以比他们都醒来得早。莲花踢了李二狗和张猴子两脚，他们两个也跟着晕乎乎地醒来了。

“这是哪里啊？”两人一看被关在铁笼子里，吓一大跳，他们可从来没有见过这样的世面。

“我们被人下药，被关在这里了。”汪铁锤说，“他们说这是什么狮子笼，这么粗的铁柱子，就是狮子都没法逃出去。”

“要是你的桃花剑在就好了。”李二狗说。

“你傻啊，要是带着桃花剑来，也会被他们拿走。”张猴子说。

“你们两个啥事都爱吵，都什么时候了，我们得想办法出去。”莲花急得不行。

“我也想了，但想不出什么好法子。本来想与他们谈谈，讲讲道理。”汪铁锤无奈地说道，“他们都不搭理，都跟聋子一样。”汪铁锤用手指了指远处几个负责看守的人。

“那我们咋办？”莲花焦急地问。

“等等吧，他们肯定会有人要来找我们的。”汪铁锤说。他也没有什么办法，被关在这里面，只能说几句宽慰的话，免得其他人也跟着着急。

“云裳姐姐要是知道这消息就好了。”李二狗耷拉着脑袋说着。

“她在衡州黑衣军营地，除非有千里眼顺风耳。”汪铁锤说，“即使她知道了，要救出我们也很难。这九个村庄肯定有大秘密，这些人个个都是习武之人，身手不凡，我们之前居然都不知道。”

“哪个……哪个……铁锤大哥，我想跟你坦白一件事。”李二狗看了看汪铁锤，又不好意思说，把头低着。

此时，他们四个人，各靠坐在铁笼子的四面。

“这都什么时候了，有话就说吧。”汪铁锤笑着说，“你就是说错了，我也揍不了你。”

“那我就说了啊。”李二狗说，“其实，我和猴子跟你来，是云裳姐姐安排的，她怕你有危险，就让我一路上跟着，并在路上留下记号。她说如果有什么意外，她就会知道，立即过来保护我们。”

“保护？汪铁锤需要她保护吗？”莲花本来心情不好，这一听说云裳要保护汪铁锤，觉得自己心目中的男人，居然让别的女人来保护，她心中油然生起一股醋意。

“莲花姐姐，你别生气，其实铁锤大哥对你特别好。”李二狗发现自己好像说错话了。

“是的是的。莲花姐姐，铁锤大哥就爱你一个人。”张猴子也跟着说。

“谁要他爱啊，他有云裳呢。”莲花害羞得脸都红了，但嘴上不认输。

“好啦好啦，别吵了。我们还是想办法怎么出去吧。”汪铁锤只得转移话题。

他本来想说，我们赶紧想办法出去，别让云裳过来，这里太危险，万一她也被抓了就麻烦了。但是他又不敢说，自己在内心对云裳是百般喜爱，但是与莲花从小青梅竹马，感情很浓，谁都割舍不得，也见不得莲花为此不高兴。

“有什么好办法？我现在是又饿又渴。”李二狗揉了揉肚子。

“忍着吧。”张猴子说完就眯着眼睛装睡了。

深夜，狮子山，一座宅院里。

“汪铁锤？他果真是刺杀吴三桂的汪铁锤？”那个驼背老头坐在椅子上问。

旁边站着的一个年轻人，估计是刚从外面匆匆赶回来的。

“如果真是他，该怎么办？”之前在茶亭的那个中年农夫说。

“祖训规定，侵犯枫树林就是与我们为敌，绝不手软。”阿金坐在旁边说。那眼神充满着杀气。

“汪铁锤是官府的人，要是得罪了他，官府带着兵马过来，我们抵挡得了吗？”另外一个白发老头说话了，“没有调查清他的背景，我们这样贸然动手，失误了啊。”

“可他是来找枫树林的秘密，怎么能任意由他想来就来，想去就去呢？”阿金说道，“你们没有枫树林，但是你们有樟树林啊。只要他来这里转一圈，难道就想不到你们的秘密就在樟树林吗？”

“那你说怎么办？”驼背老头问阿金。

“一不做二不休，把他们全部杀了。除了我们之外，没人知道。”阿金眼里的杀气更重了。

坐在里面的十几个人都没有吭声，大家都在权衡利弊。

“世上没有不透风的墙。”刚才说话的那个老头说，“四个大活人去了你们金人罐，又来了我们狮子山，难道一路上就没人看见？”

阿金肯定没有考虑到这点，他没有说话，只得看着其他人。

“早点休息吧。明天九大山寨的族长到齐了，我们再一起商量。”那个白发老人说话了，他就是狮子山的族长刘一刀，所遇敌手都是他一刀致命。

众人走后，只留下两个老头，驼背老头六叔和族长刘一刀。

“阿金的手段有点狠啊。”驼背老头六叔说。

“他自己无意中把各山岭告诉了汪铁锤，然后又发现汪铁锤好像晚上去了枫树林，所以才想到事情的严重性。不杀了汪铁锤，他会觉得自己对不起先人。”刘一刀说。

“他自己一时大意，现在这个烫手山芋放到我们这里了。”驼背老头说，“我也是一时糊涂，就先下手了。其实当时弄清楚情况再动手也不迟。”

“你不用内疚。现在正是围攻衡州城的时候，汪铁锤却不在军营，而来到我们这里寻找枫树林，本来就是不简单的事。他肯定是知道什么秘密了。”刘一刀说。

“他们枫树林有什么秘密？不就是葬着先人吗？我们樟树林不也是葬着先人吗？”驼背老头说到这里，看着刘一刀，小声地问道，“难道真有什么秘密？”

“能有啥？就立着一块碑！”刘一刀瞬间盯着驼背老头，“六叔，樟树林有没有秘密，就谈到这里，你也不要问，我也不会说。”

“族长，我明白。我不该问。”驼背六叔立即低头认错。

“你回去睡吧。我一个人再坐会儿。”刘一刀直接送客了。

深夜，狮子山樟树林出现了一个黑影。随后，这个黑影又出现在狮子笼附近，很快又消失在夜幕。

这一天，狮子山特别热闹，金鸡岭的族长田雄、金凤山的族长马彪、黄金岭的族长赵虎、皇帝岭的族长李火、天子岭的族长张铁拳、金龙山的族长梨展、豹子山的族长何双枪、金人罐的族长长子宋大志，分别带领自己本族十余人先后抵达狮子山，与刘一刀一一会面。

大家落座之后，刘一刀作为东道主，开始说话：“根据家族记载，四百年来，我们九大山寨各族长这样聚在一起，也只有三次，第一次是大宋灭亡，第二次是朱元璋建立大明，第三次是清军入关。而今天是第四次。至于为什么请各位来，昨晚已经在信函里面向各位族长说清楚了。”

下面的人纷纷点头，都表示知道这次来的原因。

“四百年来，这是第一次有人想打我们枫树林的主意，虽然我们刘家没有枫树林，但是有樟树林，你们黎家有桂竹林，何家有槐树林，李家有榕树林等等。他汪铁锤是什么人物，在湖广境内是无人不知无人不晓的少年英雄，刚出江湖一战灭掉南霸天，勇闯叛军阵营刺伤吴三桂，智破八卦阵，单挑芙夷镇，听说顶级高手冷空和尚都拿他没办法。现在他打上了我们这些树林的主意，我们既不能坐以待毙，又不能得罪官府。”刘一刀说。

“是啊。现在我们该怎么办？”豹子山的何双枪问。

“四百年来，祖训写得清清楚楚，除了族长，谁都不能进禁地，我长子虽然是未来族长的继承人，但是到现在他三十多岁了，也没有踏进我们禁地半步。”田雄说，“禁地里面到底有什么？我也不知道，你们可能也不知道。”

说到这里，田雄用手指了指在座的各位，问道：“你们有人知道里面的秘密吗？”

在座的都摇头说：“不知道。”

金人罐的宋大志说：“我都还没踏进禁地半步呢。”

宋大志是金人罐族长宋天一的长子，宋天一因生病不能前来，就让长子代替其出席。

“他肯定是知道了什么秘密，所以才过来打听的。”刘一刀说，“战况这么紧张的情况下，他汪铁锤会有闲心来游玩吗？”

“汪铁锤是官府的人，又为朝廷立了大功，我们这样把他抓起来，是不是太草率了？我们祖训里面也说过，子孙不要去做官，但也告诫我们不要得罪官府。”黄金岭的族长赵虎担忧道。

赵虎的话刚落音，大家都议论纷纷，左右为难。

“报！报！报！”

众人正在讨论对策，一个青壮小伙子匆匆从村口跑进来。

“阿牛，什么事情？”还没等小伙子跑进来站稳，刘一刀就问道。

“各位族长，门口来了两男一女，那个女的说让我们立即交出汪铁锤，否则踏平狮子山。”阿牛说。

“两男一女？”刘一刀问。

其余人等都盯着阿牛。

“她说她叫云裳。”阿牛说，“她旁边两个男的，一看就是武功很高的样子。”

“八角寨的云裳！”刘一刀与另外几个族长异口同声。

“她怎么知道的？”黄金岭的赵虎问道。

“你不是说没人知晓吗？”天子岭的张铁拳盯着刘一刀问。

刘一刀一下子尴尬了，他往旁边张望，估计是想看看驼背六叔和中年农夫吧。

坐在刘一刀旁边的皇帝岭族长李火站了起来，说道：“我们都去看看吧。一个黄毛丫头，我们有什么好怕的？”

大家见李火这样说了，只得纷纷站起来，跟着一起走出宅院，向村口走去。

“云裳来了。”汪铁锤说。

“我也听见她的声音了。”李二狗心情大好，觉得云裳来了，他们就有救了，“猴子，你说云裳姐姐是不是带了几千兵马过来？”

“你又不是没在军营里面待过，几千兵马，能这么快过来吗？”张猴子此时的心情也大好，又习惯性顶撞李二狗了。

“她一个人来，管用吗？”莲花担心云裳的安危，又不免要吃云裳的醋。没想到自己和汪铁锤又落到要她来救的田地，这个云裳可是多次出手救汪铁锤于危难之中。此时的莲花心情复杂，喜是几个人有救了，忧是担心云裳也落于敌手，满肚子醋意是云裳为了汪铁锤可以不顾一切。

“莲花姐姐，你别急，她肯定带了帮手来的。”李二狗忙说。

汪铁锤此时内心既兴奋又紧张，他已经从外面的车马声就判断出狮子山已经请来了很多帮手。他们关押的地方就在大宅院的后院，汪铁锤屏息静听，从马蹄声和杂乱的脚步声就可以推断出有上百号人进了这个村子。刚才张猴子说得没错，云裳能这么快赶来，肯定是孤身前来或者也就带几个帮手，她也不可能调遣驻扎在衡州城的兵马。

云裳骑白马，后面跟着朱雀和玄武，朱雀骑黑马，玄武骑红马。

云裳来到村口，对着在外面站岗放哨的人喝道："速去通报你们族长，就说云裳来了，请速速放了汪铁锤。"

她这声音很大，气沉丹田，震耳欲聋，是故意让汪铁锤等人知道她来了。

刘一刀带着众人来到村口。

"云裳姑娘，在下是狮子山族长刘一刀，久仰大名。"刘一刀不想得罪官府，自然也就不想得罪云裳。

"刘族长，云裳这厢有礼了。"云裳见刘一刀带着上百人出了村口，又见刘一刀态度很好，也就客客气气，她也不想硬碰硬，救出汪铁锤才是此行的目的。

"云裳姑娘，我们之间可能有些误会，能否进村一起商议。"刘一刀说。

"刘族长，您把汪铁锤等人放了，我们一切都好商议。"云裳说。

"云裳姑娘，这个都好说，只是汪少侠等人对我们几个宗族禁地有所冒犯，所以暂时委屈他们在后院，待我们把误会消除，我一定会亲手把汪少侠等人交给您，不会伤害他一根头发丝。"刘一刀已经通过穿着判断出云裳身后两个人的身份，官府和八角寨，都不能得罪。

云裳见刘一刀也很通情理，不像有诈，就说："那就请刘族长前面带路。"

她说完就翻身下马，朱雀和玄武也跟着下马，村里上来三个小伙子主动把马牵到一旁。

云裳既然来救汪铁锤，就没考虑个人安危，刀山火海都不怕。她跟在刘一刀后面，朱雀和玄武跟在她后面，其余人等都跟在朱雀和玄武的后面。

到了大宅院，分主宾落座之后，刘一刀又主动向云裳介绍其他各村的族长。

云裳一一向他们抱拳施礼，但是内心却在不停地盘算：这么大阵式，看来汪铁锤知道了他们什么重要秘密了，否则不会如此兴师动众。

云裳想看看刘一刀他们会透露出什么秘密，先用话吓唬吓唬他们，便说道："刘族长，汪铁锤是奉朝廷密令到这边执行公务，您把他们关押起来，湖广总督蔡大人和宝庆知府曾大人可还在等他回去交差呢。"

刘一刀和其他人听云裳这样一说，吃惊不小，汪铁锤是身负朝廷密令公务，现在抓了汪铁锤，岂不就是与朝廷作对吗？没想到事情比想象中更复杂。

刘一刀说："云裳姑娘，起初我们并不知道汪少侠的身份，对于侵犯我们宗族禁地的人，我们岂能放之任之？"

云裳说："不知者不怪。但是刘族长既然知道了汪铁锤的身份，为何还不立即放了呢？"

云裳边说边环视大厅一圈，说道："你们如此兴师动众，不仅已经查知了汪铁锤的身份，而且又不想把自己的秘密公之于众，是在商议如何与朝廷作对吧？"

大厅众人听了面面相觑，刘一刀忙摆手解释道："云裳姑娘，您误会了。我们是本本分分的农夫，只想安安稳稳过日子。汪少侠忽然来访，让我们很意外。"

其他人纷纷点头呼应。

云裳也不想与大家纠结这个事情，刚才那样说，只是让他们明白汪铁锤在官府的分量，只想尽快救出汪铁锤，便说道："既然如此，请刘族长放了汪铁锤，有什么误会，我们大家到时一一说清楚。"

刘一刀见云裳这样说，也不得不答应，便说："汪少侠威震湖广，因为误会让他委屈了。我现在就让人马上把他请过来。"

他没有说把汪铁锤放出来，而是说请。因为当着这么多人的面，他也不便说汪铁锤等人被关在狮子笼里。

刘一刀说完，刚准备吩咐旁边站着的一个青壮年。阿金说话了。

“慢！刘族长，我们现在不能放了汪铁锤。”阿金说道，“他冒犯我们祖宗禁地，岂能轻易就放了？如此的话，官府的人就能随便踏入禁地吗？”

周围人听了，觉得阿金说得也很有道理，开始议论纷纷，有说应该放，有说不应该放。

“我们自己族人都不能进去，别人岂能随意闯入？”

“国有国法，族有族规。可不能乱了。”

“俗话说，不知者不怪。他汪铁锤只是好奇而闯入，没有恶意，我们大可不必如何小气量吧。”

“如果我们纠结这个问题不放，得罪了官府，他们偏要去找禁地的秘密，那又怎么办？我们能与官府作对吗？”

……

云裳不认识阿金，她见事情本来处理得好好的，他忽然一句话就把事情又搞复杂了，汪铁锤没出来，她心里不踏实，害怕有什么危险，只有见到汪铁锤，见到他平平安安的，云裳就不怕惹事了。自跟着汪铁锤从八角寨出来，她经历不少风雨，也懂得了处理问题的方法。

她见大家还在喋喋不休地争论，就开口问道：“各位族长，各位好汉，我们作为老百姓，不管遇到什么事情，是不是以朝廷为重？”

大家听了，纷纷点头，刘一刀还特意说了一句：“我们当然都得听皇上的，听朝廷的，听官府的。老百姓的安居乐业都是皇帝和朝廷给的。”

云裳说：“叛贼吴三桂即使拥有百万大军，现在还不是被朝廷大军包围在衡州城内。”

其他人也纷纷点头，有几个还不由得问候了吴三桂祖宗十八代。

刘一刀听明白了云裳的意思，汪铁锤是朝廷镇压叛贼的有功之臣，是不能得罪的，吴三桂那么大的势力都已成瓮中之鳖了。

他就看了看阿金，说道："汪铁锤为朝廷镇压吴三桂立有大功，总督蔡大人都多次褒奖，我们山野村夫也有耳闻。云裳姑娘，我们对于汪少侠有什么冒犯，还请您帮忙解释，但是汪少侠侵犯我们的禁地，也需要他给我们一个交代。"

云裳见机给大家一个台阶下，便说道："刘族长，这个您放心，汪铁锤一定会给大家一个交代的。"

"不行。"阿金担心刘一刀放人，抢先说道，"汪铁锤放了出来，我们就很难抓到了。"

阿金这个人看起来是个本分的农民，实际上心机很重，尤其是因他自己的原因，透露了秘密，又认为汪铁锤踏进了自己宗族的禁地，他觉得自己愧对祖宗，想务必惩罚汪铁锤。

云裳的脸色瞬间变了，没想到这个阿金是一个难缠之人，看来讲半天道理也无用了。她盯着阿金问："这位好汉，你认为抓住汪铁锤就能万事大吉了吗？我云裳也一样可以踏平你的山寨！"

说到这里，云裳左手重重握了一下宝剑，一双眼睛狠狠盯着阿金，厉声喝道："告诉我，您是哪个山寨的？是狮子山的吗？"

谁也没有想到，刚才还客客气气说话的云裳，突然恼羞成怒，刘一刀怕惹火烧身，忙摆手道："不不不，他不是我们这里的。"

云裳没有说话，盯着阿金，她猜着了，只有金人罐的人才会这样，她一字一句地说道："金人罐，对吗？"

阿金自诩武艺高强，岂能当着这么多人，被一个小姑娘呵斥。

他站了起来，说道："要想带走汪铁锤，得看我的双刀同不同意！"

阿金说完亮出两把短刀，类似农家的菜刀，但又比菜刀精致。

站在云裳后面的朱雀和玄武一直没有说话，此时见阿金直接亮出兵器，两人齐步走到云裳面前，手按兵器。

周围人没想到本来谈得好好的，忽然就亮兵器了。刘一刀也一时左右为难，这可是在自己狮子山地盘，他不想得罪官府，也不想得罪九大山寨的任何一家。

“阿金，如果你与云裳姑娘有什么矛盾，可以到屋外去。我们都不干涉。”刘一刀说完，又看了一眼云裳。言下之意就是，看你云裳能不能搞定阿金了。

云裳当然明白刘一刀的意思，阿金这个刺头不摆平，其余人怎么能服气呢？

她说道：“朱雀叔、玄武叔，你们退下，交给我就行。”

云裳虽然年轻，但是武功深得八角寨的邓老前辈和梅姑的真传。

阿金提着双刀往屋外走去，云裳跟着走了出去。其余人也都往外走。大家的心思也都一样，想看看代表官府的云裳武功到底如何，决定着他们与汪铁锤谈判的筹码大小。

云裳也知道这个道理，三言两语就想从这里把人带走，就算刘一刀同意还不行，这些人中间不仅阿金这个人不服，其他人也有不服的。

朱雀担心云裳有为危险，就走到她旁边说：“云裳姑娘，让我来收拾他。”

“不用。”云裳手一摆，虽然朱雀和玄武的武功都在她之上，但是这次就是要让九大山寨的人看看她云裳一个女流之辈的本领，只有这样才能服众。

九大山寨对阿金的武功是知晓的，虽然不及各山寨的族长，但在他们九大山寨习武人中，算是一流。

阿金与云裳在屋外晒谷坪站立，其余人很自觉地分散在晒谷坪的四周。

“出招吧，小姑娘。”阿金自信对付一个小姑娘没问题。

云裳冷笑一声：“不客气了！”

说完，她缓缓拔出宝剑，一把非常精美的宝剑，在烈日下闪出一道刺眼的光芒，在剑尖出鞘的瞬间，箭步向阿金扑去，一招“青蛇出洞”指向阿金面门。这由慢变快的速度，让周围人为之一振。

阿金手握双刀，一招“雄鹰展翅”也往前扑去。他是以攻为守，同时守中带有攻式，力道凶猛。

两人很快就战在一起，一刚一柔，刀光剑影，烈日下，周围人都屏着呼吸。

九大山寨之间虽偶有武功切磋，但都是点到为止，与外界没有动过刀剑，“山外有山，人外有人”，现在他们渴望了解外界到底有多高的山和多厉害的人？

阿金的双刀虎虎生威，上下左右向云裳进攻，而云裳看似柔弱，却能轻松避开刀风，攻守自如，以柔克刚。

二十个回合下来，刘一刀等人就看出云裳占了上风，阿金进攻的次数减少，而防守的次数增多。

朱雀和玄武两人对视一眼，也放心了。

就在九大山寨的人暗暗为阿金加油的时候，云裳一招“声东击西”，阿金一时大意，左手臂被宝剑划过，血直流而下。

周围人不由得一惊，没想到云裳出剑的速度如此之快。

这其实就是云裳的战法，她见阿金持双刀，就知道他力道刚猛，所以出招时，以七成功力多次试探，二十回合下来，她已经探出了阿金的武功，忽然变招杀去。若是按照之前的速度，阿金肯定能躲过，万万没想到，这速度出乎阿金意料，当云裳的剑刺在半路时，他已经看出是“声东击西”，正准备躲闪，但已经来不及了，眼睁睁地看着剑刺进左手臂，然后行云流水般划过，鲜血瞬间冒了出来。

除朱雀、玄武和各族长之外，其余人都还没清楚剑是如何刺伤阿金的，包括金人罐的宋大志也没看清楚。

云裳收剑，双手抱拳，对着阿金说：“承让!”

点到为止，救人为主。云裳见好就收，转身向朱雀和玄武走去。

阿金看着左手臂上流出的鲜血，他暗暗运功，伤口不深，不影响用力。他看到云裳剑已入鞘，而周围人诧异的眼神令他瞬间恼羞成怒，如果就这样败给一个女流之辈，以后有何脸面在九大山寨立足？更何况，刚才自己话说得那么硬，决斗也是自己挑起来的，岂能就这样善罢甘休。

“再战!”他红着双眼，恶狠狠地吐出两个字。

随后，阿金挥刀向云裳杀去。这是偷袭。

周围人再次大惊，没想到阿金居然不服输，不讲武德。朱雀和玄武也大吃一惊，此时的云裳已经收剑入鞘，正背对着阿金。

正在大家为云裳捏一把汗时，云裳就像脑袋后面长了一双眼睛一样，只见她身子一低，一个快闪，向左侧移开了五六步，同时宝剑出鞘，向阿金侧翼扑去。

阿金的速度很快，但是云裳的速度更快，她的速度快到让周围人吃惊！她与汪铁锤相处的这段时间，两人相互切磋武艺，双方武功都得到了更大的提升。

阿金右手持刀扑空，左手持刀也已经挥出。

云裳的剑在烈日下一闪，随后，剑尖抵住了阿金的脖子。

“哐当”，阿金左手的刀掉落在地，左手腕一股鲜血如细丝般流出，滴在地上。

云裳的剑在刺出的一瞬间，周围的人看清楚了。

“云裳姑娘，手下留情!”刘一刀忙出言喊道。

阿金的额头冒出一颗颗豆大的汗珠，尴尬、恼羞、悔恨，在他脑海里交汇着。他微微用力，发现自己的左手掌已经不听使唤。

云裳鄙视地瞧着他，没有说话，把剑从阿金脖子上移开。

她没有把剑收进剑鞘，而是看着刘一刀，说道:“请刘族长放人!”

虽然声音娇嫩，但语气充满硬气，容不得半点商量。

“快，快请汪少侠出来!”刘一刀没有任何迟疑，立即对旁边的人发话。

两名青壮小伙子赶紧往后院跑去。

宋大志快步走上来，在阿金的手腕上点了几下，封住了穴位，止住了鲜血的流出。

“六哥，快拿金创药来。”刘一刀对站在远处的驼背老头说道。

驼背老头在村里被中青年人称为六叔，是刘一刀的堂哥，在家族同辈中排行老六。

有人搬来凳子让阿金坐下，驼背老头给他抹上药，又拿了块布把伤口包扎好。

有人在叹气，有人在摇头，有人在冷笑。

阿金这是自作自受，不讲武德，别人已经放他一马了，却要搞偷袭，真是丢尽金人罐的脸面，他这种行为，即使被云裳一剑结果了性命，旁人也无话可说。

众人正在私下交头接耳时，汪铁锤等人出来了。

汪铁锤走在前面，莲花和李二狗、张猴子跟在后面。

“铁锤，你没事吧。”见到汪铁锤，云裳快步走了过来，想伸手去拉他的手，但是看到后面的莲花，又不由自主地把手缩回来，满脸关心地问道。

“云裳，谢谢你。”汪铁锤已经听刚才的两个青壮小伙子说了云裳与阿金决斗的事情。

“云裳姐姐，幸好你来救我们。不然我们都会被饿死在这里。”李二狗见云裳带着朱雀和玄武救出他们，高兴地在后面嚷嚷道。

“临行时我是怎么叮嘱你们两个的？回到兵营，军法处置。”云裳盯着李二狗和张猴子说道。

两人听到云裳批评，都不由地伸了伸舌头，他们知道这只是云裳的气话。

刘一刀也走了过来，向汪铁锤抱拳施礼，说道：“汪少侠，多有得罪，请您海涵。鄙人是狮子山的族长刘一刀。”

“刘族长，幸会幸会。不知者不怪。”汪铁锤也抱拳还礼。在狮子笼里面，汪铁锤结合之前的所见所闻，已经对九大山寨的情况略有掌握了。

随后，刘一刀向汪铁锤一一介绍了各山寨族长，大家相互一一施礼。汪铁锤威震湖广，他们早有耳闻，虽然这次是被驼背六叔用蒙汗药这种下三烂的招算计了，但是不影响汪铁锤在大家心目中的英雄地位。下药的驼背六叔和中年汉子也特意走到汪铁锤面前致歉，汪铁锤非常大度地一笑而过。

汪铁锤跟大家打完招呼之后，便说道："各位族长，各位好汉，我铁锤几人被蒙汗药放倒，不是六叔等人的过错，一是误会，二是我几人江湖经验不足。活该享受一夜狮子笼的尊贵待遇。"

汪铁锤一番自嘲，引起大家哈哈大笑。

有人还笑着说："汪少侠，真幽默，不计前嫌，英雄风度！"

汪铁锤接着说："刚才我听说，引起误会的主要原因是，大家都认为我去了金人罐的禁地。在这里，我向各位解释一下，我汪铁锤没有去过。"

"没有去过？"坐在凳子上，左手用布裹着伤口的阿金，和站在他旁边的宋大志，异口同声。

"没有去过。"汪铁锤再重复了一遍，斩钉截铁地说道。

"那天晚上，我明明看到有个黑影去了后山，往枫树林窜去。"阿金说，"只是黑影轻功太快，我没有追上。"

"那会是谁？"宋大志疑惑地挠头。

周围人也是你看我、我看你，大家都在疑惑，汪铁锤说没有去过，那么又是谁去的呢？

"我虽然对禁地充满好奇，但是我尊重先人，绝对不会去冒犯先人。"汪铁锤又补充一句，"所以，我们要想办法找到这个黑影人。"

"到哪里去找这个黑影人？"阿金问道。

"哈哈哈……"

阿金刚说完，忽然从远处房屋上空传来一阵尖厉的大笑声。

随后，一个人如一只飞鸟从屋顶上空飘落在大家面前。

"谁？"刘一刀大声喝道，其余人也都吃惊不小。

大家都是习武之人，不仅有九大山寨的族长这样的高手，也有汪铁锤、云裳、朱雀和玄武这样的江湖侠客，这个人在屋顶上偷听他们说话，而他们居然没有任何察觉，可见此人的武功之高。

那个人把罩在头上的斗篷缓缓取下。

“冷空！”汪铁锤大吃一惊！

“啊，是他！”莲花也吓了一跳。

没错，来人正是汪铁锤和莲花一个多月前去广东大营送军事密信时，在九龙岭遇到的大理龙隐寺和尚冷空。

难怪，大家都没有觉察到屋顶有人。

汪铁锤都害怕的人，众人也不由按紧自己的兵器。

“汪铁锤，没想到吧！”冷空盯着汪铁锤，哈哈大笑。

“冷空，你真是阴魂不散啊。”汪铁锤也盯着冷空，冷笑道。

“你以为使诈逃走之后，我就找不到你了吗？”冷空得意地笑道，随后用手指着莲花和云裳，接着说道，“还有这两个女施主。那个叫云裳的，你布的阵法确实不错，我和麒麟公子花了一晚上才走出来。”

“秃驴！”云裳见冷空阴阳怪气，脱口就骂了一句。

“哈哈哈……”冷空仰天大笑，很藐视地扫了众人一眼，说道：“我给大家讲个故事，一个埋藏了四百多年的故事。”

冷空轻轻抖抖了自己的僧袍，说道：“四百年前大宋皇帝赵昀为旺自己潜龙之地，先后派遣九路指挥使运送大批黄金珠宝深埋在九座大山之中，并让九路指挥使带领兵马卸甲隐居世守。赵昀亲政之初立志中兴，采取罢黜史党、亲擢台谏、澄清吏治、整顿财政等改革措施，史称‘端平更化’，更加坚定了潜龙之地对其的重要性，趁着南宋政权财政收入的提升，运来的财宝越来越多，企图永葆大宋江山万年。为了保守秘密，九路指挥使以族长的身份示人，并为后人设定了族长之位只传嫡长子，且只有族长才有资格才能进入他们墓地祭祀的规矩。因为他们的墓碑上都写有‘大宋指挥使’字样。”

冷空说到这里，指着阿金说：“你们金人罐枫树林禁地墓碑上写着‘大宋宝庆三路指挥使宋延公之墓’。当然，你们没有资格进禁地，不知道里面文字。狮子山禁地墓碑上写着‘大宋宝庆九路指挥使刘洪公之墓’。”

冷空把目光射向刘一刀，冷笑道：“贫僧没有说错吧？”

汗水从刘一刀的额头上冒了出来。他怒气冲冲地说道：“您竟然去了我们禁地，我不会放过你！”

刘一刀说完就要拔刀上前，汪铁锤一把拽住他。

冷空冷笑道：“听我耐心说完，等会你们一齐上。”

他一副高傲的姿态，来回踱了几步，不紧不慢地说着：“天子岭是一路、皇帝岭是二路、金人罐是三路、金龙山是四路、金凤山是五路、黄金岭是六路、金鸡岭是七路、豹子山是八路、狮子山是九路，贫僧是否记错？”

“你是怎么知道的？”几位族长吃惊不小，虽然他们不知道其他各山寨禁地墓碑上写着什么，但是他们知道自己禁地墓碑上的字。

整个山寨，只有族长知道的秘密，为什么一个外来的和尚了解得一清二楚？

“很简单，因为你们的禁地，我都去过。”冷空大笑道，“什么禁地？哪个地方不都出一些达官贵人？他们的墓碑上面不都写着生前官职或者朝廷追封的官职爵位吗？没有什么稀奇的。你们的山寨为什么要做得如此神秘呢？欲盖弥彰，此地无银三百两。哈哈哈哈……”

冷空一副藐视众人的样子，早就让各山寨族长忍无可忍了，尤其是听说冷空还去了他们禁地，更是怒火冲天。天子岭的张铁拳和金龙山的黎展率先踏出两步。他们只听说过冷空这个人，但是不知道冷空的武功有多可怕。

张铁拳说：“臭和尚，看来你真是狂妄至极了。”

黎展亮出手中的一把短刀，说：“看我怎么收拾你。”

冷空轻轻瞟了两人一眼，又看了周围的人，说道：“你们还有谁一起上？”

“黎兄，我张铁拳一人足也！”张铁拳说完，就挥舞着双拳猛扑过去。

黎展慢了一步，只好站在旁边看着。

周围几个族长，也都摩拳擦掌，想收拾冷空，他们对张铁拳的武功是相当自信。他们亲眼所见，张铁拳只用三成功力就把一头大牯牛打出一丈远，其力道威猛霸道。这一拳要是落在冷空身上，冷空瞬间就会变成肉酱。

而站在旁边的汪铁锤、莲花和云裳不由得为张铁拳捏一把汗，他们见识过冷空的武功，尤其是汪铁锤还与冷空两次交手，虽然他们不清楚张铁拳的武功如何，但是想赢冷空，他们都认为这是不可能的。

冷空见张铁拳扑来，不急不慢，左手轻轻一扬，袍袖迎着张铁拳挥起。

只见张铁拳的铁煞拳储集着千钧之力像打在一堆棉花上，瞬间被化得无踪无迹，随后，他感到一股强大的力量向他扑来，他连退三步才缓缓站稳。

周围人一看，大吃一惊，冷空的武功居然如此之高，仅用一招就把张铁拳击退。

张铁拳自己也吃惊不小，这是他一辈子遇到的最强劲的对手，对方的武功深不可测。此时，他已经容不得多想，挥拳再向冷空扑去。

冷空，还是冷冷地站在那里，等到张铁拳的铁煞拳快到眼前时，他再度左手一挥，张铁拳见他故技重施，早就有了防备，铁煞拳瞬间一变，右手进攻上路，左手进攻下路，这速度之快，让一旁的汪铁锤都佩服，张铁拳不是浪得虚名。

正在大家认为张铁拳此招进攻要成功之际，只见冷空像鬼魅一般来了个乾坤大挪移，以闪电的速度到了张铁拳的后方。张铁拳扑了一空，正暗叫不好，后背却受了重重一掌，被震出五六步，胸口翻江倒海，一口鲜血喷了出来。

黎展一跃来到张铁拳身边，扶着他，右手举着短刀指着冷空，喝道："秃驴，爷爷我要与你大战三百回合。"

“哈哈哈……口出狂言，能过我三招就行。”冷空仰天狂笑，说道，“不过，我劝你们还是冷静冷静，不要如此冲动，万一我力道把握不好，你们丢了性命，岂不可惜。”

汪铁锤和莲花、云裳等人站在一旁没有说话，猜不透这个冷空怎么就来到这里了，难道他也来找宝藏？

黎展见张铁拳无大碍，就向冷空走了过去，手里的短刀在烈日下闪着刺眼的光，那光充满着杀气。

冷空站在那里一动不动，当黎展的短刀扑来时，只见他使出最简单的一招“白手夺刀”，两指扣着黎展手腕，再运功，短刀就到了冷空的手里了。

周围人都看傻眼了，冷空的速度真的比鬼魅还快。天下武功唯快不破，虽然冷空的招平淡无极，但是其速度之快，让黎展防不胜防。

黎展大惊，幸好自己退闪比较快，否则就更加狼狈了。

冷空左手里拿着黎展的短刀，看着黎展，冷冷一笑，说道：“三脚猫功夫。”

他说完，伸出两根手指，对着短刀一弹，只见精钢锻造的短刀“当”的一声就断了。

冷空的轻功和硬功，让周围人瞠目结舌。

原来几名跃跃欲试的族长，都不由地把手从兵器上放开。这是他们从未见过的顶尖高手，自己的武功在这个冷空和尚面前，估计也就能招架个一两招。

云裳见过冷空，也听汪铁锤和莲花后来说过此人武功很高，但是她也没有想到，此人武功既然有如此之高，内力深不见底，难怪汪铁锤和莲花联手都不是他的对手。

而在旁边的李二狗和张猴子都看傻眼了。

李二狗揉了揉眼睛，都不敢相信，悄悄问张猴子：“这和尚是人还是鬼？怎么这么厉害啊？”

张猴子说：“铁锤大哥之前都败在这个人手里呢。”

汪铁锤没有上前出招，冷空刚才应该还有很多话没有说完，他想了解冷空到底知道多少秘密。

果然，冷空见没人敢上来挑战，环视了人群，说道：“最讨厌打断我说话的人。还是让贫僧把故事讲完吧。”

“三年前，我无意中救了一位老人，那人见我是个出家人，就在临死前跟我说了一个秘密。宋理宗下令让九路指挥使埋藏金银财宝的事情，由一名姓黄的太监调度，因牵涉到大量钱财，所以整个行动其实是非常秘密的。朝廷里面参与的人，知其一不知其二，只有这个黄太监奉宋理宗旨意全程参与。后来，宋理宗晚年荒淫无度，奸臣把握朝廷，黄太监年纪也大了，就称病离开皇宫，在外面领养了一名孤儿做了他的后人，过上了隐居生活。黄太监让这个孤儿给他养老送终，并把宋理宗埋藏金银的事情告诉了这个孤儿。再后来，这个孤儿成了家，由于战乱便携带子女，几经辗转，迁居到了云南。而我救下来的这个老人，就是这个孤儿的后人。”

冷空说到这里，补充道：“可能你们要问，这个老人为什么要把宋理宗埋藏金银的秘密告诉我。其实很简单，这个老人被我救下来时，已经身受重伤，奄奄一息了，他的儿子在吴三桂的军营里效力，他在临死之前让我把这个秘密带给他儿子，作为家族的秘密一直传下去。”

冷空说得合情合理，老人在临死之前最信任的人，肯定就是自己的救命恩人了，何况还是一个出家的和尚。

“当我打听到老人儿子下落时，发现这个年轻人已经在战场上牺牲了。”冷空说到这里的时候，脸上竟然露出了难得一见的伤感。

“老人在临死之前只是告诉我，宋理宗在宝庆分九路埋藏大量金银，具体在什么地方，他不知道，如何找到这些金银，他也不知道。”冷空说，“碰巧这次吴三桂重金请我来截杀你汪铁锤，否则我也不会千里迢迢从云南到宝庆来。”

吴三桂？汪铁锤这才注意到，冷空的嘴里不再是“大周皇帝”，而是“吴三桂”。

“那你怎么找到这里的？”汪铁锤问道。

“这得感谢您了！上个月，吴三桂花重金请我半路截杀你，夺取你们的作战计划，你小子偷奸耍滑逃走之后，我只有带上麒麟公子去向吴三桂复命。没想到，吴三桂这个老家伙，一气之下把麒麟公子抓起来，又派人把麒麟山庄上上下下二百多号人全部杀掉。等我去救麒麟公子时，发现他也被杀害了。可怜他一家为吴三桂忠心耿耿几十年，像蚂蚁一样被捏死了，半点人情都没有。若不是我本人武艺高超，估计吴三桂也对我下手了。既来之则安之，干脆就游山玩水，找找三年前那个老人告诉我的藏宝秘密。吴三桂见到了宝藏，也算是我将功补过，必定会兑现封我为国师的承诺。”冷空说到这里，嘴角居然露出得意的笑，他接着说道，“你们打你们的仗，我找我要的宝藏，井水不犯河水。”

汪铁锤和莲花惊讶地对视了一眼，没想到装疯卖傻的武痴麒麟公子竟然落到如此悲惨下场，而冷空居然与他们想法一样，也来寻宝，还想用宝藏去换个国师来当，真会做春秋大梦。

汪铁锤说：“冷空，你的意思是说，这九大山寨就是宝藏所在？”

冷空笑着说：“没错。我走过很多地方，而唯独宝庆这里的几座山名非同寻常，于是我就到各山寨去查看，那天到了金人罐，居然碰巧遇到你们，就猜着你们肯定也是来寻宝的，于是我就晚上去了金人罐的枫树林，然后又跟着你们来到了这狮子山。没想到，你汪铁锤臭水沟里面翻船，居然被一个驼背老头用蒙汗药给放倒了，真是天大的笑话。随后，九大山寨的族长都来了，这更加印证了我的猜想。”

刘一刀等人听说自家山寨原来是藏宝地，也很惊讶，他们之前只是觉得老祖宗迁居到这里肯定有什么秘密，还几度猜测是不是当年受朝廷奸臣排挤，为了躲避敌人，怕政治对手知道而故意隐居这里，没想到，原来是身负皇命，世守宝藏。

“那你知道这些宝藏具体埋在什么地方吗？”汪铁锤故意问道。

“禁地。”冷空干脆利落地回答，“九大山寨的禁地就是藏宝处。”

“冷空，出家人不打诳语，禁地是我们祖宗长眠之地，请勿乱说。”在一旁一直不说话的皇帝岭族长李火开口说话了，如果宝藏在禁地，要得到宝藏就得进入禁地，就得挖开古墓。

“哈哈哈，你们很意外吧，我也很意外，踏破铁鞋无觅处，得来全不费工夫。”冷空瞟了汪铁锤一眼，说道，“汪铁锤，你们难道不是来寻宝藏的吗？我现在就告诉你，宝藏就在他们的禁地，就看你敢不敢去拿了。”

“冷空，你讲的故事很动听，但是我不会上你的当，不会踏入他们的禁地。”汪铁锤说。

“什么禁地，都是他们自己想怎么说就怎么说的。”冷空说，“我也可以说，这一片山寨都属于我定的禁地，你们谁也不能踏入半步。”

冷空边说边用手指着整个村子画了一圈。

“冷空，你想怎样？”狮子山族长刘一刀见冷空如此狂妄，实在是忍无可忍，便怒问道。

“挖出宝藏！”冷空说，“汪铁锤不敢去挖，我敢去。”

“你敢！”刘一刀见冷空要去禁地挖宝藏，不管这宝藏是真是假，禁地是绝对不能让他去的，说完他就亮出了手中的刀。他知道自己打不过冷空，但是这里人多，难道还对付不了冷空一个人吗？

“多几个人一起上吧。”冷空站在那里，目空一切的样子。

“你太狂妄了！”刘一刀知道不是冷空对手，但是武功至少在张铁拳和黎展之上，作为堂堂的狮子山族长，岂能被人如此羞辱，他边说边拔出大刀杀向冷空。

刘一刀的武功在九大山寨里面算是真正一流高手，不仅得到祖传，而且他少年时隐姓埋名闯荡过江湖，也得到过高人指点。

果不其然，刘一刀的一招“力劈华山”虎虎生威，冷空本是站在那里，见风声不妙，立即连退三步躲开。虽然刘一刀扑空，但是冷空却没有了刚才那种狂妄的气势。

刘一刀接着又是一招“气吞八荒”扑向冷空，冷空只得再次躲闪，接着右手一挥，从僧袍袖口里飞出一串佛珠。这是由精钢锻造的佛珠，重重地击打在刘一刀的钢刀上。

"铛——"刘一刀的虎口发麻，冷空的内力比他要高深很多。

两人就这样连战十来个回合，刘一刀已经明显处于下风。

"你们干愣着干吗？还不都上？"李二狗在旁边对几个族长焦急地嚷道。

"快去啊！冷空都要去你们禁地寻宝，挖你们祖坟了，你们还在这里讲什么江湖规矩。"张猴子也说道，但他的手却拽着汪铁锤不放。

皇帝岭的李火、金人罐的宋大志、金凤山的马彪、黄金岭的赵虎、金鸡岭的田雄、豹子山的何双枪被李二狗和张猴子一挑唆，也顾不得那么多了，纷纷亮出兵器杀向冷空。

冷空刚才确实是大意了，仅一招打败了张铁拳和黎展，没想到这个刘一刀比那两人高出好几个层次。

张铁拳和黎展见大伙都上了，也杀了过去。于是，九大山寨的九名高手一起围攻冷空。

"你拽着我干吗？"汪铁锤低头看旁边的张猴子。

"我怕你也去。让他们打，我们看看热闹。"张猴子狡黠地说道。

"禁地挖宝，是他们之间的恩怨。"汪铁锤说道。他是来寻宝的，既然宝藏真如冷空说的这样，那不如先让冷空检验一下九大山寨的武功，自己再想对策找出宝藏。

冷空不愧是顶尖高手，在九名高手的围攻之下，丝毫没有落于下风，他一串佛珠左扫右挡，让九名高手无法近身，反而是他的每次出招，让九名高手顾此失彼。

十人大战，天昏地暗，刀光剑影，让周围的人也大开了眼界。

云裳悄悄走到汪铁锤身边，轻轻地说："没想到这个秃驴，武功居然这么高。"

"我在使诈的情况下，只能与他过三十招。"汪铁锤自嘲地说。

"要不我们都上，把这个秃驴给杀了。"云裳见九名高手都没有占到上风，就想去帮忙，干脆把冷空杀了，以绝后患。

“他不是坏人。”汪铁锤说。

“他还不坏啊？之前抢我们的军事行动计划，差点把你杀了，现在又要来抢宝藏。”云裳不明白汪铁锤为什么要这样评价冷空。

汪铁锤看了一眼云裳，说道：“之前他是受吴三桂老贼蛊惑，你没看到吗？麒麟公子的死，对他有很大的刺激，他现在只是想与吴三桂做场交易而已。他一个和尚能把宝藏带走吗？吴三桂的军队都被围在衡州，谁来帮他啊？就算他找到了一堆金银财宝，他也运不走。”

云裳猛然明白，笑道：“原来你想利用冷空来找到宝藏真正所在。”

汪铁锤点了点头，说道：“找到宝藏，我们再说服各山寨族长献给朝廷。”

“冷空会让我们轻易带走宝藏？”云裳又问道。

“现在要先找到宝藏。”汪铁锤说。

云裳想了想，觉得汪铁锤说得有道理。只要找到宝藏，什么都好说，一是朝廷出面，山寨不可不捐；二是即使落在冷空手里，他一个人有什么本事能把宝藏都运走，即使有叛军来了，朝廷大军岂能袖手旁观？

此时，冷空与九名高手已经大战了一百多回合了，而冷空依然占据上风。

李火和马彪已经受伤。

“让朱雀和玄武去帮他们。看看冷空到底有多能打？”汪铁锤略带坏笑地对云裳说。

云裳明白他的心思，向朱雀和玄武使了个眼色。朱雀和玄武腾空而起，扑向冷空。

九名高手本来有些狼狈，继续打下去，没有胜算，想停战不打，已经由不得他们了。正在左右为难之际，朱雀和玄武来助战了。

朱雀和玄武是江湖上一流高手，武功均在云裳之上。此时，十一人齐战冷空，也是冷空没有想到的。

冷空与朱雀和玄武交手之后，发现这两人武功不弱，自己要对付十一人，虽有胜算，万一等到自己筋疲力尽之时，汪铁锤也参与进来，该怎么办？冷空觉得自己有点失算了，可不能这样斗下去。

他见好就收，手中佛珠一挥，挡开刀剑，身子一跃，就飞到屋顶。

“汪铁锤，你的小聪明不少啊。”冷空冷笑道，“上个月使诈逃出了我的手心，这次是想用群狼战和车轮战把我打败吧。”

汪铁锤心想，这和尚警惕性还是挺高的，便笑着说：“冷空，你也有怕的时候啊。刚才你不是说多上几个人吗？怎么这么快就准备逃之夭夭？”

冷空说：“与他们切磋武功没有意思，有本事咱两个好好比画一下。我很想看看你的武功有没有进步。”

“你打赢我，没有意思，打赢这里的所有人，也都没有意思。你可知道，我们宝庆自古崇武，每个男人打小就开始习武，山野之中不乏武学高手。你一个人再有本事，又能把所有人都打趴下吗？”汪铁锤说道，“习武先习德，以德服人，胜过盖世武功。”

汪铁锤接着说道：“吴三桂倒行逆施，即使拥有了百万大军，还不一样节节败退，缩在衡州城里，不敢出来。吴三桂的所言所行，不得民心，是无德之人，他统领的叛军，迟早会被杀得片甲不留！”

“汪铁锤，你对我说这些没用，吴三桂不管如何，他得了天下，就会让我当国师，这是他之前向我承诺的。”冷空说完，就消失在村后树林里了。

汪铁锤心里不由得发笑，吴三桂反贼已经去见阎王了，你还在做着春秋大梦。但是，吴三桂的死现在还不能说。

刘一刀问汪铁锤：“汪少侠，冷空会不会去找吴三桂带兵过来抢宝藏？”

汪铁锤一愣，脑海里立即飞转，说道：“上个月他抢夺军事行动计划失败，找到宝藏是他将功赎罪的最好机会。”

“要是吴三桂的兵马来了，怎么办？”旁边的张铁拳问道。

“叛军虽然已是末路，但是实力不可小视。”汪铁锤说，“你们知道宝藏所在位置？”

刘一刀等人立即摇头，摆手说道：“不知道，不知道。”

“唉——”汪铁锤叹了口气，说道，“若是吴三桂的叛军来了，你们各山寨才多少人？能抵御得了吗？”

汪铁锤边说边环顾了四周，说道：“你们每个山寨，也就几百人，九个山寨男女老少算在一起都不会超过一万人，各山寨又相隔这么远，叛军若是攻打一个山寨，你们相互救援都比较困难，并且你们也不能全员支援，让后方空虚啊。”

刘一刀等人听了，觉得汪铁锤说得有理，九个山寨的人集中一处，那么其余八个山寨势必空虚，若各守一方，肯定也抵御不了久经沙场的叛军，会落个被一一击破的下场。

汪铁锤见大家不说话，便接着说：“不管宝藏在什么地方，只要叛军占据任何一个山寨，挖地三尺难道找不到吗？现在是朝廷大军与叛军决战的关键时期，军饷至关重要。自古以来，打战就是打银子。吴三桂知道这里有宝藏，即使是捕风捉影的事，他也势必会来找的。”

“汪少侠，你也是来找宝藏的吗？”金人罐的宋大志问道。

“是的。朝廷大军与叛军即将在衡州城进行大决战，但是连年战争，军饷吃力。只有天下太平，百姓才能安居乐业。”汪铁锤说，“当然，我只是好奇来寻找宝藏，能不能寻到还不一定，寻到之后也得你们同意，我们才能拿走。”

“汪少侠，关于宝藏之事，我真心对你说，我们现在也不知道宝藏是否真的在禁地。可否容我们这些人先商量一下，你们先回城，我们三天之内给你答复如何？”刘一刀很诚恳地征求汪铁锤的意见。

“刘族长，那我们就先告辞了。”汪铁锤点了点头，说完就带着莲花、云裳等人向九大山寨的人告别离开村子。

出了村口，莲花说：“他们肯定知道宝藏在什么地方。”

“是啊。他们都是族长，怎么会不知道？”李二狗也嚷嚷道。

“就是就是，铁锤哥，他们要是不给，我们带兵来找，他们敢跟朝廷作对？”张猴子也在一旁煽风点火。

“他们都是明事理的人。不管他们是否知道宝藏在什么地方，即使不知道，也会想办法找出宝藏献给朝廷的。”汪铁锤说到这里，对旁边的云裳说，“你和两位前辈先回兵营，有消息我让二狗给你送信。”

云裳不情愿地说：“现在还没有战事，回不回去都没关系的。万一冷空从哪个树林里窜出来，多几个人也安全。”

“放心吧，我们不会有事。”汪铁锤说。

“那好吧。”云裳见汪铁锤执意让她回兵营，也只得带着朱雀和玄武与汪铁锤等人告别。

到了宝庆城，已经天黑，汪铁锤跟莲花叮嘱了一番，到了半夜便出了城。

宝庆城北，资水北岸，北塔下。

“汪铁锤，我知道你会来！”冷空透过朦胧的月光，看着走过来的汪铁锤。

“你从狮子山一直跟踪我们来到宝庆府，我也得尽地主之谊，来会会你。”汪铁锤手持桃花宝剑。

“你是我遇到过最有意思的对手。”冷空说。

“难道不是最强的对手吗？”汪铁锤微笑着说。

“还算不上，能跟我过上百招的才是真正高手。”冷空说道。

“今晚我来，就是让你知道谁才是最强的对手。”汪铁锤说。

“哈哈哈哈，汪铁锤，数日不见，你吹牛的本事倒长了不少。”冷空听了汪铁锤的话，哈哈大笑。

“不过，在交手之前，我要告诉你一个坏消息。”汪铁锤说。

“哦，对我来说，还有坏消息？”冷空自负地说。

“吴三桂已经死了。”汪铁锤说。

“不可能！”冷空说。

“吴国贵现在总理军政，为稳定军心，秘不发丧，已派人前往昆明迎接吴世璠来衡州继位。”汪铁锤继续说着。

“一派胡言！”冷空不愿意接受这个事实，虽然他觉得吴三桂此人残暴无情，但是多年来与他还是有些交情，尤其是吴三桂亲自到龙隐寺携重金请其出山，并许诺将来授予国师尊位。

“是否真有其事，你大可到衡州城里面去看看。”汪铁锤也不想过多解释。

“好！”冷空边说边亮出藏在袖子里的佛珠，“既然你来了，那我就带上你的人头去。”

汪铁锤看着冷空说道：“冷空，你不是坏人，你只是被坏人蒙蔽而已，吴三桂已死，叛军迟早会被朝廷大军剿灭，你没有必要来蹚这个浑水。你完全可以在龙隐寺修行，成为一代高僧。”

“出招吧。”冷空说完就率先扑向汪铁锤。

汪铁锤胆敢单独来见冷空，是有准备的，自从上次与冷空交手之后，他只要有空余时间，就认真参悟汪二老爷独创的“十二路踏雪无痕”。这套武功，虽然他之前已经学会，但是并没有达到炉火纯青、人剑合一的地步。通过这段时间的修炼，再回忆之前与冷空交手的各种招式和出招速度，他已经很有把握了，尤其是今天白天在狮子山，冷空与各族长交手时，他已经对冷空的招式掌握得清清楚楚。

他见冷空扑来，毫不犹豫地拔剑而上。

月光下，汪铁锤穿黑衣，冷空穿白袍，一黑一白，龙争虎斗。

冷空出招时就用了十成功力，他明白汪铁锤若没有取胜把握的话，不可能独自前来的。

冷空的速度是快，汪铁锤的“十二路踏雪无痕”也是快。两人对决的不仅是武功招式，也是轻功的快慢。天下武功，唯快不破。再拙劣的招式，只要速度比对手快，就可以制敌。再威猛凶狠的招式，只要慢对手半拍，就会受制于人。

汪铁锤的快，出乎了冷空的意外。难怪今天白天汪铁锤一直没有出手，原来他不仅是观察自己的武功招式，而且是故意在众人面前隐藏实力。

三十个回合，冷空还没有占到上风，两人不相上下。

汪铁锤的招式越来越快，行云流水，他觉得自己与手中的剑已经合二为一了。

五十个回合，两人还是不相上下，冷空没有占到上风，汪铁锤也没有占到上风。

六十个回合，冷空腾空一跃，闪到一丈之外，很满意地说道："不用再战，你已经是我最强的对手了，这样打下去，一百个回合也分不出胜负。假以时日，你武功一定在我之上。"

汪铁锤没想到冷空居然率先喊停战，这让他很意外，便说道："宁做太平犬不做乱离人，我习武是为了健身，我用武是想让天下太平。"

说到这里，汪铁锤自嘲地笑了笑说："让天下太平，我还没那个能耐，就算是保宝庆百姓安宁吧。"

冷空叹了口气说道："吴三桂的军队已经节节败退，众多城池已经被清军收复，吴三桂若这个时候真的死了，那真是天意了。"

"顺天者昌，逆天者亡。"汪铁锤没想到冷空居然发出"天意"这样的感慨。

"好吧，我去一趟衡州。即使他真的死了，我也要为他做点什么，终究相识一场。"冷空说完，就转身离去。

汪铁锤看着冷空的身影在夜幕中消失，他好像明白了什么，于是也转身向狮子山方向走去。

第三天，狮子山的刘一刀和豹子山的何双枪一齐来到了宝庆城内客栈，找到了汪铁锤。

"汪少侠，宝藏我们已经找到了，愿意拿出来献给朝廷镇压叛军。"刘一刀说。

汪铁锤听了高兴地说："刘族长真是深明大义，我一定上报曾大人，上报蔡总督，上报皇帝，重重嘉奖你们。”

刘一刀和何双枪连连摆手，刘一刀说道：“嘉奖就免了，这是作为子民应尽的本分。普天之下莫非王土，率土之滨莫非王臣。”

汪铁锤点了点头，好奇地问道：“宝藏是在哪里发现的？真的在禁地里面？”

刘一刀说：“是在别的地方。”

“哦。”汪铁锤见刘一刀没有说，他也就不好意思继续问了。

“汪少侠，我们这次来是想请您带官兵去取金银财宝，避免途中被冷空给夺走。”坐在一旁的何双枪说话了。

“好。你们两个随我到府衙把此等好事禀告曾大人。”汪铁锤拍手同意。

看着三十车金银珠宝被大军押着走向衡州，莲花悄悄地问汪铁锤：“铁锤哥，刚才你为什么要把草丛中的一串珍珠塞到自己怀里。”

汪铁锤见四周无人，反问道：“草丛中为什么会有珍珠？”

莲花疑惑的眼神，忽然闪亮，她压低声音，很吃惊地说：“难道山洞不是真正藏宝之地？是刘一刀他们从别的地方转移过来的，他们在转移的过程中，不小心掉了一串珍珠？他们为什么要转移到一个山洞里面？”

汪铁锤没有回答莲花的疑问，而是说了句：“这三十车金银珠宝够大战所需了。”

莲花听汪铁锤这样说，恍然大悟，问道：“难道他们还有？”

汪铁锤笑了笑，什么话都没有说。

汪铁锤那夜出城，潜入狮子山，掌握了刘一刀等人的行踪，偷听到了九大山寨族长秘密商议的内容。他们这样做，既没有辜负祖辈的重托，也为朝廷做了贡献。

宝藏确实不在禁地，那是埋藏先祖的墓地。真正的宝藏就在他们宗祠下面的地窖里。刘一刀等人，开始也认为宝藏在禁地，但是又不敢去挖宝，以免惊动先祖。在左右为难之际，张铁拳问大家，是不是祖传下来一本族谱，用羊皮包裹的，先祖遗言由族长保管，不可告知外人，且不可拆开看，每年清明都要拿着这本族谱和贡品到禁地墓前祭拜，并告知先祖遵守遗言，未看族谱。几个族长都说，是有这事。九大山寨族长一致商议，向先祖焚香请罪，秘密可能就在族谱里面。于是，他们打开羊皮包裹的族谱，里面果然写着藏宝的前因后果和宝藏秘密所在。

一个月之后，朝廷兵马在衡州城外再次打败叛军，并切断外援，衡州城成为一座孤城。而作为吴三桂的继承人吴世璠见衡州战事紧急，便停留在贵阳不敢前行。

宝庆府衙。

“铁锤，衡州城池坚固，朝廷决定围而不攻，让叛军主动投降。”曾大人说。

“叛军已无外援，现在是攻城的好时机啊。”汪铁锤说。

“叛军穷途末路，衡州城已是囊中之物，迟早会拿下，若攻城反而会让我军损失惨重，也会让城中百姓遭殃，目前主要战场已经转移到贵阳。”曾大人说。

“那我们怎么办？”汪铁锤问。

“吴三桂已经死了三个月，迟迟尚未下葬，吴世璠又不来湖南。”曾大人说，“我们推测，叛军必将把吴三桂棺椁秘密运出。朝廷下旨，夺得吴三桂尸首，赏黄金千两，官升三级。”

“人都已经死了，还抢夺尸首有什么意义？”汪铁锤问道。

“百足之虫，死而不僵。”曾大人说，“贵州和云南两地还是叛军的实力范围，必须加以震慑。”

“吴三桂的死讯已经天下皆知，叛军各路将领并没有因此而放弃抵抗，反而更加顽固。”汪铁锤说，“死者为大，我们这样做，是不是不够仁义。”

曾大人见汪铁锤这样说，脸上露出满意的微笑，说道："你我的想法一致，但这是朝廷的旨意，我们岂能违抗？但是不管如何，这次任务还得由你去执行。"

"我？"汪铁锤有些意外，说道："这等好事，还是让其他将领去吧。"

"这是总督大人的意思。"曾大人说，"你多次立功，又找到了南宋宝藏，总督大人非常器重你，战后将把你的功劳一一造册上报朝廷，赐你高官厚禄。"

"我汪铁锤虽然在武功上懂一招半式，最多算是江湖侠士而已，武不能安邦，文不能治国。战事结束，我要回黄金岭种地呢。"汪铁锤说道。

"做大官是光宗耀祖的大事，你爹娘和你二老爷高兴都来不及呢。"曾大人说，"这次任务，你不接受也得接受啊。"

汪铁锤犹豫了一下，只得点头。

十一月，吴三桂的女婿、叛军大将胡国柱用棉被裹着吴三桂遗体，在冷空的护送下，带领小部分人马，趁着深夜，悄悄潜出衡州城。叛军大将军马宝留守衡州。

"铁锤，叛军果然来了。"云裳对汪铁锤说。

"铁锤哥神机妙算，三天前就猜着叛军要从这里经过。"李二狗乐呵呵地说道。

"如今已进冬季，又下着雨，是他们潜出衡州的好时机"汪铁锤说，"广西的叛军已经清剿，他们要回云南，必定要走贵州，而从衡阳去贵州，必经我们宝庆，而这条道是宝庆通往贵州的必经之路。数月前，曾大人让我截杀吴世璠，我就打算在这一带下手。没想到吴世璠这个胆小鬼到了贵阳就不来了。现在可好，他爷爷吴三桂棺椁要从这里过。"

"铁锤哥真厉害。"张猴子听汪铁锤这样分析，也不由得夸赞。

“他们有多少人？”汪铁锤问。

“就一两百人。”云裳说。

“我们可是带着三千兵马，还有弓弩手，抓他们岂不小菜一碟？”李二狗听到对方人手这么少，更加激动了。

“冷空在里面。”云裳提醒汪铁锤。

“冷空其实不是坏人，吴三桂已死，他也只是尽自己的责任护送而已。”汪铁锤说完，手一挥，山谷两边的兵马立即出现，把叛军团团包围，整个山谷都被火把照亮。

“汪铁锤！”冷空正护着吴三桂棺椁，见汪铁锤从清军里面走出，后面跟着云裳和李二狗等人。

“冷空，你看看周围。”汪铁锤用手指了指两边的弓弩手，“武功再高，也插翅难飞了。”

“你们赢了！”冷空叹了口气，此时他的身上毫无半点昔日的那种傲气。

“冷空，得道多助失道寡助，还是之前跟你说的那句话，顺天者昌，逆天者亡。”汪铁锤说完，向堵在路口的弓弩手摆了摆手，让开了一条道。

“你们走吧！希望战事早日结束，大家不要再做无谓的牺牲了。”汪铁锤说。

冷空很是吃惊，看了看汪铁锤，随后双手合十，深深鞠了一躬，立即带着人走出山谷。

“你真的放他们走了？”云裳看着远去的冷空，问道。

汪铁锤看着远去的冷空，什么话都没有说。

冷空和胡国柱护送吴三桂遗体从宝庆顺利进入贵州，吴世璠迎至贵阳，并即帝位。

次年，康熙十八年，即公元1679年，叛军见湖南战局已无扭转希望，只得放弃衡州，退至贵州。吴国贵在武冈与清军激战时，被火炮击中身亡。

康熙二十年底，即公元 1681 年，朝廷大军攻破昆明，胡国柱阵亡，吴世璠自杀，众叛军将领出城投降，吴世璠的首级及夏国相、马宝等人被押解到北京，三藩之乱终告平定。

宝庆知府曾青溪在叛军退出湖南境内之后，以年老多病为由，告老还乡。湖广总督蔡毓荣于康熙二十一年调任云贵总督，于康熙二十五年被人揭发私纳吴三桂孙女为妾，被朝廷削官，发配黑龙江。

汪铁锤因私放吴三桂棺椁，功过相抵，曾青溪在离任的前一日，免去其宝庆府兵营副将之职，他回到黄金岭，从此过起了幸福的田园生活。